GABRIEL GARCIA MARQUEZ

EL OTOÑO
DEL PATRIARCA

BRUGUERA

4.ª edición: febrero, 1983

La presente edición es propiedad de Editorial Bruguera, S. A.
Camps y Fabrés, 5. Barcelona (España)

© Gabriel García Márquez · 1975

Diseño de cubierta: Neslé Soulé

Printed in Spain

ISBN 84-02-07544-4 / Depósito legal: B. 5.050 · 1983

Impreso en los Talleres Gráficos de Editorial Bruguera, S. A.
Carretera Nacional 152. km 21.650. Parets del Vallès (Barcelona) · 1983

BRUGUERA LIBRO AMIGO

GABRIEL GARCIA MARQUEZ

Nació el 6 de marzo de 1928 en Aracataca. Cursó estudios de Derecho en la Universidad Nacional de Colombia. Entre 1948 y 1950 reside en Cartagena y Barranquilla, y colabora en los periódicos *El Universal* y *El Heraldo*. Viajó a Europa en 1955 para trabajar como reportero de *El Espectador*, estableciéndose en Italia. Dos años después, recorre Alemania Occidental y Oriental, Checoslovaquia y la Unión Soviética. En 1958 se establece en Caracas y trabaja como redactor de la revista *Momento* y colabora en *Elite* y *Venezuela Gráfica*. Ha sido corresponsal de la Agencia de noticias Prensa Latina en Bogotá y Nueva York. A mediados de 1961 se radicó en México, donde fue director de diversas revistas, trabajó para una agencia de publicidad y colaboró como guionista en varias películas. En 1967 fija su residencia en Barcelona hasta 1974. Actualmente vive en México.

Otras obras del autor

Durante el fin de semana los gallinazos se metieron por los balcones de la casa presidencial, destrozaron a picotazos las mallas de alambre de las ventanas y removieron con sus alas el tiempo estancado en el interior, y en la madrugada del lunes la ciudad despertó de su letargo de siglos con una tibia y tierna brisa de muerto grande y de podrida grandeza. Sólo entonces nos atrevimos a entrar sin embestir los carcomidos muros de piedra fortificada, como querían los más resueltos, ni desquiciar con yuntas de bueyes la entrada principal, como otros proponían, pues bastó con que alguien los empujara para que cedieran en sus goznes los portones blindados que en los tiempos heroicos de la casa habían resistido a las lombardas de William Dampier. Fue como penetrar en el ámbito de otra época, porque el aire era más tenue en los pozos de escombros de la vasta guarida del poder, y el silencio era más antiguo, y las cosas eran arduamente visibles en la luz decrépita. A lo largo del primer patio, cú-

yas baldosas habían cedido a la presión subterrá-
nea de la maleza, vimos el retén en desorden de la
guardia fugitiva, las armas abandonadas en los armarios, el largo mesón de tablones bastos con los
platos de sobras del almuerzo dominical interrumpido por el pánico, vimos el galpón en penumbra
donde estuvieron las oficinas civiles, los hongos de
colores y los lirios pálidos entre los memoriales sin
resolver cuyo curso ordinario había sido más lento
que las vidas más áridas, vimos en el centro del patio la alberca bautismal donde fueron cristianizadas
con sacramentos marciales más de cinco generaciones, vimos en el fondo la antigua caballeriza de
los virreyes transformada en cochera, y vimos entre las camelias y las mariposas la berlina de los
tiempos del ruido, el furgón de la peste, la carroza
del año del cometa, el coche fúnebre del progreso
dentro del orden, la limusina sonámbula del primer
siglo de paz, todos en buen estado bajo la telaraña
polvorienta y todos pintados con los colores de la
bandera. En el patio siguiente, detrás de una verja
de hierro, estaban los rosales nevados de polvo lunar a cuya sombra dormían los leprosos en los
tiempos grandes de la casa, y habían proliferado
tanto en el abandono que apenas si quedaba un resquicio sin olor en aquel aire de rosas revuelto con la
pestilencia que nos llegaba del fondo del jardín y el
tufo de gallinero y la hedentina de boñigas y fer-
mentos de orines de vacas y soldados de la basílica
colonial convertida en establo de ordeño. Abrién-

donos paso a través del matorral asfixiante vimos la galería de arcadas con tiestos de claveles y frondas de astromelias y trinitarias donde estuvieron las barracas de las concubinas, y por la variedad de los residuos domésticos y la cantidad de las máquinas de coser nos pareció posible que allí hubieran vivido más de mil mujeres con sus recuas de sietemesinos, vimos el desorden de guerra de las cocinas, la ropa podrida al sol en las albercas de lavar, la sentina abierta del cagadero común de concubinas y soldados, y vimos en el fondo los sauces babilónicos que habían sido transportados vivos desde el Asia Menor en gigantescos invernaderos de mar, con su propio suelo, su savia y su llovizna, y al fondo de los sauces vimos la casa civil, inmensa y triste, por cuyas celosías desportilladas seguían metiéndose los gallinazos. No tuvimos que forzar la entrada, como habíamos pensado, pues la puerta central pareció abrirse al solo impulso de la voz, de modo que subimos a la planta principal por una escalera de piedra viva cuyas alfombras de ópera habían sido trituradas por las pezuñas de las vacas, y desde el primer vestíbulo hasta los dormitorios privados vimos las oficinas y las salas oficiales en ruinas por donde andaban las vacas impávidas comiéndose las cortinas de terciopelo y mordisqueando el raso de los sillones, vimos cuadros heroicos de santos y militares tirados por el suelo entre muebles rotos y plastas recientes de boñiga de vaca, vimos un comedor comido por las vacas, la sala de

música profanada por estropicios de vacas, las me-
sitas de dominó destruidas y las praderas de las
mesas de billar esquilmadas por las vacas, vimos
abandonada en un rincón la máquina del viento, la
que falsificaba cualquier fenómeno de los cuatro
cuadrantes de la rosa náutica para que la gente de
la casa soportara la nostalgia del mar que se fue, vimos jaulas de pájaros colgadas por todas partes y
todavía cubiertas con los trapos de dormir de alguna noche de la semana anterior, y vimos por las
ventanas numerosas el extenso animal dormido de
la ciudad todavía inocente del lunes histórico que
empezaba a vivir, y más allá de la ciudad, hasta el
horizonte, vimos los cráteres muertos de ásperas
cenizas de luna de la llanura sin término donde
había estado el mar. En aquel recinto prohibido que
muy pocas gentes de privilegio habían logrado conocer, sentimos por primera vez el olor de carnaza
de los gallinazos, percibimos su asma milenaria, su
instinto premonitorio, y guiándonos por el viento
de putrefacción de sus aletazos encontramos en la
sala de audiencias los cascarones agusanados de
las vacas, sus cuartos traseros de animal femenino
varias veces repetidos en los espejos de cuerpo entero, y entonces empujamos una puerta lateral que
daba a una oficina disimulada en el muro, y allí lo
vimos a él, con el uniforme de lienzo sin insignias,
las polainas, la espuela de oro en el talón izquierdo,
más viejo que todos los hombres y todos los animales viejos de la tierra y del agua, y estaba tirado en

el suelo, bocabajo, con el brazo derecho doblado bajo la cabeza para que le sirviera de almohada, como había dormido noche tras noche durante todas las noches de su larguísima vida de déspota solitario. Sólo cuando lo volteamos para verle la cara comprendimos que era imposible reconocerlo aunque no hubiera estado carcomido de gallinazos, porque ninguno de nosotros lo había visto nunca, y aunque su perfil estaba en ambos lados de las monedas, en las estampillas de correo, en las etiquetas de los depurativos, en los bragueros y los escapularios, y aunque su litografía enmarcada con la bandera en el pecho y el dragón de la patria estaba expuesta a todas horas en todas partes, sabíamos que eran copias de copias de retratos que ya se consideraban infieles en los tiempos del cometa, cuando nuestros propios padres sabían quién era él porque se lo habían oído contar a los suyos, como éstos a los suyos, y desde niños nos acostumbraron a creer que él estaba vivo en la casa del poder porque alguien había visto encenderse los globos de luz una noche de fiesta, alguien había contado que vi los ojos tristes, los labios pálidos, la mano pensativa que iba diciendo adioses de nadie a través de los ornamentos de misa del coche presidencial, porque un domingo de hacía muchos años se habían llevado al ciego callejero que por cinco centavos recitaba los versos del olvidado poeta Rubén Darío y había vuelto feliz con una morrocota legítima con que le pagaron un recital que había hecho sólo para él, aunque no lo había visto, por supuesto, no porque fuera ciego sino porque ningún mortal lo había visto desde los tiempos del vómito negro, y sin embargo sabíamos que él estaba ahí, lo sabíamos porque el mundo seguía, la vida seguía, el correo llegaba, la banda municipal tocaba la retreta de valses bobos de los sábados bajo las palmeras polvorientas y los faroles mustios de la Plaza de Armas, y otros músicos viejos reemplazaban en la banda a los músicos muertos. En los últimos años, cuando no se volvieron a oír ruidos humanos ni cantos de pájaros en el interior y se cerraron para siempre los portones blindados, sabíamos que había alguien en la casa civil porque de noche se veían luces que parecían de navegación a través de las ventanas del lado del mar, y quienes se atrevieron a acercarse oyeron desastres de pezuñas y suspiros de animal grande detrás de las paredes fortificadas, y una tarde de enero habíamos visto una vaca contemplando el crepúsculo desde el balcón presidencial, imagínese, una vaca en el balcón de la patria, qué cosa más inicua, qué país de mierda, pero se hicieron tantas conjeturas de cómo era posible que una vaca llegara hasta un balcón si todo el mundo sabía que las vacas no se trepaban por las escaleras, y menos si eran de piedra, y mucho menos si estaban alfombradas, que al final no supimos si en realidad la vimos o si era que pasamos una tarde por la Plaza de Armas y habíamos soñado caminando que habíamos visto una vaca en un balcón presidencial donde nada se había visto ni había de verse otra vez en muchos años hasta el amanecer del último viernes cuando empezaron a llegar los primeros gallinazos que se alzaron de donde estaban siempre adormila-dos en la cornisa del hospital de pobres, vinieron más de tierra adentro, vinieron en oleadas sucesi-vas desde el horizonte del mar de polvo donde estu-vo el mar, volaron todo un día en círculos lentos sobre la casa del poder hasta que un rey con plu-mas de novia y golilla encarnada impartió una or-den silenciosa y empezó aquel estropicio de vidrios, aquel viento de muerto grande, aquel entrar y salir de gallinazos por las ventanas como sólo era con-cebible en una casa sin autoridad, de modo que también nosotros nos atrevimos a entrar y encon-tramos en el santuario desierto los escombros de la grandeza, el cuerpo picoteado, las manos lisas de doncella con el anillo del poder en el hueso anular, y tenía todo el cuerpo retoñado de líquenes mi-núsculos y animales parasitarios de fondo de mar, sobre todo en las axilas y en las ingles, y tenía el braguero de lona en el testículo herniado que era lo único que habían eludido los gallinazos a pesar de ser tan grande como un riñón de buey, pero ni si-quiera entonces nos atrevimos a creer en su muerte porque era la segunda vez que lo encontraban en aquella oficina, solo y vestido, y muerto al parecer de muerte natural durante el sueño, como estaba anunciado desde hacía muchos años en las aguas premonitorias de los lebrillos de las pitonisas. La primera vez que lo encontraron, en el principio de su otoño, la nación estaba todavía bastante viva como para que él se sintiera amenazado de muerte hasta en la soledad de su dormitorio, y sin embargo gobernaba como si se supiera predestinado a no morirse jamás, pues aquello no parecía entonces una casa presidencial sino un mercado donde había que abrirse paso por entre ordenanzas descalzos que descargaban burros de hortalizas y huacales de gallinas en los corredores, saltando por encima de comadres con ahijados famélicos que dormían apelotonadas en las escaleras para esperar el milagro de la caridad oficial, había que eludir las corrientes de agua sucia de las concubinas deslenguadas que cambiaban por flores nuevas las flores nocturnas de los floreros y trapeaban los pisos y cantaban canciones de amores ilusorios al compás de las ramas secas con que venteaban las alfombras en los balcones, y todo aquello entre el escándalo de los funcionarios vitalicios que encontraban gallinas poniendo en las gavetas de los escritorios, y tráficos de putas y soldados en los retretes, y alborotos de pájaros, y peleas de perros callejeros en medio de las audiencias, porque nadie sabía quién era quién ni de parte de quién en aquel palacio de puertas abiertas dentro de cuyo desorden descomunal era imposible establecer dónde estaba el gobierno. El hombre de la casa no sólo participaba de aquel desastre de feria sino que él mismo lo promovía y comandaba, pues tan pronto como se encendían las luces de su dormitorio, antes de que empezaran a cantar los gallos, la diana de la guardia presidencial mandaba el aviso del nuevo día al cercano cuartel del Conde, y éste lo repetía para la base de San Jerónimo, y ésta para la fortaleza del puerto, y ésta volvía a repetirlo para las seis dianas sucesivas que despertaban primero a la ciudad y luego a todo el país, mientras él meditaba en el excusado portátil tratando de apagar con las manos el zumbido de sus oídos, que entonces empezaba a manifestarse, y viendo pasar la luz de los buques por el voluble mar de topacio que en aquellos tiempos de gloria estaba todavía frente a su ventana. Todos los días, desde que tomó posesión de la casa, había vigilado el ordeño en los establos para medir con su mano la cantidad de leche que habían de llevar las tres carretas presidenciales a los cuarteles de la ciudad, tomaba en la cocina un tazón de café negro con cazabe sin saber muy bien para dónde lo arrastraban las ventoleras de la nueva jornada, atento siempre al cotorreo de la servidumbre que era la gente de la casa con quien hablaba el mismo lenguaje, cuyos halagos serios estimaba más y cuyos corazones descifraba mejor, y un poco antes de las nueve tomaba un baño lento de aguas de hojas hervidas en la alberca de granito construida a la sombra de los almendros de su patio privado, y sólo después de las once conseguía sobreponerse a la zozobra del amanecer y se enfrentaba a los azares de la realidad. Antes, durante la ocupación de los infantes de

15

marina, se encerraba en la oficina para decidir el destino de la patria con el comandante de las tropas de desembarco y firmaba toda clase de leyes y mandatos con la huella del pulgar, pues entonces no sabía leer ni escribir, pero cuando lo dejaron solo otra vez con su patria y su poder no volvió a emponzoñarse la sangre con la conduerma de la ley escrita sino que gobernaba de viva voz y de cuerpo presente a toda hora y en todas partes con una parsimonia rupestre pero también con una diligencia inconcebible a su edad, asediado por una muchedumbre de leprosos, ciegos y paralíticos que suplicaban de sus manos la sal de la salud, y políticos de letras y aduladores impávidos que lo proclamaban corregidor de los terremotos, los eclipses, los años bisiestos y otros errores de Dios, arrastrando por toda la casa sus grandes patas de elefante en la nieve mientras resolvía problemas de estado y asuntos domésticos con la misma simplicidad con que ordenaba que me quiten esta puerta de aquí y me la pongan allá, la quitaban, que me la vuelvan a poner, la ponían, que el reloj de la torre no diera las doce a las doce sino a las dos para que la vida pareciera más larga, se cumplía, sin un instante de vacilación, sin una pausa, salvo a la hora mortal de la siesta en que se refugiaba en la penumbra de las concubinas, elegía una por asalto, sin desvestirla ni desvestirse, sin cerrar la puerta, y en el ámbito de la casa se escuchaba entonces su resuello sin alma de marido urgente, el retintín anhelante de la espuela de oro, su llantito de perro, el espanto de la mujer que malgastaba su tiempo de amor tratando de quitarse de encima la mirada escuálida de los sietemesinos, sus gritos de lárguense de aquí, váyanse a jugar en el patio que esto no lo pueden ver los niños, y era como si un ángel atravesara el cielo de la patria, se apagaban las voces, se paró la vida, todo el mundo quedó petrificado con el índice en los labios, sin respirar, silencio, el general está tirando, pero quienes mejor lo conocieron no confiaban ni siquiera en la tregua de aquel instante sagrado, pues siempre parecía que se desdoblaba, que lo vieron jugando dominó a las siete de la noche y al mismo tiempo lo habían visto prendiendo fuego a las bostas de vaca para ahuyentar los mosquitos en la sala de audiencias, ni nadie se alimentaba de ilusiones mientras no se apagaban las luces de las últimas ventanas y se escuchaba el ruido de estrépito de las tres aldabas, los tres cerrojos, los tres pestillos del dormitorio presidencial, y se oía el golpe del cuerpo al derrumbarse de cansancio en el suelo de piedra, y la respiración de niño decrépito que se iba haciendo más profunda a medida que montaba la marea, hasta que las arpas nocturnas del viento acallaban las chicharras de sus tímpanos y un ancho maretazo de espuma arrasaba las calles de la rancia ciudad de los virreyes y los bucaneros e irrumpía en la casa civil por todas las ventanas como un tremendo sábado de agosto que hacía crecer percebes en los espejos y dejaba la sala de audiencias a merced de

los delirios de los tiburones y rebasaba los niveles
más altos de los océanos prehistóricos, y desbordaba la faz de la tierra, y el espacio y el tiempo, y sólo
quedaba él solo flotando bocabajo en el agua lunar
de sus sueños de ahogado solitario, con su uniforme de lienzo de soldado raso, sus polainas, su espuela de oro, y el brazo derecho doblado bajo la
cabeza para que le sirviera de almohada. Aquel estar simultáneo en todas partes durante los años pe-
dregosos que precedieron a su primera muerte,
aquel subir mientras bajaba, aquel extasiarse en el
mar mientras agonizaba de malos amores no eran
un privilegio de su naturaleza, como lo proclamaban sus aduladores, ni una alucinación multitudin-
aria, como decían sus críticos, sino que era la suerte
de contar con los servicios íntegros y la lealtad de
perro de Patricio Aragonés, su doble perfecto, que
había sido encontrado sin que nadie lo buscara
cuando le vinieron con la novedad mi general de
que una falsa carroza presidencial andaba por pueblos de indios haciendo un próspero negocio de suplantación, que habían visto los ojos taciturnos en
la penumbra mortuoria, que habían visto los labios
pálidos, la mano de novia sensitiva con un guante
de raso que iba echando puñados de sal a los enfermos arrodillados en la calle, y que detrás de la carroza iban dos falsos oficiales de a caballo cobran-
do en moneda dura el favor de la salud, imagínese
mi general, qué sacrilegio, pero él no dio ninguna
orden contra el suplantador sino que había pedido

que lo llevaran en secreto a la casa presidencial con la cabeza metida en un talego de fique para que no fueran a confundirlo, y entonces padeció la humillación de verse a sí mismo en semejante estado de igualdad, carajo, si este hombre soy yo, dijo, porque era en realidad como si lo fuera, salvo por la autoridad de la voz, que el otro no logró imitar nunca, y por la nitidez de las líneas de la mano en donde el arco de la vida se prolongaba sin tropiezos en torno a la base del pulgar, y si no lo hizo fusilar en el acto no fue por el interés de mantenerlo como suplantador oficial, pues esto se le ocurrió más tarde, sino porque lo inquietó la ilusión de que las cifras de su propio destino estuvieran escritas en la mano del impostor. Cuando se convenció de la vanidad de aquel sueño ya Patricio Aragonés había sobrevivido impasible a seis atentados, había adquirido la costumbre de arrastrar los pies aplanados a golpes de mazo, le zumbaban los oídos y le cantaba la potra en las madrugadas de invierno, y había aprendido a quitarse y a ponerse la espuela de oro como si se le enredaran las correas sólo por ganar tiempo en las audiencias mascullando carajo con estas hebillas que fabrican los herreros de Flandes que ni para eso sirven, y de bromista y lenguaraz que había sido cuando soplaba botellas en la carquesa de su padre se volvió meditativo y sombrío y no ponía atención a lo que le decían sino que escudriñaba la penumbra de los ojos para adivinar lo que no le decían, y nunca contestó a una

pregunta sin antes preguntar a su vez y usted qué
opina y de holgazán y vividor que había sido en el
negocio de vender milagros se volvió diligente hasta
el tormento y caminador implacable, se volvió ta-
caño y rapaz, se resignó a amar por asalto y a dormir en el suelo, vestido, bocabajo y sin almohada, y
renunció a sus ínfulas precoces de identidad propia
y a toda vocación hereditaria de veleidad dorada de
simplemente soplar y hacer botellas, y afrontaba
los riesgos más tremendos del poder poniendo primeras piedras donde nunca se había de poner la segunda, cortando cintas inaugurales en tierra de enemigos y soportando tantos sueños pasados por
agua y tantos suspiros reprimidos de ilusiones im-
posibles al coronar sin apenas tocarlas a tantas y
tan efímeras e inalcanzables reinas de la belleza,
pues se había conformado para siempre con el destino raso de vivir un destino que no era el suyo,
aunque no lo hizo por codicia ni convicción sino
porque él le cambió la vida por el empleo vitalicio
de impostor oficial con un sueldo nominal de cincuenta pesos mensuales y la ventaja de vivir como
un rey sin la calamidad de serlo, qué más quieres.
Aquella confusión de identidades alcanzó su tono
mayor una noche de vientos largos en que él encontró a Patricio Aragonés suspirando hacia el mar en
el vapor fragante de los jazmines y le preguntó con
una alarma legítima si no le habían echado acónito
en la comida que andaba a la deriva y como atravesado por un mal aire, y Patricio Aragonés le con-

testó que no mi general, que la vaina es peor, que el
sábado había coronado a una reina de carnaval y
había bailado con ella el primer vals y ahora no
encontraba la puerta para salir de aquel recuerdo,
porque era la mujer más hermosa de la tierra, de
las que no se hicieron para uno mi general, si usted
la viera, pero él replicó con un suspiro de alivio que
qué carajo, ésas son vainas que le suceden a los
hombres cuando están estreñidos de mujer, le propuso secuestrársela como hizo con tantas mujeres
retrecheras que habían sido sus concubinas, te la
pongo a la fuerza en la cama con cuatro hombres
de tropa que la sujeten por los pies y las manos
mientras tú te despachas con la cuchara grande,
qué carajo, te la comes barbeada, le dijo, hasta las
más estrechas se revuelcan de rabia al principio y
después te suplican que no me deje así mi general
como una triste pomarrosa con la semilla suelta,
pero Patricio Aragonés no quería tanto sino que
quería más, quería que lo quisieran, porque ésta es
de las que saben de dónde son los cantantes mi general, ya verá que usted mismo lo va a ver cuando
la vea, así que él le indicó como fórmula de alivio
los senderos nocturnos de los cuartos de sus concubinas y lo autorizó para usarlas como si fuera él
mismo, por asalto y de prisa y con la ropa puesta, y
Patricio Aragonés se sumergió de buena fe en aquel
cenagal de amores prestados creyendo que con
ellos le iba a poner una mordaza a sus anhelos,
pero era tanta su ansiedad que a veces se olvidaba

de las condiciones del préstamo, se desbraguetaba
por distracción, se demoraba en pormenores, tropezaba por descuido con las piedras ocultas de las
mujeres más mezquinas, les desentrañaba los suspiros y las hacía reír de asombro en las tinieblas, qué
bandido mi general, le decían, se nos está volviendo
avorazado después de viejo, y desde entonces ninguno de ellos ni ninguna de ellas supo nunca cuál
de los hijos de quién era hijo de quién, ni con quién,
pues también los hijos de Patricio Aragonés como
los suyos nacían sietemesinos. Así fue como Patricio Aragonés se convirtió en el hombre esencial del
poder, el más amado y quizá también el más temido, y él dispuso de más tiempo para ocuparse de
las fuerzas armadas con tanta atención como al
principio de su mandato, no porque las fuerzas armadas fueran el sustento de su poder, como todos
creíamos, sino al contrario, porque eran su enemigo natural más temible, de modo que les hacía
creer a unos oficiales que estaban vigilados por los
otros, les barajaba los destinos para impedir que se
confabularan, dotaba a los cuarteles de ocho cartu-
chos de fogueo por cada diez legítimos y les mandaba pólvora revuelta con arena de playa mientras
él mantenía el parque bueno al alcance de la mano
en un depósito de la casa presidencial cuyas llaves
cargaba en una argolla con otras llaves sin copias
de otras puertas que nadie más podía franquear,
protegido por la sombra tranquila de mi compadre
de toda la vida el general Rodrigo de Aguilar, un

22

artillero de academia que era además su ministro de la defensa y al mismo tiempo comandante de las guardias presidenciales, director de los servicios de seguridad del estado y uno de los muy pocos mortales que estuvieron autorizados para ganarle a él una partida de dominó, porque había perdido el brazo derecho tratando de desmontar una carga de dinamita minutos antes de que la berlina presidencial pasara por el sitio del atentado. Se sentía tan seguro con el amparo del general Rodrigo de Aguilar y la asistencia de Patricio Aragonés, que empezó a descuidar sus presagios de conservación y se fue haciendo cada vez más visible, se atrevió a pasear por la ciudad con sólo un edecán en un carricoche sin insignias contemplando por entre los visillos la catedral arrogante de piedra dorada que él había declarado por decreto la más bella del mundo, atisbaba las mansiones antiguas de calicanto con portales de tiempos dormidos y girasoles vueltos hacia el mar, las calles adoquinadas con olor de pabilo del barrio de los virreyes, las señoritas lívidas que hacían encaje de bolillo con una decencia ineluctable entre los tiestos de claveles y los colgajos de trinitarias de la luz de los balcones, el convento ajedrezado de las vizcaínas con el mismo ejercicio de clavicordio a las tres de la tarde con que habían celebrado el primer paso del cometa, atravesó el laberinto babélico del comercio, su música mortífera, los lábaros de billetes de lotería, los carritos de guarapo, los sartales de huevos de iguana, los baratillos de los turcos descoloridos por el sol, el lienzo pavoroso de la mujer que se había convertido en alacrán por desobedecer a sus padres, el callejón de miseria de las mujeres sin hombres que salían desnudas al atardecer a comprar corbinas azules y pargos rosados y a mentarse la madre con las verduleras mientras se les secaba la ropa en los balcones de maderas bordadas, sintió el viento de mariscos podridos, la luz cotidiana de los pelícanos a la vuelta de la esquina, el desorden de colores de las barracas de los negros en los promontorios de la bahía, y de pronto, ahí está, el puerto, ay, el puerto, el muelle de tablones de esponja, el viejo acorazado de los infantes más largo y más sombrío que la verdad, la estibadora negra que se apartó demasiado tarde para dar paso al cochecito despavorido y se sintió tocada de muerte por la visión del anciano crepuscular que contemplaba el puerto con la mirada más triste del mundo, es él, exclamó asustada, que viva el macho, gritó, que viva, gritaban los hombres, las mujeres, los niños que salían corriendo de las cantinas y las fondas de chinos, que viva, gritaban los que trabaron las patas de los caballos y bloquearon el coche para estrechar la mano del poder, una maniobra tan certera e imprevista que él apenas tuvo tiempo de apartar el brazo armado del edecán reprendiéndolo con voz tensa, no sea pendejo, teniente, déjelos que me quieran, tan exaltado con aquel arrebato de amor y con otros semejantes de los días siguientes que al general Rodrigo de Aguilar le costó trabajo quitarle la idea de pasearse en una carroza descubierta para que puedan verme de cuerpo entero los patriotas de la patria, qué carajo, pues él ni siquiera sospechaba que el asalto del puerto había sido espontáneo pero que los siguientes fueron organizados por sus propios servicios de seguridad para complacerlo sin riesgos, tan engolosinado con los aires de amor de las vísperas de su otoño que se atrevió a salir de la ciudad después de muchos años, volvió a poner en marcha el viejo tren pintado con los colores de la bandera que se trepaba gateando por las cornisas de su vasto reino de pesadumbre, abriéndose paso por entre ramazones de orquídeas y balsaminas amazónicas, alborotando micos, aves del paraíso, leopardos dormidos sobre los rieles, hasta los pueblos glaciales y desiertos de su páramo natal en cuyas estaciones lo esperaban con bandas de músicas lúgubres, le tocaban campanas de muerto, le mostraban letreros de bienvenida al patricio sin nombre que está sentado a la diestra de la Santísima Trinidad, le reclutaban indios desbalagados de las veredas que bajaban a conocer el poder oculto en la penumbra fúnebre del vagón presidencial, y los que conseguían acercarse no veían nada más que los ojos atónitos detrás de los cristales polvorientos, veían los labios trémulos, la palma de una mano sin origen que saludaba desde el limbo de la gloria, mientras alguien de la escolta trataba de apartarlo de la ventana, tenga cuidado,

general, la patria lo necesita, pero él replicaba entre
sueños no te preocupes, coronel, esta gente me
quiere, lo mismo en el tren de los páramos que en el
buque fluvial de rueda de madera que iba dejando
un rastro de valses de pianola por entre la fragancia
dulce de gardenias y salamandras podridas de los
afluentes ecuatoriales, eludiendo carcachas de dragones prehistóricos, islas providenciales donde se
echaban a parir las sirenas, atardeceres de desastres de inmensas ciudades desaparecidas, hasta los
caseríos ardientes y desolados cuyos habitantes se
asomaban a la orilla para ver el buque de madera
pintado con los colores de la patria y apenas si al-
canzaban a distinguir una mano de nadie con un
guante de raso que saludaba desde la ventana del
camarote presidencial, pero él veía los grupos de la
orilla que agitaban hojas de malanga a falta de banderas, veía los que se echaban al agua con una dan-
ta viva, un ñame gigantesco como una pata de elefante, un huacal de gallinas de monte para la olla
del sancocho presidencial, y suspiraba conmovido
en la penumbra eclesiástica del camarote, mírelos
cómo vienen, capitán, mire cómo me quieren. En
diciembre, cuando el mundo del Caribe se volvía de
vidrio, subía en el carricoche por las cornisas de ro-
cas hasta la casa encaramada en la cumbre de los
arrecifes y se pasaba la tarde jugando dominó con
los antiguos dictadores de otros países del conti-
nente, los padres destronados de otras patrias a
quienes él había concedido el asilo a lo largo de

muchos años y que ahora envejecían en la penumbra de su misericordia soñando con el barco quimérico de la segunda oportunidad en las sillas de las
terrazas, hablando solos, muriéndose muertos en la
casa de reposo que él había construido para ellos
en el balcón del mar después de haberlos recibido a
todos como si fueran uno solo, pues todos aparecían de madrugada con el uniforme de aparato
que se habían puesto al revés sobre la piyama, con
un baúl de dinero saqueado del tesoro público y
una maleta con un estuche de condecoraciones, recortes de periódicos pegados en viejos libros de
contabilidad y un álbum de retratos que le mostraban a él en la primera audiencia como si fueran las
credenciales, diciendo mire usted, general, éste soy
yo cuando era teniente, aquí fue el día de la posesión, aquí fue en el decimosexto aniversario de la
toma del poder, aquí, mire usted general, pero él les
concedía el asilo político sin prestarles mayor atención ni revisar credenciales porque el único docu-
mento de identidad de un presidente derrocado
debe ser el acta de defunción, decía, y con el mismo
desprecio escuchaba el discursillo ilusorio de que
acepto por poco tiempo su noble hospitalidad
mientras la justicia del pueblo llama a cuentas al
usurpador, la eterna fórmula de solemnidad pueril
que poco después le escuchaba al usurpador, y luego al usurpador del usurpador como si no supieran
los muy pendejos que en este negocio de hombres
el que se cayó se cayó, y a todos los hospedaba por

unos meses en la casa presidencial, los obligaba a jugar dominó hasta despojarlos del último céntimo, y entonces me llevó del brazo frente a la ventana del mar, me ayudó a dolerme de esta vida puñetera que sólo camina para un solo lado, me consoló con la ilusión de que me fuera para allá, miré, allá, en aquella casa enorme que parecía un trasatlántico encallado en la cumbre de los arrecifes donde le tengo un aposento con muy buena luz y buena comida, y mucho tiempo para olvidar junto a otros compañeros en desgracia, y con una terraza marina donde a él le gustaba sentarse en las tardes de diciembre no tanto por el placer de jugar al dominó con aquella cáfila de mampolones sino para disfrutar de la dicha mezquina de no ser uno de ellos, para mirarse en el espejo de escarmiento de la miseria de ellos mientras él chapaleaba en la ciénaga grande la felicidad, soñando solo, persiguiendo en puntillas como un mal pensamiento a las mulatas mansas que barrían la casa civil en la penumbra del amanecer, husmeaba su rastro de dormitorio público y brillantina de botica, acechaba la ocasión de encontrarse con una sola para hacer amores de gallo detrás de las puertas de las oficinas mientras ellas reventaban de risa en la sombra, qué bandido mi general, tan grande y todavía tan garoso, pero él quedaba triste después del amor y se ponía a cantar para consolarse donde nadie lo oyera, fúlgida luna del mes de enero, cantaba, mírame cómo estoy de acontecido en el patíbulo de tu ventana, cantaba,

tan seguro del amor de su pueblo en aquellos octu-
bres sin malos presagios que colgaba una hamaca
en el patio de la mansión de los suburbios donde
vivía su madre Bendición Alvarado y hacía la siesta a la sombra de los tamarindos, sin escolta,
soñando con los peces errátiles que navegaban en
las aguas de color de los dormitorios, la patria es lo
mejor que se ha inventado, madre, suspiraba, pero
nunca esperaba la réplica de la única persona en el
mundo que se atrevió a reprenderlo por el olor a ce-
bollas rancias de sus axilas, sino que regresaba a la
casa presidencial por la puerta grande exaltado con
aquella estación de milagro del Caribe en enero,
aquella reconciliación con el mundo al cabo de la
vejez, aquellas tardes malvas en que había hecho
las paces con el nuncio apostólico y éste lo visitaba
sin audiencia para tratar de convertirlo a la fe de
Cristo mientras tomaban chocolate con galletitas, y
él alegaba muerto de risa que si Dios es tan macho
como usted dice dígale que me saque este cucarrón
que me zumba en el oído, le decía, se desabotonaba
los nueve botones de la bragueta y le mostraba la
potra descomunal, dígale que me desinfle esta criatura, le decía, pero el nuncio lo pastoreaba con un
largo estoicismo, trataba de convencerlo de que
todo lo que es verdad, dígalo quien lo diga, provie-
ne del Espíritu Santo, y él lo acompañaba hasta la
puerta con las primeras lámparas, muerto de risa
como muy pocas veces lo habían visto, no gaste
pólvora en gallinazos, padre, le decía, para qué me

quiere convertido si de todos modos hago lo que ustedes quieren, qué carajo. Aquel remanso de placidez se desfondó de pronto en la gallera de un páramo remoto cuando un gallo carnicero le arrancó la cabeza al adversario y se la comió a picotazos ante un público enloquecido de sangre y una charanga de borrachos que celebró el horror con músicas de fiesta, porque él fue el único que registró el mal presagio, lo sintió tan nítido e inminente que ordenó en secreto a su escolta que arrestaran a uno de los músicos, a ése, el que está tocando el bombardino, y en efecto le encontraron una escopeta de cañón recortado y confesó bajo tortura que pensaba disparar contra él en la confusión de la salida, por supuesto, era más que evidente, explicó él, porque yo miraba a todo el mundo y todo el mundo me miraba a mí, pero el único que no se atrevió a mirarme ni una sola vez fue ese cabrón del bombardino, pobre hombre, y sin embargo él sabía que no era ésa la razón última de su ansiedad, pues la siguió sintiendo en las noches de la casa civil aun después de que sus servicios de seguridad le demostraron que no había motivos de inquietud mi general, que todo estaba en orden, pero él se había aferrado a Patricio Aragonés como si fuera él mismo desde que padeció el presagio de la gallera, le daba de comer de su propia comida, le daba a beber de su propia miel de abejas con la misma cuchara para morirse al menos con el consuelo de que ambos se murieran juntos si las cosas estaban envene-

30

nadas, y andaban como fugitivos por aposentos olvidados, caminando sobre las alfombras para que
nadie conociera sus grandes pasos furtivos de elefantes siameses, navegando juntos en la claridad intermitente del faro que se metía por las ventanas e
inundaba de verde cada treinta segundos los aposentos de la casa a través del humo de boñiga de
vaca y los adioses lúgubres de los barcos nocturnos
en los mares dormidos, pasaban tardes enteras contemplando la lluvia, contando golondrinas como
dos amantes vetustos en los atardeceres lánguidos
de septiembre, tan apartados del mundo que él mismo no cayó en la cuenta de que su lucha feroz por
existir dos veces alimentaba la sospecha contraria
de que existía cada vez menos, que yacía en un letargo, que había sido doblada la guardia y no se
permitía la entrada ni la salida de nadie en la casa
presidencial, que sin embargo alguien había logrado burlar aquel filtro severo y había visto los pájaros callados en las jaulas, las vacas bebiendo en la
pila bautismal, los leprosos y los paralíticos durmiendo en los rosales, y todo el mundo estaba al
mediodía como esperando a que amaneciera porque él había muerto como estaba anunciado en los
lebrillos de muerte natural durante el sueño pero los
altos mandos demoraban la noticia mientras trataban de dirimir en conciliábulos sangrientos sus
pugnas atrasadas. Aunque él ignoraba estos rumores era consciente de que algo estaba a punto de
ocurrir en su vida, interrumpía las lentas partidas

de dominó para preguntarle al general Rodrigo de
Aguilar cómo siguen las vainas, compadre, todo
bajo control mi general, la patria estaba en calma,
acechaba señales de premonición en las piras funerarias de las plastas de boñiga de vaca que ardían
en los corredores y en los pozos de aguas antiguas
sin encontrar ninguna respuesta a su ansiedad, visitaba a su madre Bendición Alvarado en la mansión
de los suburbios cuando aflojaba el calor, se sentaban a tomar el fresco de la tarde debajo de los tamarindos, ella en su mecedor de madre, decrépita
pero con el alma entera, echándoles puñados de
maíz a las gallinas y a los pavorreales que picoteaban en el patio, y él en la poltrona de mimbre pintada de blanco, abanicándose con el sombrero, persiguiendo con una mirada de hambre vieja a las mulatas grandes que le llevaban las aguas frescas de
fruta de colores para la sed del calor mi general,
pensando madre mía Bendición Alvarado si supieras que ya no puedo con el mundo, que quisiera lar-
garme para no sé dónde, madre, lejos de tanto en-
tuerto, pero ni siquiera a su madre le mostraba el
interior de los suspiros sino que regresaba con las
primeras luces de la noche a la casa presidencial, se
metía por la puerta de servicio oyendo al pasar por
los corredores el taconeo de los centinelas que lo
iban saludando sin novedad mi general, todo en orden, pero él sabía que no era cierto, que lo engañaban por hábito, que le mentían por miedo, que nada
era verdad en aquella crisis de incertidumbre que le

estaba amargando la gloria y le quitaba hasta las viejas ganas de mandar desde la tarde aciaga de la gallera, permanecía hasta muy tarde tirado bocabajo en el suelo sin dormir, oyó por la ventana abierta del mar los tambores lejanos y las gaitas tristes que celebraban alguna boda de pobres con el mismo alborozo con que hubieran celebrado su muerte, oyó el adiós de un buque perdulario que se fue a las dos sin permiso del capitán, oyó el ruido de papel de las rosas que se abrieron al amanecer, sudaba hielo, suspiraba sin querer, sin un instante de sosiego, presintiendo con un instinto montaraz la inminencia de la tarde en que regresaba de la mansión de los suburbios y lo sorprendió un tropel de muchedumbres en la calle, un abrir y cerrar de ventanas y un pánico de golondrinas en el cielo diáfano de diciembre y entreabrió la cortina de la carroza para ver qué pasaba y se dijo esto era, madre, esto era, se dijo, con un terrible sentimiento de alivio, viendo los globos de colores en el cielo, los globos rojos y verdes, los globos amarillos como grandes naranjas azules, los innumerables globos errantes que se abrieron vuelo por entre el espanto de las golondrinas y flotaron un instante en la luz de cristal de las cuatro y se rompieron de pronto en una explosión silenciosa y unánime y soltaron millares y millares de hojas de papel sobre la ciudad, una tormenta de panfletos volantes que el cochero aprovechó para escabullirse del tumulto del mercado público sin que nadie reconociera la carroza del poder, porque todo el mundo estaba en la rebatiña de los papeles de los globos mi general, los gritaban en los balcones, repetían de memoria abajo la opresión, gritaban, muera el tirano, y hasta los centinelas de la casa presidencial leían en voz alta por los corredores la unión de todos sin distinción de clases contra el despotismo de siglos, la reconciliación patriótica contra la corrupción y la arrogancia de los militares, no más sangre, gritaban, no más pillaje, el país entero despertaba del sopor milenario en el momento en que él entró por la puerta de la cochera y se encontró con la terrible novedad mi general de que a Patricio Aragonés lo habían herido de muerte con un dardo envenenado. Años antes, en una noche de malos humores, él le había propuesto a Patricio Aragonés que se jugaran la vida a cara o sello, si sale cara te mueres tú, si sale sello me muero yo, pero Patricio Aragonés le hizo ver que se iban a morir empatados porque todas las monedas tenían la cara de ambos por ambos lados, le propuso entonces que se jugaran la vida en la mesa de dominó, veinte partidas al que gane más, y Patricio Aragonés aceptó a mucha honra y con mucho gusto mi general siempre que me conceda el privilegio de poderle ganar, y él aceptó, de acuerdo, así que jugaron una partida, jugaron dos, jugaron veinte, y siempre ganó Patricio Aragonés pues él sólo ganaba porque estaba prohibido ganarle, libraron un combate largo y encarnizado y llegaron a la última partida sin que él ganara una, y Patricio Aragonés se secó el sudor con la manga de la camisa suspirando lo siento en el alma mi general pero yo no me quiero morir, y entonces él se puso a recoger las fichas, las colocaba en orden dentro de la cajita de madera mientras decía como un maestro de escuela cantando una lección que él tampoco tenía por qué morirse en la mesa de dominó sino a su hora y en su sitio de muerte natural durante el sueño como lo habían predicho desde el principio de sus tiempos los lebrillos de las pitonisas, y ni siquiera así, pensándolo bien, porque Bendición Alvarado no me parió para hacerle caso a los lebrillos sino para mandar, y al fin y al cabo yo soy el que soy yo, y no tú, de modo que dale gracias a Dios de que esto no era más que un juego, le dijo riéndose, sin haber imaginado entonces ni nunca que aquella broma terrible había de ser verdad la noche en que entró en el cuarto de Patricio Aragonés y lo encontró enfrentado con las urgencias de la muerte, sin remedio, sin ninguna esperanza de sobrevivir al veneno, y él lo saludó desde la puerta con la mano extendida, Dios te salve, macho, grande honor es morir por la patria. Lo acompañó en la lenta agonía, los dos solos en el cuarto, dándole con su mano las cucharadas de alivio para el dolor, y Patricio Aragonés las tomaba sin gratitud diciéndole entre cada cucharada que ahí lo dejo por poco tiempo con su mundo de mierda mi general porque el corazón me dice que nos vamos a ver muy pronto en los profundos infiernos, yo más torcido que un lebranche

con este veneno y usted con la cabeza en la mano
buscando dónde ponerla, dicho sea sin el menor
respeto mi general, pues ahora le puedo decir que
nunca lo he querido como usted se imagina sino
que desde las témporas de los filibusteros en que
tuve la mala desgracia de caer en sus dominios estoy rogando que lo maten aunque sea de buena manera para que me pague esta vida de huérfano que
me ha dado, primero aplanándome las patas con
manos de pilón para que se me volvieran de sonámbulo como las suyas, después atravesándome las
criadillas con leznas de zapatero para que se me
formara la potra, después poniéndome a beber trementina para que se me olvidara leer y escribir con
tanto trabajo como le costó a mi madre enseñarme,
y siempre obligándome a hacer los oficios públicos
que usted no se atreve, y no porque la patria lo ne-
cesite vivo como usted dice sino porque al más bra-
gado se le hiela el culo coronando a una puta de la
belleza sin saber por dónde le va a tronar la muerte,
dicho sea sin el menor respeto mi general, pero a él
no le importaba la insolencia sino la ingratitud de
Patricio Aragonés a quien puse a vivir como un rey
en un palacio y te di lo que nadie le ha dado a nadie
en este mundo hasta prestarte mis propias mujeres,
aunque mejor no hablemos de eso mi general que
vale más estar capado a mazo que andar tumbando
madres por el suelo como si fuera cuestión de he-
rrar novillas, nomás que esas pobres bastardas sin
corazón ni siquiera sienten el hierro ni patalean ni

se retuercen ni se quejan como las novillas, ni
echan humo por los cuadriles ni huelen a carne
chamuscada que es lo menos que se les pide a las
buenas mujeres, sino que ponen sus cuerpos de vacas muertas para que uno cumpla con su deber
mientras ellas siguen pelando papas y gritándoles a
las otras que me hagas el favor de echármele un ojo
a la cocina mientras me desocupo aquí que se me
quema el arroz, sólo a usted se le ocurre creer que
esa vaina es amor mi general porque es el único que
conoce, dicho sea sin el menor respeto, y entonces
él empezó a bramar que te calles, carajo, que te calles o te va a costar caro, pero Patricio Aragonés siguió diciendo sin la menor intención de burla que
para qué me voy a callar si lo más que puede hacer
es matarme y ya me está matando, más bien aproveche ahora para verle la cara a la verdad mi general, para que sepa que nadie le ha dicho nunca lo
que piensa de veras sino que todos le dicen lo que
saben que usted quiere oír mientras le hacen reve-
rencias por delante y le hacen pistola por detrás,
agradezca siquiera la casualidad de que yo soy el
hombre que más lástima le tiene en este mundo
porque soy el único que me parezco a usted, el único que tiene la honradez de cantarle lo que todo el
mundo dice que usted no es presidente de nadie ni
está en el trono por sus cañones sino que lo senta-
ron los ingleses y lo sostuvieron los gringos con el
par de cojones de su acorazado, que yo lo vi cuca-
racheando de aquí para allá y de allá para acá sin

saber por dónde empezar a mandar de miedo cuando los gringos le gritaron que ahí te dejamos con tu burdel de negros a ver cómo te las compones sin nosotros, y si no se desmontó de la silla desde entonces ni se ha desmontado nunca no será porque no quiere sino porque no puede, reconózcalo, porque sabe que a la hora que lo vean por la calle vestido de mortal le van a caer encima como perros para cobrarle esto por la matanza de Santa María del Altar, esto otro por los presos que tiran en los fosos de la fortaleza del puerto para que se los coman vivos los caimanes, esto otro por los que despellejan vivos y le mandan el cuero a la familia como escarmiento, decía, sacando del pozo sin fondo de sus rencores atrasados el sartal de recursos atroces de su régimen de infamia, hasta que ya no pudo decirle más porque un rastrillo de fuego le desgarró las entrañas, se le reblandeció el corazón y terminó sin intención de ofensa sino casi de súplica que se lo digo en serio mi general, aproveche ahora que me estoy muriendo para morirse conmigo, nadie tiene más criterio que yo para decírselo porque nunca tuve la pretensión de parecerme a nadie ni menos ser un prócer de la patria sino un triste soplador de vidrios para hacer botellas como mi padre, atrévase, mi general, no duele tanto como parece, y se lo dijo con un aire de tan serena verdad que a él no le alcanzó la rabia para contestar sino que trató de sostenerlo en la silla cuando vio que empezaba a torcerse y se agarraba las tripas con

las manos y sollozaba con lágrimas de dolor y vergüenza que qué pena mi general pero me estoy cagando, y él creyó que lo decía en sentido figurado
queriéndole decir que se estaba muriendo de miedo,
pero Patricio Aragonés le contestó que no, quiero
decir cagándome cagándome mi general, y él alcanzó a suplicarle que te aguantes Patricio Aragonés,
aguántate, los generales de la patria tenemos que
morir como los hombres aunque nos cueste la vida,
pero lo dijo demasiado tarde porque Patricio Aragonés se fue de bruces y le cayó encima pataleando
de miedo y ensopado de mierda y de lágrimas. En
la oficina contigua a la sala de audiencias tuvo que
restregar el cuerpo con estropajo y jabón para quitarle el mal olor de la muerte, lo vistió con la ropa
que él llevaba puesta, le puso el braguero de lona,
las polainas, la espuela de oro en el talón izquierdo,
sintiendo a medida que lo hacía que se iba convir-
tiendo en el hombre más solitario de la tierra, y por
último borró todo rastro de la farsa y prefiguró a la
perfección hasta los detalles más ínfimos que él
había visto con sus propios ojos en las aguas premonitorias de los lebrillos, para que al amanecer
del día siguiente las barrenderas de la casa encon-
traran el cuerpo como lo encontraron tirado bocabajo en el suelo de la oficina, muerto por primera
vez de falsa muerte natural durante el sueño con el
uniforme de lienzo sin insignias, las polainas, la espuela de oro, y el brazo derecho doblado bajo la
cabeza para que le sirviera de almohada. Tampoco

aquella vez se divulgó la noticia de inmediato, al contrario de lo que él esperaba, sino que transcurrieron muchas horas de prudencia, de averiguaciones sigilosas, de componendas secretas entre los herederos del régimen que trataban de ganar tiempo desmintiendo el rumor de la muerte con toda clase de versiones contrarias, sacaron a la calle del comercio a su madre Bendición Alvarado para que comprobáramos que no tenía cara de duelo, me vistieron con un traje de flores como a una marimonda, señor, me hicieron comprar un sombrero de guacamaya para que todo el mundo me viera feliz, me hicieron comprar cuanto coroto encontrábamos en las tiendas a pesar de que yo les decía que no, señor, que no era hora de comprar sino de llorar porque hasta yo creía que de veras era mi hijo el que había muerto, y me hacían sonreír a la fuerza cuando la gente me sacaba retratos de cuerpo entero porque los militares decían que había que hacerlo por la patria mientras él se preguntaba confundido en su escondite qué ha pasado en el mundo que nada se alteraba con la patraña de su muerte, cómo es que había salido el sol y había vuelto a salir sin tropezar, por qué este aire de domingo, madre, por qué el mismo calor sin mí, se preguntaba asombrado, cuando sonó un cañonazo intempestivo en la fortaleza del puerto y empezaron los dobles de las campanas maestras de la catedral y subió hasta la casa civil la tropelina de las muchedumbres que se alzaban del marasmo secular con la noticia más grande del mundo, y entonces entreabrió la puerta del dormitorio y se asomó a la sala de audiencias y se vio a sí mismo en cámara ardiente más muerto y más ornamentado que todos los papas muertos de la cristiandad, herido por el horror y la vergüenza de su propio cuerpo de macho militar acostado entre las flores, la cara lívida de polvo, los labios pintados, las duras manos de señorita impávida sobre el pectoral blindado de medallas de guerra, el fragoroso uniforme de gala con los diez soles crepusculares de general del universo que alguien le había inventado después de la muerte, el sable de rey de la baraja que no había usado jamás, las polainas de charol con dos espuelas de oro, la vasta parafernalia del poder y las lúgubres glorias marciales reducidas a su tamaño humano de maricón yacente, carajo, no puede ser que ése soy yo, se dijo enfurecido, no es justo, carajo, se dijo, contemplando el cortejo que desfilaba en torno de su cadáver, y por un instante olvidó los propósitos turbios de la farsa y se sintió ultrajado y disminuido por la inclemencia de la muerte ante la majestad del poder, vio la vida sin él, vio con una cierta compasión cómo eran los hombres desamparados de su autoridad, vio con una inquietud recóndita a los que sólo habían venido por descifrar el enigma de si en verdad era él o no era él, vio a un anciano que le hizo un saludo masónico de los tiempos de la guerra federal, vio un hombre enlutado que le besó el anillo, vio una colegiala que le puso una flor, vio una vendedora de pescado que no pudo resistir la verdad de su muerte y esparció por los suelos la canasta de pescados frescos y se abrazó al cadáver perfumado llorando a gritos que era él, Dios mío, qué va a ser de nosotros sin él, lloraba, de modo que era él, gritaban, era él, gritó la muchedumbre sofocada en el sol de la Plaza de Armas, y entonces se interrumpieron los dobles y las campanas de la catedral y las de todas las iglesias anunciaron un miércoles de júbilo, estallaron cohetes pascuales, petardos de gloria, tambores de liberación, y él vio a los grupos de asalto que se metieron por las ventanas ante la complacencia callada de la guardia, vio los cabecillas feroces que dispersaron a palos el cortejo y tiraron por el suelo a la pescadera inconsolable, vio a los que se encarnizaron con el cadáver, los ocho hombres que lo sacaron de su estado inmemorial y de su tiempo quimérico de agapantos y girasoles y se lo llevaron a rastras por las escaleras, los que desbarataron la tripamenta de aquel paraíso de opulencia y desdicha que creían destruir para siempre destruyendo para siempre la madriguera del poder, derribando capiteles dóricos de cartón de piedra, cortinas de terciopelo y columnas babilónicas coronadas con palmeras de alabastro, tirando jaulas de pájaros por las ventanas, el trono de los virreyes, el piano de cola, rompiendo criptas funerarias de cenizas de próceres ignotos y gobelinos de doncellas dormidas en góndolas de desilusión y enormes óleos de obispos y militares arcaicos y batallas navales inconcebibles, aniquilando el mundo para que no quedara en la memoria de las generaciones futuras ni siquiera un recuerdo ínfimo de la estirpe maldita de las gentes de armas, y luego se asomó a la calle por las rendijas de las persianas para ver hasta dónde llegaban los estragos de la defenestración y con una sola mirada vio más infamias y más ingratitud de cuantas habían visto y llorado mis ojos desde mi nacimiento, madre, vio a sus viudas felices que abandonaban la casa por las puertas de servicio llevando de cabestro las vacas de mis establos, llevándose los muebles del gobierno, los frascos de miel de tus colmenas, madre, vio a sus sietemesinos haciendo músicas de júbilo con los trastos de la cocina y los tesoros de cristalería y los servicios de mesa de los banquetes de pontifical cantando a grito callejero se murió mi papá, viva la libertad, vio la hoguera encendida en la Plaza de Armas para quemar los retratos oficiales y las litografías de almanaques que estuvieron a toda hora y en todas partes desde el principio de su régimen, y vio pasar su propio cuerpo arrastrado que iba dejanto por la calle un reguero de condecoraciones y charreteras, botones de dormán, hilachas de brocados y pasamanería de alamares y borlas de sables de barajas y los diez soles tristes de rey del universo, madre, mira cómo me han puesto, decía, sintiendo en carne propia la ignominia de los escupitajos y las bacinillas de enfermos que le tiraban al pasar desde los balcones, horrorizado por la idea de ser descuartizado y digerido por los perros y los gallinazos entre los aullidos delirantes y los truenos de pirotecnia del carnaval de mi muerte. Cuando pasó el cataclismo siguió oyendo músicas remotas en la tarde sin viento, siguió matando mosquitos y tratando de matar con las mismas palmadas las chicharras de los oídos que lo estorbaban para pensar, siguió viendo la lumbre de los incendios en el horizonte, el faro que lo atigraba de verde cada treinta segundos por entre las rendijas de las persianas, la respiración natural de la vida diaria que volvía a ser la misma a medida que su muerte se convertía en otra muerte más como otras tantas del pasado, el torrente incesante de la realidad que se lo iba llevando hacia la tierra de nadie de la compasión y el olvido, carajo, a la mierda la muerte, exclamó, y entonces abandonó el escondite exaltado por la certidumbre de que su hora grande había sonado, atravesó los salones saqueados arrastrando sus densas patas de aparecido por entre los destrozos de su vida anterior en las tinieblas olorosas a flores moribundas y a pabilo de entierro, empujó la puerta del salón del consejo de ministros, oyó a través del aire de humo las voces extenuadas en torno a la larga mesa de nogal, y vio a través del humo que allí estaban todos los que él había querido que estuvieran, los liberales que habían vendido la guerra federal, los conservadores que la habían comprado, los generales del mando supremo, tres de sus ministros, el arzobispo primado y el embajador Schnontner, todos juntos en una sola trampa invocando la unión de todos contra el despotismo de siglos para repartirse entre todos el botín de su muerte, tan absortos en los abismos de la codicia que ninguno advirtió la aparición del presidente insepulto que dio un solo golpe con la palma de la mano en la mesa, y gritó, ¡ajá! y no tuvo que hacer nada más, pues cuando quitó la mano de la mesa ya había pasado la estampida de pánico y sólo quedaban en el salón vacío los ceniceros desbordados, los pocillos de café, las sillas tiradas por el suelo, y mi compadre de toda la vida el general Rodrigo de Aguilar en uniforme de campaña, minúsculo, impasible, apartando el humo con su única mano para indicarle que se tirara en el suelo mi general que ahora empiezan las vainas, y ambos se tiraron en el piso en el instante en que empezó frente a la casa el júbilo de muerte de la metralla, la fiesta carnicera de la guardia presidencial que cumplió con mucho gusto y a mucha honra mi general su orden feroz de que nadie escapara con vida del conciliábulo de la traición, barrieron con ráfagas de ametralladora a los que trataron de escapar por la puerta principal, cazaron como pájaros a los que se descolgaban por las ventanas, desentrañaron con granadas de fósforo vivo a los que pudieron burlar el cerco y se refugiaron en las casas vecinas y remataron a los heridos de acuerdo con el criterio presidencial de que todo sobreviviente es un mal enemigo para toda la vida, mientras él continuaba acostado bocabajo en el piso a dos cuartas del general Rodrigo de Aguilar soportando la granizada de vidrios y argamasa que se metía por las ventanas con cada explosión, murmurando sin pausas como si estuviera rezando, ya está, compadre, ya está, se acabó la vaina, de ahora en adelante voy a mandar yo solo sin perros que me ladren, será cuestión de ver mañana temprano qué es lo que sirve y lo que no sirve de todo este desmadre y si acaso falta en qué sentarse se compran para mientras tanto seis taburetes de cuero de los más baratos, se compran unas esteras de petate y se ponen por aquí y por allá para tapar los huecos, se compran dos o tres corotos más, y ya está, ni platos ni cucharas ni nada, todo eso me lo traigo de los cuarteles porque ya no voy a tener más gente de tropa, ni oficiales, qué carajo, sólo sirven para aumentar el gasto de leche y a la hora de las vainas, ya se vio, escupen la mano que les da de comer, me quedo sólo con la guardia presidencial que es gente derecha y brava y no vuelvo a nombrar ni gabinete de gobierno, qué carajo, sólo un buen ministro de salud que es lo único que se necesita en la vida, y si acaso otro con buena letra para lo que haya que escribir, y así se pueden alquilar los ministerios y los cuarteles y se tiene esa plata para el servicio, que aquí lo que hace falta no es gente sino plata, se consiguen dos buenas sirvientas, una para la limpieza y la cocina, y otra para lavar y planchar, y yo mismo para hacerme cargo de las vacas y los pájaros cuando los haya, y no más despelote de putas en los excusados ni lazarinos en los rosales ni doctores de letras que todo lo saben ni políticos sabios que todo lo ven, que al fin y al cabo esto es una casa presidencial y no un burdel de negros como dijo Patricio Aragonés que dijeron los gringos, y yo solo me basto y me sobro para seguir mandando hasta que vuelva a pasar el cometa, y no una vez sino diez, porque lo que soy yo no me pienso morir más, qué carajo, que se mueran los otros, decía, hablando sin pausas para pensar, como si recitara de memoria, porque sabía desde la guerra que pensando en voz alta se le espantaba el miedo de las cargas de dinamita que sacudían la casa, haciendo planes para mañana por la mañana y para el siglo entrante al atardecer hasta que sonó en la calle el último tiro de gracia y el general Rodrigo de Aguilar se arrastró culebreando y ordenó por la ventana que buscaran los carros de la basura para llevarse los muertos y salió del salón diciendo que pase buenas noches mi general, buenas, compadre, contestó él, muchas gracias, acostado bocabajo en el mármol funerario del salón del consejo de ministros, y luego dobló el brazo derecho para que le sirviera de almohada y se durmió en el acto, más solo que nunca, arrullado por el rumor del reguero de hojas amarillas de su otoño de lástima que aquella noche había empezado para siempre en los cuerpos humeantes y los charcos de lunas coloradas de la masacre. No tuvo que tomar ninguna de las determinaciones previstas, pues el ejército se desbarató solo, las tropas se dispersaron, los pocos oficiales que resistieron hasta última hora en los cuarteles de la ciudad y en otros seis del país fueron aniquilados por los guardias presidenciales con la ayuda de voluntarios civiles, los ministros sobrevivientes se exilaron al amanecer y sólo quedaron los dos más fieles, uno que además era su médico particular y otro que era el mejor calígrafo de la nación, y no tuvo que decirle que sí a ningún poder extranjero porque las arcas del gobierno se desbordaron de anillos matrimoniales y diademas de oro recaudados por partidarios imprevistos, ni tuvo que comprar esteras ni taburetes de cuero de los más baratos para remendar los estragos de la defenestración, pues antes de que acabaran de pacificar el país estaba restaurada y más suntuosa que nunca la sala de audiencias, y había jaulas de pájaros por todas partes, guacamayas deslenguadas, loritos reales que cantaban en las cornisas para España no para Portugal, mujeres discretas y serviciales que mantenían la casa tan limpia y tan ordenada como un barco de guerra, y entraban por las ventanas las mismas músicas de gloria, los mismos petardos de alborozo, las mismas campanas de júbilo que habían empezado celebrando su muerte y continuaban celebrando su inmortalidad, y había una manifestación permanente en la Plaza de Armas con gritos de adhesión eterna y grandes letreros de Dios guarde al magnífico que resucitó al tercer día entre los muertos, una fiesta sin término que él no tuvo que prolongar con maniobras secretas como lo hizo en otros tiempos, pues los asuntos del estado se arreglaban solos, la patria andaba, él solo era el gobierno, y nadie entorpecía ni de palabra ni de obra los recursos de su voluntad, porque estaba tan solo en su gloria que ya no le quedaban ni enemigos, y estaba tan agradecido con mi compadre de toda la vida el general Rodrigo de Aguilar que no volvió a inquietarse por el gasto de leche sino que hizo formar en el patio a los soldados rasos que se habían distinguido por su ferocidad y su sentido del deber, y señalándolos con el dedo según los impulsos de su inspiración los ascendió a los grados más altos a sabiendas de que estaba restaurando las fuerzas armadas que iban a escupir la mano que les diera de comer, tú a capitán, tú a mayor, tú a coronel, qué digo, tú a general, y todos los demás a tenientes, qué carajo compadre, aquí tienes tu ejército, y estaba tan conmovido por quienes se dolieron de su muerte que se hizo llevar al anciano del saludo masónico y al caballero enlutado que le besó el anillo y los condecoró con la medalla de la paz, se hizo llevar a la vendedora de pescado y le dio lo que ella dijo que más necesitaba que era una cosa de muchos cuartos para vivir con sus catorce hijos, se hizo llevar a la escolar que le puso una flor al cadáver y le concedió lo que más quiero en este mundo que era casarse con un hombre de mar, pero a pesar de aquellos actos de alivio su corazón aturdido no tuvo un instante de sosiego mientras no vio

amarrados y escupidos en el patio del cuartel de
San Jerónimo a los grupos de asalto que habían entrado a saco en la casa presidencial, los reconoció
uno por uno con la memoria inapelable del rencor y
los fue separando en grupos diferentes según la intensidad de la culpa, tú aquí, el que comandaba el
asalto, ustedes allá, los que tiraron por el suelo a la
pescadera inconsolable, ustedes aquí, los que
habían sacado el cadáver del ataúd y se lo llevaron
a rastras por las escaleras y los barrizales, y todos
los demás de este lado, cabrones, aunque en realidad no le interesaba el castigo sino demostrarse a sí
mismo que la profanación del cuerpo y el asalto de
la casa no habían sido un acto popular espontáneo
sino un negocio infame de mercenarios, así que se
hizo cargo de interrogar a los cautivos de viva voz
y de cuerpo presente para conseguir que le dijeran
por las buenas la verdad ilusoria que le hacía falta a
su corazón, pero no lo consiguió, los hizo colgar de
una viga horizontal como loros atados de pies y
manos y con la cabeza hacia abajo durante muchas
horas, pero no lo consiguió, hizo que echaran a uno
en el foso del patio y los otros lo vieron descuartizado y devorado por los caimanes, pero no lo consiguió, escogió uno del grupo principal y lo hizo de-
sollar vivo en presencia de todos y todos vieron el
pellejo tierno y amarillo como una placenta recién
parida y se sintieron empapados con el caldo caliente de la sangre del cuerpo en carne viva que
agonizaba dando tumbos en las piedras del patio, y

50

entonces confesaron lo que él quería que les habían pagado cuatrocientos pesos de oro para que arrastraran el cadáver hasta el muladar del mercado, que no querían hacerlo ni por pasión ni por dinero porque no tenían nada contra él, y menor si ya estaba muerto, pero que en una reunión clandestina donde encontraron hasta dos generales del mando supremo los habían amedrentado con toda clase de amenazas y fue por eso que lo hicimos mi general, palabra de honor, y entonces él exhaló una bocanada de alivio, ordenó que les dieran de comer, que los dejaran descansar esa noche y que por la mañana se los echen a los caimanes, pobres muchachos engañados, suspiró, y regresó a la casa presidencial con el alma liberada de los cilicios de la duda, murmurando que ya lo vieron, carajo, ya lo vieron, esta gente me quiere. Resuelto a disipar hasta el rescoldo de las inquietudes que Patricio Aragonés había sembrado en su corazón, decidió que aquellas torturas fueran las últimas de su régimen, mataron a los caimanes, desmantelaron las cámaras de suplicio donde era posible triturar hueso por hueso hasta todos los huesos sin matar, proclamó la amnistía general, se anticipó al futuro con la ocurrencia mágica de que la vaina de este país es que a la gente le sobra demasiado tiempo para pensar, y buscando la manera de mantenerla ocupada restauró los juegos florales de marzo y los concursos anuales de reinas de la belleza, construyó el estadio de pelota más grande del Caribe e impartió a nuestro equipo la consigna de victoria o muerte, y ordenó establecer en cada provincia una escuela gratuita para enseñar a barrer cuyas alumnas fanatizadas por el estímulo presidencial siguieron barriendo las calles después de haber barrido las casas y luego las carreteras y los caminos vecinales, de manera que los montones de basura eran llevados y traídos de una provincia a la otra sin saber qué hacer con ellos en procesiones oficiales con banderas de la patria y grandes letreros de Dios guarde al purísimo que vela por la limpieza de la nación, mientras él arrastraba sus lentas patas de bestia meditativa en busca de nuevas fórmulas para entretener a la población civil, abriéndose paso por entre los leprosos y los ciegos y los paralíticos que suplicaban de sus manos la sal de la salud, bautizando con su nombre en la fuente del patio a los hijos de sus ahijados entre los aduladores impávidos que lo proclamaban el único porque entonces no contaba con el concurso de nadie igual a él y tenía que doblarse a sí mismo en un palacio de mercado público adonde llegaban a diario jaulas y jaulas de pájaros inverosímiles desde que trascendió el secreto de que su madre Bendición Alvarado tenía el oficio de pajarera, y aunque unas las mandaban por adulación y otras las mandaban por burla no hubo al cabo de poco tiempo un espacio disponible para colgar más jaulas, y se quería atender a tantos asuntos públicos al mismo tiempo que entre las muchedumbres de los patios y las oficinas no se podía distinguir quiénes eran los servidores y quiénes los servidos, y se derribaron tantas paredes para aumentar el mundo y se abrieron tantas ventanas para ver el mar que el hecho simple de pasar de un salón a otro era como aventurarse por la cubierta de un velero al garete en un otoño de vientos cruzados. Eran los alisios de marzo que habían entrado siempre por las ventanas de la casa, pero ahora le decían que eran los vientos de la paz mi general, era el mismo zumbido de los tímpanos que tenía desde años antes, pero hasta su médico le había dicho que era el zumbido de la paz mi general, pues desde cuando lo encontraron muerto por primera vez todas las cosas de la tierra y el cielo se convirtieron en cosas de la paz mi general, y él lo creía, y tanto lo creía que volvió a subir en diciembre hasta la casa de los acantilados a solazarse en la desgracia de la hermandad de antiguos dictadores nostálgicos que interrumpían la partida de dominó para contarle que yo era por ejemplo el doble de seis y digamos que los conservadores doctrinarios eran el doble de tres, no más que yo no tuve en cuenta la alianza clandestina de los masones y los curas, a quién carajo se le iba a ocurrir, sin preocuparse de la sopa que se cuajaba en el plato mientras uno de ellos explicaba que por ejemplo este azucarero era la casa presidencial, aquí, y el único cañón que le quedaba al enemigo tenía un alcance de cuatrocientos metros con el viento a favor, aquí, de modo que si ustedes me ven en este estado es apenas por una mala suerte de ochenta y dos centímetros, es decir, y aun los más acorazados por la rémora del exilio malgastaban las esperanzas atisbando a los buques de su tierra en el horizonte, los conocían por el color del humo, por la herrumbre de las sirenas, se bajaban al puerto por entre la llovizna de las primeras luces en busca de los periódicos que los tripulantes habían usado para envolver la comida que sacaban del barco, los encontraban en los cajones de la basura y los leían al derecho y al revés hasta la última línea para pronosticar el porvenir de su patria a través de las noticias de quiénes se habían muerto, quiénes se habían casado, quiénes habían invitado a quién y a quién no habían invitado a una fiesta de cumpleaños, descifrando su destino según el rumbo de un nubarrón providencial que iba a desempedrarse sobre su país en una tormenta de apocalipsis que iba a desmadrar los ríos que iban a reventar los diques de las represas que iban a devastar los campos y a propagar la miseria y la peste en las ciudades, y aquí vendrán a suplicarme que los salve del desastre y la anarquía, ya lo verán, pero mientras esperaban la hora grande tenían que llamar aparte al desterrado más joven y le pedían el favor de ensartarme la aguja para remendar estos pantalones que no quiero echar en la basura por su valor sentimental, lavaban la ropa a escondidas, afilaban las cuchillas de afeitar que habían usado los recién venidos, se encerraban a comer en el cuarto para que los otros no descubrieran que estaban viviendo de sobra,

54

para que no les vieran la vergüenza de los pantalones embarrados por la incontinencia senil, y el jueves menos pensado le poníamos a uno las condecoraciones prendidas con alfileres en la última camisa, envolvíamos el cuerpo en su bandera, le cantábamos su himno nacional y lo mandaban a gobernar olvidos en el fondo de los cantiles sin más lastre que el de su propio corazón erosionado y sin dejar más vacíos en el mundo que una silla de balneario en la terraza sin horizontes donde nos sentábamos a jugarnos las cosas del muerto, si es que algo dejaban, mi general, imagínese, qué vida de civiles después de tanta gloria. En otro diciembre lejano, cuando se inauguró la casa, él había visto desde aquella terraza el reguero de islas alucinadas de las Antillas que alguien le iba mostrando con el dedo en la vitrina del mar, había visto el volcán perfumado de la Martinica, allá mi general, había visto su hospital de tísicos, el negro gigantesco con una blusa de encajes que les vendía macizos de gardenias a las esposas de los gobernadores en el atrio de la basílica, había visto el mercado infernal de Paramaribo, allá mi general, los cangrejos que se salían del mar por los excusados y se trepaban en las mesas de las heladerías, los diamantes incrustados en los dientes de las abuelas negras que vendían cabezas de indios y raíces de jengibre sentadas en sus nalgas incólumes bajo la sopa de la lluvia, había visto las vacas de oro macizo dormidas en la playa de Tanaguarena mi general, el ciego visionario de la Guayra que cobraba dos reales por espantar la pava de la muerte con un violín de una sola cuerda, había visto el agosto abrasante de Trinidad, los automóviles caminando al revés, los hindúes verdes que cagaban en plena calle frente a sus tiendas de camisas de gusano vivo y mandarines tallados en el colmillo entero del elefante, había visto la pesadilla de Haití, sus perros azules, la carreta de bueyes que recogía los muertos de la calle al amanecer, había visto renacer los tulipanes holandeses en los tanques de gasolina de Curazao, las casas de molinos de viento con techos para la nieve, el trasatlántico misterioso que atravesaba el centro de la ciudad por entre las cocinas de los hoteles, había visto el corral de piedras de Cartagena de Indias, su bahía cerrada con una cadena, la luz parada en los balcones, los caballos escuálidos de los coches de punto que todavía bostezaban por el pienso de los virreyes, su olor a mierda mi general, qué maravilla, dígame si no es grande el mundo entero, y lo era, en realidad, y no sólo grande sino también insidioso, pues si él subía en diciembre hasta la casa de los arrecifes no era por departir con aquellos prófugos que detestaba como a su propia imagen en el espejo de las desgracias sino por estar allí en el instante de milagro en que la luz de diciembre se saliera de madre y podía verse otra vez el universo completo de las Antillas desde Barbados hasta Veracruz, y entonces se olvidó de quién tenía la ficha del doble tres y se asomó al mirador para contemplar el re-

guero de islas lunáticas como caimanes dormidos
en el estanque del mar, y contemplando las islas
evocó otra vez y vivió de nuevo el histórico viernes
de octubre en que salió de su cuarto al amanecer y
se encontró con que todo el mundo en la casa presidencial tenía puesto un bonete colorado, que las
concubinas nuevas barrían los salones y cambiaban el agua de las jaulas con bonetes colorados,
que los ordeñadores en los establos, los centinelas
en sus puestos, los paralíticos en las escaleras y los
leprosos en los rosales se paseaban con bonetes colorados de domingo de carnaval, de modo que se
dio a averiguar qué había ocurrido en el mundo
mientras él dormía para que la gente de su casa y
los habitantes de la ciudad anduvieran luciendo bonetes colorados y arrastrando por todas partes una
ristra de cascabeles, y por fin encontró quién le contara la verdad mi general, que habían llegado unos
forasteros que parloteaban en lengua ladina pues
no decían el mar sino la mar y llamaban papagayos
a las guacamayas, almadías a los cayucos y azaga-
yas a los arpones, y que habiendo visto que salíamos a recibirlos nadando entorno de sus naves se
encarapitaron en los palos de la arboladura y se
gritaban unos a otros que mirad qué bien hechos,
de muy fermosos cuerpos y muy buenas caras, y
los cabellos gruesos y casi como sedas de caballos,
y habiendo visto que estábamos pintados para no
despellejarnos con el sol se alborotaron como cotorras mojadas gritando que mirad que de ellos se

pintan de prieto, y ellos son de la color de los canarios, ni blancos ni negros, y dellos de lo que haya, y nosotros no entendíamos por qué carajo nos hacían tanta burla mi general si estábamos tan naturales como nuestras madres nos parieron y en cambio ellos estaban vestidos como la sota de bastos a pesar del calor, que ellos dicen la calor como los contrabandistas holandeses, y tienen el pelo arreglado como mujeres aunque todos son hombres, que dellas no vimos ninguna, y gritaban que no entendíamos en lengua de cristianos cuando eran ellos los que no entendían lo que gritábamos, y después vinieron hacia nosotros con sus cayucos que ellos llaman almadías, como dicho tenemos, y se admiraban de que nuestros arpones tuvieran en la punta una espina de sábalo que ellos llaman diente de pece, y nos cambiaban todo lo que teníamos por estos bonetes colorados y estas sartas de pepitas de vidrio que nos colgábamos en el pescuezo por hacerles gracia, y también por estas sonajas de latón de las que valen un maravedí y por bacinetas y espejuelos y otras mercerías de Flandes, de las más baratas mi general, y como vimos que eran buenos servidores y de buen ingenio nos los fuimos llevando hacia la playa sin que se dieran cuenta, pero la vaina fue que entre el cámbieme esto por aquello y le cambio esto por esto otro se formó un cambalache de la puta madre y al cabo rato todo el mundo estaba cambalachando sus loros, su tabaco, sus bolas de chocolate, sus huevos de iguana, cuanto

Dios crió, pues de todo tomaban y daban de aquello que tenían de buena voluntad, y hasta querían cambiar a uno de nosotros por un jubón de terciopelo para mostrarnos en las Europas, imagínese usted mi general, qué despelote, pero él estaba tan confundido que no acertó a comprender si aquel asunto de lunáticos era de la incumbencia de su gobierno, de modo que volvió al dormitorio, abrió la ventana del mar por si acaso descubría una luz nueva para entender el embrollo que le habían contado, y vio el acorazado de siempre que los infantes de marina habían abandonado en el muelle, y más allá del acorazado, fondeadas en el mar tenebroso, vio las tres carabelas.

La segunda vez que lo encontraron carcomido por los gallinazos en la misma oficina, con la misma ropa y en la misma posición, ninguno de nosotros era bastante viejo para recordar lo que ocurrió la primera vez, pero sabíamos que ninguna evidencia de su muerte era terminante, pues siempre había otra verdad detrás de la verdad. Ni siquiera los menos prudentes nos conformábamos con las apariencias, porque muchas veces se había dado por hecho que estaba postrado de alferecía y se derrumbaba del trono en el curso de las audiencias torcido de convulsiones y echando espuma de hiel por la boca, que había perdido el habla de tanto hablar y tenía ventrílocuos traspuestos detrás de las cortinas para fingir que hablaba, que le estaban saliendo escamas de sábalo por todo el cuerpo como castigo por su perversión, que en la fresca de diciembre la potra le cantaba canciones de navegantes y sólo podía caminar con ayuda de una carretilla ortopédica en la que llevaba puesto el testículo herniado, que un furgón militar había metido a medianoche por las puertas de servicio un ataúd con equinas de oro y vueltas de púrpura, y que alguien había visto a Leticia Nazareno desangrándose de llanto en el jardín de la lluvia, pero cuanto más ciertos parecían los rumores de su muerte más vivo y autoritario se le veía aparecer en la ocasión menos pensada para imponerle otros rumbos imprevisibles a nuestro destino. Habría sido muy fácil dejarse convencer por los indicios inmediatos del anillo del sello presidencial o el tamaño sobrenatural de sus pies de caminante implacable o la rara evidencia del testículo herniado que los gallinazos no se atrevieron a picar, pero siempre hubo alguien que tuviera recuerdos de otros indicios iguales en otros muertos menos graves del pasado. Tampoco el escrutinio meticuloso de la casa aportó ningún elemento válido para establecer su identidad. En el dormitorio de Bendición Alvarado, de quien apenas recordábamos la fábula de su canonización por decreto, encontramos algunas jaulas desportilladas con huesesitos de pájaros convertidos en piedra por los años, vimos un sillón de mimbre mordisqueado por las vacas, vimos estuches de pinturas de agua y vasos de pinceles de los que usaban las pajareras de los páramos para vender en las ferias a otros pájaros descoloridos haciéndolos pasar por oropéndolas, vimos una tinaja con una mata de toronjil que había seguido creciendo en el olvido cuyas ramas se trepaban por las paredes y se asomaban por los ojos de los retratos y se salieron por la ventana y habían terminado por embrollarse con la fronda montuna de los patios posteriores, pero no hallamos ni la rastra menos significativa de que él hubiera estado nunca en ese cuarto. En el dormitorio nupcial de Leticia Nazareno, de quien teníamos una imagen más nítida no sólo porque había reinado en una época más reciente sino también por el estruendo de sus actos públicos, vimos una cama buena para desafueros de amor con el toldo de punto convertido en un nidal de gallinas, vimos en los arcones las sobras de las polillas de los cuellos de zorros azules, las armazones de alambres de los miriñaques, el polvo glacial de los pollerines, los corpiños de encajes de Bruselas, los botines de hombre que usaban dentro de la casa y las zapatillas de raso con tacón alto y trabilla que usaba para recibir, los balandranes talares con violetas de fieltro y cintas de tafetán de sus esplendores funerarios de primera dama y el hábito de novicia de un lienzo basto como el cuero de un carnero del color de la ceniza con que la trajeron secuestrada de Jamaica dentro de un cajón de cristalería de fiesta para sentarla en su poltrona de presidenta escondida, pero tampoco en aquel cuarto hallamos ningún vestigio que permitiera establecer al menos si aquel secuestro de corsarios había sido inspirado por el amor. En el dormitorio presidencial, que era el sitio de la casa donde él pasó la mayor parte de sus últimos años, sólo encontramos una cama de cuartel sin usar, una letrina portátil de las que sacaban los anticuarios de las mansiones abandonadas por los infantes de marina, un cofre de hierro con sus noventa y dos condecoraciones y un vestido de lienzo crudo sin insignias igual al que tenía el cadáver, perforado por seis proyectiles de grueso calibre que habían hecho estragos de incendio al entrar por la espalda y salir por el pecho, lo cual nos hizo pensar que era cierta la leyenda corriente de que el plomo disparado a traición lo atravesaba sin lastimarlo, que el disparado de frente rebotaba en su cuerpo y se volvía contra el agresor, y que sólo era vulnerable a las balas de piedad disparadas por alguien que lo quisiera tanto como para morirse por él. Ambos uniformes eran demasiado pequeños para el cadáver, pero no por eso descartamos la posibilidad de que fueran suyos, pues también se dijo en un tiempo que él había seguido creciendo hasta los cien años y que a los ciento cincuenta había tenido una tercera dentición, aunque en verdad el cuerpo roto por los gallinazos no era más grande que un hombre medio de nuestro tiempo y tenía unos dientes sanos, pequeños y romos que parecían dientes de leche, y tenía un pellejo color de hiel punteado de lunares de decrepitud sin una sola cicatriz y con bolsas vacías por todas partes como si hubiera sido muy gordo en otra época, le quedaban apenas las cuencas desocupadas de los ojos que habían sido taciturnos, y lo único que no parecía de acuerdo con sus proporciones, salvo el testículo herniado, eran los pies enormes, cuadrados y planos con uñas rocallosas y torcidas de gavilán. Al contrario de la ropa, las descripciones de sus historiadores le quedaban grandes, pues los textos oficiales de los parvularios lo referían como un patriarca de tamaño descomunal que nunca salía de su casa porque no cabía por las puertas, que amaba a los niños y a las golondrinas, que conocía el lenguaje de algunos animales, que tenía la virtud de anticiparse a los designios de la naturaleza, que adivinaba el pensamiento con sólo mirar a los ojos y conocía el secreto de una sal de virtud para sanar las lacras de los leprosos y hacer caminar a los paralíticos. Aunque todo rastro de su origen había desaparecido de los textos, se pensaba que era un hombre de los páramos por su apetito desmesurado de poder, por la naturaleza de su gobierno, por su conducta lúgubre, por la inconcebible maldad del corazón con que le vendió el mar a un poder extranjero y nos condenó a vivir frente a esta llanura sin horizonte de áspero polvo lunar cuyos crepúsculos sin fundamento nos dolían en el alma. Se estimaba que en el transcurso de su vida debió tener más de cinco mil hijos, todos sietemesinos, con las incontables amantes sin amor que se sucedieron en su serrallo hasta que él estuvo en condiciones de complacerse con ellas, pero ninguno llevó su nombre ni su apellido, salvo el que tuvo con Leticia Nazareno que fue nombrado general de división con jurisdicción y mando en el momento de nacer, porque él consideraba que nadie era hijo de nadie más que de su madre, y sólo de ella. Esta certidumbre parecía válida inclusive para él, pues se sabía que era un hombre sin padre como los déspotas más ilustres de la historia, que el único pariente que se le conoció y tal vez el único que tuvo fue su madre de mi alma Bendición Alvarado a quien los textos escolares atribuían el prodigio de haberlo concebido sin concurso de varón y de haber recibido en un sueño las claves herméticas de su destino mesiánico, y a quien él proclamó por decreto matriarca de la patria con el argumento simple de que madre no hay sino una, la mía, una rara mujer de origen incierto cuya simpleza de alma había sido el escándalo de los fanáticos de la dignidad presidencial en los orígenes de su régimen, porque no podían admitir que la madre del jefe del estado se colgaba en el cuello una almohadilla de alcanfor para preservarse de todo contagio y trataba de ensartar el caviar con el tenedor y caminaba como una tanga con las zapatillas de charol, ni podían aceptar que tuviera un colmenar en la terraza de la sala de música, o criara pavos y pájaros pintados con aguas de colores en las oficinas públicas o pusiera a secar las sábanas en el balcón de los discursos, ni podían soportar que había dicho en una fiesta diplomática que estoy cansada de rogarle a Dios que tumben a mi hijo, porque esto de vivir en la casa presidencial es como estar a toda hora con la luz prendida, señor, y lo había dicho con la misma verdad natural con que un día de la patria se abrió paso por entre las guardias de honor con una canasta de botellas vacías y alcanzó la limusina presidencial que iniciaba el desfile del jubileo en el estruendo de las ovaciones y los himnos marciales y las tormentas de flores, y metió la canasta por la ventana del coche y le gritó a su hijo que ya que vas a pasar por ahí aprovecha para devolver estas botellas en la tienda de la esquina, pobre madre. Aquella falta de sentido histórico había de tener su noche de esplendor en el banquete de gala con que celebramos el desembarco de los infantes de marina al mando del almirante Higgingson, cuando Bendición Alvarado vio a su hijo en uniforme de etiqueta con las medallas de oro y los guantes de raso que siguió usando por el resto de su vida y no pudo reprimir el impulso de su orgullo materno y exclamó en voz alta ante el cuerpo diplomático en pleno que si yo hubiera sabido que mi hijo iba a ser presidente de la república lo hubiera mandado a la escuela, señor, cómo sería la vergüenza que desde entonces la desterraron en la mansión de los suburbios, un palacio de once cuartos que él se había ganado en una buena noche de dados cuando los caudillos de la guerra federal se repartieron en la mesa de juego el espléndido barrio residencial de los conservadores fugitivos, sólo que Bendición Alvarado despreció los ornamentos imperiales que me hacen sentir como si fuera la esposa del Sumo Pontífice y prefirió las habitaciones de servicio junto a las seis criadas descalzas que le habían asignado, se instaló con su máquina de coser y sus jaulas de pájaros pintorreteados en un camaranchón de olvido a donde nunca llegaba el calor y era más fácil espantar a los mosquitos de las seis, se sentaba a coser frente a la luz ociosa del patio grande y el aire de medicina de los tamarindos mientras las gallinas andaban extraviadas por los salones y los soldados de la guardia acechaban a las camareras en los aposentos vacíos, se sentaba a pintar oropéndolas con aguas de colores y a lamentarse con las sirvientas de la desgracia de mi pobre hijo a quien los infantes de marina tenían traspuesto en la casa presidencial, tan lejos de su madre, señor, sin una esposa solícita que lo asistiera a medianoche si lo despertaba un dolor, y envainado con ese empleo de presidente de la república por un sueldo rastrero de trescientos pesos mensuales, pobre hijo. Ella sabía bien lo que decía, porque él la visitaba a diario mientras la ciudad chapaleaba en el légamo de la siesta, le llevaba las frutas azucaradas que tanto le gustaban y se valía de la ocasión para desahogarse con ella de su condición amarga de calanchín de infantes, le contaba que debía escamotear en las servilletas las naranjas de azúcar y los higos de almíbar porque las autoridades de ocupación tenían contabilistas que anotaban en sus libros hasta las sobras de los almuerzos, se lamentaba de que el otro día vino a la casa presidencial el comandante del acorazado con unos como astrónomos de tierra firme que tomaron medidas de todo y ni siquiera se dignaron saludarme sino que me pasaban la cinta métrica por encima de la cabeza mientras hacían sus cálculos en inglés y me gritaban con el intérprete que te apartes de ahí, y él se apartaba, que se quitara de la claridad, se quitaba, que te pongas donde no estorbes, carajo, y él no sabía dónde ponerse sin estorbar porque había medidores midiendo hasta el tamaño de la luz de los balcones, pero aquello no había sido lo peor, madre, sino que le pusieron en la calle a las dos últimas concubinas raquíticas que le quedaban porque el almirante había dicho que no eran dignas de un presidente, y andaba de veras tan escaso de mujer que algunas tardes hacía como que se iba de la mansión de los suburbios pero su madre lo sentía correteando a las sirvientas en la penumbra de los dormitorios, y era tanta su pena que alborotaba a los pájaros en las jaulas para que nadie se diera cuenta de las penurias del hijo, los hacía cantar a la fuerza para que los vecinos no sintieran los ruidos del asalto, el oprobio del forcejeo, las amenazas reprimidas de que se quede quieto mi general o se lo digo a su mamá, y estropeaba la siesta de los turpiales obligándolos a reventar para que nadie oyera su resuello sin alma de marido urgente, su desgracia de amante vestido, su llantito de perro, sus lágrimas solitarias que se iban como anocheciendo, como pudriéndose de lástima con el cacareo de las gallinas alborotadas en los dormitorios por aquellos amores de emergencia en el aire de vidrio liquido y el agosto sin dios de las tres de la tarde, pobre hijo mío. Aquel estado de escasez había de durar hasta que las fuerzas de ocupación abandonaran el país espantadas por una peste cuando todavía faltaban muchos años para que se cumplieran los términos del desembarco, desbarataron en piezas numeradas y metieron en cajones de tablas las residencias de los oficiales, arrancaron enteros los prados azules y se los llevaron enrollados como si fueran alfombras, envolvieron las cisternas de hule de las aguas estériles que les mandaban de su tierra para que no se los comieran por dentro los gusarapos de nuestros afluentes, desmantelaron sus hospitales blancos, dinamitaron los cuarteles para que nadie supiera cómo estuvieron construidos, abandonaron en el muelle el viejo acorazado de desembarco por cuya cubierta se paseaba en noches de junio el espanto de un almirante perdido en la borrasca, pero antes de llevarse en sus trenes voladores aquel paraíso de guerras portátiles le impusieron a él la medalla de la buena vecindad, le rindieron honores de jefe de estado y le dijeron en voz alta para que todo el mundo lo oyera que ahí te dejamos con tu burdel de negros a ver cómo te las compones sin nosotros, pero se fueron, madre, qué carajo, se habían ido, y por primera vez desde sus tiempos cabizbajos de buey de ocupación él subió las escaleras gobernando de viva voz y de cuerpo presente a través de un tumulto de súplicas de que restableciera las peleas de gallo, y él mandaba, de acuerdo, que permitiera otra vez el vuelo de las cometas y otras tantas diversiones de pobres que habían prohibido los infantes, y él mandaba, de acuerdo, tan convencido de ser el dueño de todo su poder que invirtió los colores de la bandera y cambió el gorro frigio del escudo por el dragón vencido del invasor, porque al fin somos perros de nosotros mismos, madre, viva la peste. Bendición Alvarado se acordaría toda la vida de aquellos sobresaltos del poder y de otros más antiguos y amargos de la miseria, pero nunca los evocó con tanta pesadumbre como después de la farsa de la muerte cuando él andaba chapaleando en el pantano de la prosperidad mientras ella seguía lamentándose con quien quisiera oírla de que no vale la pena ser la mamá del presidente y no tener en el mundo nada más que esta triste máquina de coser, se lamentaba de que ahí donde ustedes lo ven con su carroza de entorchados mi pobre hijo no tenía ni un hoyo en la tierra para caerse muerto después de tantos y tantos años de servirle a la patria, señor, no es justo, y no seguía lamentándose por costumbre ni por engaño sino porque él ya no la hacía partícipe de sus quebrantos ni se precipitaba como antes a compartir con ella los mejores secretos del poder, y había cambiado tanto desde los tiempos de los infantes que a Bendición Alvarado le parecía que él estaba más viejo que ella, que la había dejado atrás en el tiempo, lo sentía trastabillar en las palabras, se le enredaban las cuentas de la realidad, a veces ba-

beaba, y la había asaltado una compasión que no
era de madre sino de hija cuando lo vio llegar a la
mansión de los suburbios cargado de paquetes que
se desesperaba por abrir todos al mismo tiempo, re-
ventaba los cáñamos con los dientes, se le rompían
las uñas con los sunchos antes de que ella encontrara las tijeras en el canasto de costura, sacaba
todo a manos llenas del matorral de ripios ahogándose en las ansias de su vuelo, mire qué buenas vainas, madre, decía, una sirena viva en un acuario,
un ángel de cuerda de tamaño natural que volaba
por los aposentos dando la hora con una campana,
un caracol gigante en cuyo interior no se escuchaba
el oleaje y el viento de los mares sino la música del
himno nacional, qué vainas tan berracas, madre, ya
ve qué bueno es no ser pobre, decía, pero ella no le
alentaba el entusiasmo sino que se ponía a mordisquear los pinceles de pintar oropéndolas para que
el hijo no notara que el corazón se le desmigajaba
de lástima evocando un pasado que nadie conocía
como ella, recordando cuánto le había costado a él
quedarse en la silla en que estaba sentado, y no en
estos tiempos de ahora, señor, no en estos tiempos
fáciles en que el poder era una materia tangible y
única, una bolita de vidrio en la palma de la mano,
como él decía, sino cuando era un sábalo fugitivo
que nadaba sin dios ni ley en un palacio de vecindad, perseguido por la cáfila voraz de los últimos
caudillos de la guerra federal que me habían ayudado a derribar al general y poeta Lautaro Muñoz, un

déspota ilustrado a quien Dios tenga en su santa gloria con sus misales de Suetonio en latín y sus cuarenta y dos caballos de sangre azul, pero a cambio de sus servicios de armas se habían apoderado de las haciendas y ganados de los antiguos señores proscritos y se habían repartido el país en provincias autónomas con el argumento inapelable de que esto es el federalismo mi general, por esto hemos derramado la sangre de nuestras venas, y eran reyes absolutos en sus tierras, con sus leyes propias, sus fiestas patrias personales, su papel moneda firmado por ellos mismos, sus uniformes de gala con sables guarnecidos de piedras preciosas y dormanes de alamares de oro y tricornios con penachos de colas de pavorreales copiados de antiguos cromos de virreyes de la patria antes de él, y eran montunos y sentimentales, señor, entraban en la casa presidencial por la puerta grande sin permiso de nadie pues la patria es de todos mi general, por eso le hemos sacrificado la vida, acampaban en la sala de fiestas con sus serrallos paridos y los animales de granja de los tributos de paz que exigían a su paso por todas partes para que nunca les faltara de comer, llevaban una escolta personal de mercenarios bárbaros que en vez de botas se envolvían los pies en piltrafas de trapos y apenas si sabían expresarse en lengua cristiana pero eran sabios en trampas de dados y feroces y diestros en el manejo de las armas de guerra, de modo que la casa del poder parecía un campamento de gitanos, señor, tenía

73

un olor denso de creciente de río, los oficiales del
estado mayor se habían llevado para sus haciendas
los muebles de la república, se jugaban al dominó
los privilegios del gobierno indiferentes a las súplicas de su madre Bendición Alvarado que no tenía
un instante de reposo tratando de barrer tanta basura de feria, tratando de poner aunque fuera un
poco de orden en el naufragio, pues ella era la única
que había intentado resistir al envilecimiento irredimible de la gesta liberal, sólo ella había intentado
expulsarlos a escobazos cuando vio la casa pervertida por aquellos réprobos de mal vivir que se
disputaban las poltronas del mando supremo en al-
tercados de naipes, los vio haciendo negocios de so-
domía detrás del piano, los vio cagándose en las
ánforas de alabastro a pesar de que ella les advirtió
que no, señor, que no eran excusados portátiles
sino ánforas rescatadas de los mares de Pantelaria,
pero ellos insistían en que eran micas de ricos,
señor, no hubo poder humano capaz de disuadirlos,
ni hubo poder divino capaz de impedir que el general Adriano Guzmán asistiera a la fiesta diplomática de los diez años de mi ascenso al poder, aunque
nadie hubiera podido imaginar lo que nos esperaba
cuando apareció en la sala de baile con un austero
uniforme de lino blanco escogido para la ocasión,
apareció sin armas, tal como me lo había prometi-
do bajo palabra de militar, con su escolta de prófugos franceses vestidos de civil y cargados de antu-
rios de Cayena que el general Adriano Guzmán re-

partió uno por uno entre las esposas de los embajadores y ministros después de solicitar con una reve-
rencia el permiso de sus maridos, pues así le habían
dicho sus mercenarios que era de buen recibo en
Versalles y así lo había cumplido con un raro ingenio de caballero, y luego permaneció sentado en un
rincón de la fiesta con la atención fija en el baile y
aprobando con la cabeza, muy bien, decía, bailan
bien estos cachacos de las Europas, decía, a cada
quién lo suyo, decía, tan olvidado en su poltrona
que sólo yo me di cuenta de que uno de sus edecanes le volvía a llenar la copa de champaña después
de cada sorbo, y a medida que pasaban las horas se
volvía más tenso y sanguíneo de lo que era al natural, se soltaba un botón de la guerrera ensopada de
sudor cada vez que la presión de un eructo reprimi-
do se le subía hasta los ojos, sollozaba de sopor,
madre, y de pronto se levantó a duras penas en una
pausa del baile y acabó de soltarse los botones de
la guerrera y luego se soltó los de la bragueta y
quedó abierto en canal esperjando los descotes perfumados de las señoras de embajadores y ministros
con su mustia manguera de zopilote, ensopaba con
su agrio orín de borracho de guerra los tiernos re-
gazos de muselina, los corpiños de brocados de
oro, los abanicos de avestruz, cantando impasible
en medio del pánico que soy el amante desairado
que riega las rosas de tu vergel, oh rosas primoro-
sas, cantaba, sin que nadie se atreviera a someterlo,
ni siquiera él, porque yo me sabía con más poder

que cada uno de ellos pero con mucho menos que dos de ellos confabulados, todavía inconsciente de que él veía a los otros como eran mientras los otros no lograron vislumbrar jamás el pensamiento oculto del anciano de granito cuya serenidad era apenas semejante a su prudencia sin escollos y a su inconmensurable disposición para esperar, sólo veíamos los ojos lúgubres, los labios yertos, la mano de doncella púdica que ni siquiera se estremeció en el pomo del sable el mediodía de horror en que le vinieron con la novedad mi general de que el comandante Narciso López enfermo de grifa verde y de aguardiente de anís se le metió en el retrete a un dragoneante de la guardia presidencial y lo calentó a su gusto con recursos de mujer brava y después lo obligó a que me lo metas todo, carajo, es una orden, todo, mi amor, hasta tus peloticas de oro, llorando de dolor, llorando de rabia, hasta que se encontró consigo mismo vomitando de humillación en cuatro patas con la cabeza metida en los vapores fétidos del excusado, y entonces levantó en vilo al dragoneante adónico y lo clavó con una lanza llanera como una mariposa en el gobelino primaveral de la sala de audiencias sin que nadie se atreviera a desclavarlo en tres días, pobre hombre, porque él no hacía nada más que vigilar a sus antiguos compañeros de armas para que no se confabularan pero sin atravesarse en sus vidas, convencido de que ellos mismos se iban a exterminar entre sí antes de que le vinieron con la novedad mi general de que al general Jesucristo Sánchez lo habían tenido que matar a silletazos los miembros de su escolta cuando le dio un ataque de mal rabia por una mordedura de gato, pobre hombre, apenas si descuidó la partida de dominó cuando le soplaron al oído la novedad mi general de que el general Lotario Sereno se había ahogado porque el caballo se le murió de repente cuando vadeaba un río, pobre hombre, apenas si parpadeó cuando le vinieron con la novedad mi general de que el general Narciso López se metió un taco de dinamita en el culo y se voló las entrañas por la vergüenza de su pederastia invencible, y él decía pobre hombre como si nada tuviera que ver con aquellas muertes infames y para todos ordenaba el mismo decreto de honores póstumos, los proclamaba mártires caídos en actos de servicio y los enterraba con funerales magníficos a la misma altura en el panteón nacional porque una patria sin héroes es una casa sin puertas, decía, y cuando no quedaban más de seis generales de guerra en todo el país los invitó a celebrar su cumpleaños con una parranda de camaradas en el palacio presidencial, a todos juntos, señor, inclusive al general Jacinto Algarabía que era el más oscuro y matrero, que se preciaba de tener un hijo con su propia madre y sólo bebía alcohol de madera con pólvora, sin nadie más que nosotros en la sala de fiestas como en los buenos tiempos mi general, todos sin armas como hermanos de leche pero con los hombres de las escoltas apelotonados en la sala contigua, todos car-

gados de regalos magníficos para el único de nosotros que ha sabido comprendernos a todos, decían,
queriendo decir que era el único que había sabido
manejarlos, el único que consiguió desentrañar de
su remota guarida de los páramos al legendario general Saturno Santos, un indio puro, incierto, que
andaba siempre como mi puta madre me parió con
la pata en el suelo mi general porque los hombres
bragados no podemos respirar si no sentimos la tierra, había llegado envuelto en una manta estampa-
da con animales raros de colores intensos, llegó solo, como andaba siempre, sin escolta, precedido
por una aura sombría, sin más armas que el machete de zafra que se negó a quitarse del cinto porque
no era un arma de guerra sino de labor, y me trajo
de regalo un águila amaestrada para pelear en guerras de hombres, y trajo el arpa, madre, el instru-
mento sagrado cuyas notas conjuraban la tempes-
tad y apresuraban los ciclos de las cosechas y que
el general Saturno Santos pulsaba con un arte del
corazón que despertó en todos nosotros la nostalgia de las noches de horror de la guerra, madre, nos
alborotó el olor a sarna de perro de la guerra, nos
resolvió en el alma la canción de la guerra de la
barca de oro que debe conducirnos, la cantaban a
coro con toda el alma, madre, del puente me de-
volví bañado en lágrimas, cantaban, mientras se
comieron un pavo con ciruelas y medio lechón, y
bebía cada uno de su botella personal, cada uno de
su alcohol propio, todos menos él y el general Sa-

turno Santos que no probaron una gota de licor en toda su vida, ni fumaron, ni comieron más de lo indispensable para vivir, cantaron a coro en mi honor la canción de las mañanitas que cantaba el rey David, cantaron llorando todas las canciones de felicitación de cumpleaños que se cantaban antes de que el cónsul Hanemann nos viniera con la novelería mi general del fonógrafo de bocina con el cilindro del happy birthday, cantaban medio dormidos, medio muertos de la borrachera, sin preocuparse más del anciano taciturno que al golpe de las doce descolgó la lámpara y se fue a revisar la casa antes de acostarse de acuerdo con su costumbre de cuartel y vio por última vez al pasar de regreso por la sala de fiesta a los seis generales apelotonados en el suelo, los vio abrazados, inertes y plácidos, al amparo de las cinco escoltas que se vigilaban entre sí, porque aun dormidos y abrazados se temían unos a otros casi tanto como cada uno de ellos le temía a él y como él les temía a dos de ellos confabulados, y él volvió a colgar la lámpara en el dintel y pasó los tres cerrojos, los tres pestillos, las tres aldabas de su dormitorio, y se tiró en el suelo, bocabajo, con el brazo derecho en lugar de la almohada, en el instante en que los estribos de la casa se remecieron con la explosión compacta de todas las armas de las escoltas disparadas al mismo tiempo, una vez, carajo, sin un ruido intermedio, sin un lamento, y otra vez, carajo, y ya está, se acabó la vaina, sólo quedó un relente de pólvora en el silencio del mun-

do, sólo quedó él a salvo para siempre de la zozobra del poder cuando vio en las primeras malvas
del nuevo día los ordenanzas del servicio chapaleando en el pantano de sangre de la sala de fiestas,
vio a su madre Bendición Alvarado estremecida
por un vértigo de horror al comprobar que las paredes rezumaban sangre por más que las secaran con
cal y ceniza, señor, que las alfombras seguían cho-
rreando sangre por mucho que las torcieran, y más
sangre manaba a torrentes por corredores y oficinas cuanto más se desesperaban por lavarla para
disimular el tamaño de la masacre de los últimos
herederos de nuestra guerra que según el bando oficial fueron asesinados por sus propias escoltas en-
loquecidas, y cuyos cuerpos envueltos en la bandera de la patria saturaron el panteón de los próceres
en funerales de obispo, pues ni siquiera un hombre
de la escolta había escapado vivo de la encerrona
sangrienta, nadie mi general, salvo el general Saturno Santos que estaba acorazado con sus ristras de
escapularios y conocía secretos de indios para
cambiar de naturaleza según su voluntad, maldita
sea, podía volverse armadillo o estanque mi general, podía volverse trueno, y él supo que era cierto
porque sus baquianos más astutos le habían perdido el rastro desde la última Navidad, los perros tigreros mejor entrenados lo buscaban en sentido
contrario, lo había visto encarnado por el rey de es-
padas en los naipes de sus pitonisas, y estaba vivo,
durmiendo de día y viajando de noche por desfila-

deros de tierra y de agua, pero iba dejando un rastro de oraciones que trastornaba el criterio de sus perseguidores y fatigaban la voluntad de sus enemigos, pero él no renunció a la búsqueda ni un instante del día y de la noche durante años y años hasta muchos años después en que vio por la ventanilla del tren presidencial una muchedumbre de hombres y mujeres con sus niños y sus animales y sus trastos de cocinar como había visto tantas detrás de las tropas de la guerra, los vio desfilar bajo la lluvia llevando sus enfermos en hamacas colgadas de un palo detrás de un hombre muy pálido con una túnica de cañamazo que dice ser un enviado mi general, y él se dio una palmada en la frente y se dijo ahí está, carajo, y ahí estaba el general Saturno Santos mendigando la caridad de los peregrinos con los hechizos de su arpa descordada, estaba miserable y sombrío, con un sombrero de fieltro gastado y un poncho en piltrafas, pero aun en aquel estado de misericordia no fue tan fácil de matar como él pensaba sino que había descabezado con el machete a tres de sus hombres mejores, se había enfrentado a los más fieros con tanto valor y tanta habilidad que él ordenó parar el tren frente al triste cementerio del páramo donde predicaba el enviado, y todo el mundo se apartó en estampida cuando los hombres de la guardia presidencial saltaron del vagón pintado con los colores de la bandera con las armas listas para disparar, no quedó nadie a la vista, salvo el general Saturno Santos junto a su arpa mítica con

la mano crispada en la cacha del machete, y estaba
como fascinado por la visión del enemigo mortal
que apareció en el pescante del vagón con el vestido de lienzo sin insignias, sin armas, más viejo y
más remoto que si tuviéramos cien años de no ver-
nos mi general, me pareció cansado y solo, con la
piel amarillenta del hígado malo y los ojos propen-
sos a las lágrimas, pero tenía el resplandor lívido de
quien no sólo era dueño de su poder sino también
del poder disputado a sus muertos, así que me dis-
puse a morir sin resistir porque le pareció inútil
contrariar a un anciano que venía de tan lejos sin
más razones ni más méritos que el apetito bárbaro
de mandar, pero él le mostró la palma de la mano
de mantarraya y dijo Dios te salve, macho, la patria te merece, pues sabía desde siempre que contra
un hombre invencible no había más armas que la
amistad, y el general Saturno Santos besó la tierra
que él había pisado y le suplicó la gracia de permi-
tirme que le sirva como usted mande mi general
mientras tenga virtud en estas manos para hacer
cantar el machete, y él aceptó, de acuerdo, lo hizo
su guardaespaldas con la única condición de que
nunca te me pongas detrás, lo convirtió en su cómplice de dominó y entre ambos despeluzaron a cuatro manos a muchos déspotas en desgracia, lo
subía descalzo en la carroza presidencial y lo llevaba a las recepciones diplomáticas con aquel aliento
de tigre que alborotaba a los perros y les causaba
vértigo a las esposas de los embajadores, lo puso a

82

dormir atravesado frente a la puerta de su dormitorio para aliviarse el miedo de dormir cuando la vida se volvió tan áspera que él temblaba ante la idea de encontrarse solo entre la gente de los sueños, lo mantuvo a diez palmos de su confianza durante muchos años hasta que el ácido úrico le engarrotó la virtud de hacer cantar el machete y le pidió el favor de que me mate usted mismo mi general para no darle a otro el gusto de matarme sin ningún derecho, pero él lo mandó a morir con una pensión de buen retiro y una medalla de gratitud en la vareda de cuatreros del páramo donde había nacido y no pudo reprimir las lágrimas cuando el general Saturno Santos puso de lado el pudor para decirle ahogándose de llanto que ya ve usted mi general que hasta a los machos más bragados se nos llega la hora de ser maricones, qué vaina. De modo que nadie comprendía mejor que Bendición Alvarado el alborozo pueril con que él se desquitaba de los malos tiempos y la falta de sentido con que despilfarraba las ganancias del poder para tener de viejo lo que le hizo falta de niño, pero le daba rabia que abusaran de su inocencia prematura para venderle aquellos cherembecos de gringos que no eran tan baratos ni requerían tanto ingenio como los pájaros de burla que ella no conseguía vender a más de cuatro, está bien que la goces, decía, pero piensa en el futuro, que no te quiero ver pidiendo la caridad con un sombrero en la puerta de una iglesia si mañana o más tarde no lo permita Dios te quitan

de la silla en que estás sentado, si al menos supieras
cantar, o si fueras arzobispo, o navegante, pero tú
no eres más que general, así que no sirves para
nada sino para mandar, le aconsejaba que entierres
en un sitio seguro la plata que te sobra del gobierno, donde nadie más que él pudiera encontrarla,
por si se daba el caso de salir corriendo como esos
pobres presidentes de ninguna parte que pastorea-
ban el olvido mendigando adioses de barcos en la
casa de los arrecifes, mírate en ese espejo, le decía,
pero él no le hacía caso sino que le postraba el des-
consuelo con la fórmula mágica de esté tranquila
madre, esta gente me quiere. Bendición Alvarado
había de vivir muchos años lamentándose de la pobreza, peleando con las sirvientas por las cuentas
del mercado y hasta saltando almuerzos para economizar, sin que nadie se atreviera a revelarle que
era una de las mujeres más ricas de la tierra, que
todo lo que él acumulaba con los negocios del gobierno lo registraba a nombre de ella, que no sólo
era dueña de tierras desmedidas y ganados sin
cuento síno también de los tranvías locales, y del
correo y el telégrafo y de las aguas de la nación, de
modo que cada barco que navegaba por los afluentes amazónicos o los mares territoriales tenía que
pagarle un derecho de alquiler que ella ignoró hasta
la muerte, como ignoró durante muchos años que
su hijo no andaba tan desvalido como ella suponía
cuando llegaba a la mansión de los suburbios sofo-
cándose en la maravilla de los juguetes de la vejez,

pues además del impuesto personal que percibía por cada res que se beneficiaba en el país, además del pago de sus favores y de los regalos de interés que le mandaban sus partidarios, había concebido y lo estaba explotando desde hacía mucho tiempo un sistema infalible para ganarse la lotería. Eran los tiempos que sucedieron a su falsa muerte, los tiempos del ruido, señor, que no se llamaron así como muchos creíamos por el estruendo subterráneo que se sintió en la patria entera una noche del mártir San Heraclio y del cual no se tuvo nunca una explicación cierta, sino por el estrépito perpetuo de las obras emprendidas que se anunciaban desde sus cimientos como las más grandes del mundo y sin embargo no se llevaban a término, una época mansa en que él convocaba a los consejos de gobierno mientras hacía la siesta en la mansión de los suburbios, se acostaba en la hamaca abanicándose con el sombrero bajo los ramazones dulces de los tamarindos, escuchaba con los ojos cerrados a los doctores de palabra suelta y bigotes engomados que se sentaban a discutir alrededor de la hámaca, pálidos de calor dentro de sus levitas de paño y sus cuellos de celuloide, los ministros civiles que tanto detestaba pero que había vuelto a nombrar por conveniencia y a quienes oía discutir asuntos de estado entre el escándalo de los gallos que correteaban a las gallinas en el patio, y el pito continuo de las chicharras y el gramófono insomne que cantaba en el vecindario la canción de Susana ven Susana, se calla-

ban de pronto, silencio, el general se había dormido, pero él bramaba sin abrir los ojos, sin dejar de
roncar, no estoy dormido pendejos, continúen, continuaban, hasta que él salía tantaleando de entre las
telarañas de la siesta y sentenció que entre tantas
pendejadas el único que tiene la razón es mi compadre el ministro de la salud, qué carajo, se acabó
la vaina, se acababa, conversaba con sus ayudantes personales llevándolos de un lado para otro
mientras comía caminando con el plato en una
mano y la cuchara en la otra, los despachaba en la
escalera con una displicencia de hagan ustedes lo
que quieran que al fin y al cabo yo soy el que manda, qué carajo, se le pasó la ventolera de preguntar
si lo querían o si no lo querían, qué carajo, cortaba
cintas inaugurales, se mostraba en público de cuerpo entero asumiendo los riesgos del poder como no
lo había hecho en épocas más plácidas, qué carajo,
jugaba partidas interminables de dominó con mi
compadre de toda la vida el general Rodrigo de
Aguilar y mi compadre el ministro de la salud que
eran los únicos que tenían bastante confianza con
él para pedirle la libertad de un preso o el perdón de
un condenado a muerte, y los únicos que se atrevieron a pedirle que recibiera en audiencia especial a
la reina de la belleza de los pobres, una criatura increíble de ese charco de miserias que llamábamos el
barrio de las peleas de perro porque todos los perros del barrio estaban peleando en la calle desde
hacía muchos años sin un instante de tregua, un re-

lucto mortífero donde no entraban las patrullas de la guardia nacional porque las dejaban en cueros y desarmaban los coches en sus piezas originales con un solo pase de manos, donde los pobres burros perdidos entraban caminando por un extremo de la calle y salían por el otro en un saco de huesos, se comían asados a los hijos de los ricos mi general, los vendían en el mercado convertidos en longanizas, imagínese, pues allí había nacido y allí vivía Manuela Sánchez de mi mala suerte, una caléndula de muladar cuya belleza inverosímil era el asombro de la patria mi general, y él se sintió tan intrigado con la revelación que si todo eso es verdad como ustedes dicen no sólo la recibo en audiencia especial sino que bailo con ella el primer vals, qué carajo, que lo escriban en los periódicos, ordenó, esas vainas les encantan a los pobres. Sin embargo, la noche después de la audiencia, mientras jugaban al dominó, le comentó con una amargura cierta al general Rodrigo de Aguilar que la reina de los pobres no valía ni el trabajo de bailar con ella, que era tan ordinaria como tantas Manuelas Sánchez de barriada con su traje de ninfa de volantes de muselina y la corona dorada con joyas de artificio y una rosa en la mano bajo la vigilancia de una madre que la cuidaba como si fuera de oro, así que él le había concedido todo cuanto quería que no era más que la luz eléctrica y el agua corriente para su barrio de las peleas de perro, pero advirtió que era la última vez que recibo una misión de súplicas, qué carajo, no vuelvo a hablar con pobres, dijo, sin terminar la partida, dio un portazo, se fue, oyó los golpes de metal de las ocho, les puso el pienso a las vacas en los establos, hizo subir las bostas de boñiga, revisó la casa completa mientras comía caminando con el plato en la mano, comía carne guisada con fríjoles, arroz blanco y tajadas de plátano verde, contó los centinelas desde el portón de entrada hasta los dormitorios, estaban completos y en su puesto, catorce, vio el resto de su guardia personal jugando dominó en el retén del primer patio, vio los leprosos acostados entre los rosales, los paralíticos en las escaleras, eran las nueve, puso en una ventana el plato de comida sin terminar y se encontró manoteando en la atmósfera de fango de las barracas de las concubinas que dormían hasta tres con sus sietemesinos en una misma cama, se acaballó sobre un montón oloroso a guiso de ayer y apartó para acá dos cabezas y para allá seis piernas y tres brazos sin preguntarse si alguna vez sabría quién era quién ni cuál fue la que al fin lo amamantó sin despertar, sin soñar con él, ni de quién había sido la voz que murmuró dormida desde otra cama que no se apure tanto general que se asustan los niños, regresó al interior de la casa, revisó las fallebas de las veintitrés ventanas, encendió las plastas de boñiga cada cinco metros desde el vestíbulo hasta las habitaciones privadas, sintió el olor del humo, se acordó de una infancia improbable que podía ser la suya que sólo recordaba en aquel instante cuando empezaba el humo y la olvidaba para siempre, regresó apagando las luces al revés desde los dormitorios hasta el vestíbulo y tapando las jaulas de los pájaros dormidos que contaba antes de taparlos con pedazos de lienzo, cuarenta y ocho, otra vez recorrió la casa completa con una lámpara en la mano, se vio a sí mismo uno por uno hasta catorce generales caminando con la lámpara encendida en los espejos, eran las diez, todo en orden, volvió a los dormitorios de la guardia presidencial, les apagó la luz, buenas noches señores, registró las oficinas públicas de la planta baja, las antesalas, los retretes, detrás de las cortinas, debajo de las mesas, no había nadie, sacó el mazo de llaves que era capaz de distinguir al tacto una por una, cerró las oficinas, subió a la planta principal registrando los cuartos cuarto por cuarto y cerrando las puertas con llave, sacó el frasco de miel de abejas de su escondite detrás de un cuadro y tomó las dos cucharadas de antes de acostarse, pensó en su madre dormida en la mansión de los suburbios, Bendición Alvarado en su sopor de adioses entre el toronjil y el orégano con una mano de pajarera exangüe pintora de oropéndolas como una madre muerta de costado, que pase buena noche, madre, dijo, muy buenas noches hijo le contestó dormida Bendición Alvarado en la mansión de los suburbios, colgó frente a su dormitorio la lámpara de gancho que él dejaba colgada en la puerta mientras dormía con la orden terminante de que no la apaguen nunca porque ésa era la luz para salir corriendo, dieron las once, inspeccionó la casa una última vez, a oscuras, por si alguien se hubiera infiltrado creyéndolo dormido, iba dejando el rastro de polvo del reguero de estrellas de la espuela de oro en las albas fugaces de ráfagas verdes de las aspas de luz de las vueltas del faro, vio entre dos instantes de lumbre un leproso sin rumbo que caminaba dormido, le cerró el paso, lo llevó por la sombra sin tocarlo alumbrándole el camino con las luces de su vigilia, lo puso en los rosales, volvió a contar los centinelas en la oscuridad, regresó al dormitorio, iba viendo al pasar frente a las ventanas un mar igual en cada ventana, el Caribe en abril, lo contempló veintitrés veces sin detenerse y era siempre como siempre en abril como una ciénaga dorada, oyó las doce, con el último golpe de los martillos de la catedral sintió la torcedura de los silbidos tenues del horror de la hernia, no había más ruido en el mundo, él solo era la patria, pasó las tres aldabas, los tres cerrojos, los tres pestillos del dormitorio, orinó sentado en la letrina portátil, orinó dos gotas, cuatro gotas, siete gotas arduas, se tumbó bocabajo en el suelo, se durmió en el acto, no soñó, eran las tres menos cuarto cuando se despertó empapado en sudor, estremecido por la certidumbre de que alguien lo había mirado mientras dormía, alguien que había tenido la virtud de meterse sin quitar las aldabas, quién vive, preguntó, no era nadie, cerró los ojos, volvió a sentir que lo miraban, abrió los ojos para ver, asustado, y entonces vio, carajo, era Manuela Sánchez que andaba por el cuarto sin quitar los cerrojos porque entraba y salía según su voluntad atravesando las paredes, Manuela Sánchez de mi mala hora con el vestido de muselina y la brasa de la rosa en la mano y el olor natural de regaliz de su respiración, dime que no es de verdad este delirio, decía, dime que no eres tú, dime que este vahído de muerte no es el marasmo de regaliz de tu respiración, pero era ella, era su rosa, era su aliento cálido que perfumaba el clima del dormitorio como un bajo obstinado con más dominio y más antigüedad que el resuello del mar, Manuela Sánchez de mi desastre que no estabas escrita en la palma de mi mano, ni en el asiento de mi café, ni siquiera en las aguas de mi muerte de los lebrillos, no te gastes mi aire de respirar, mi sueño de dormir, el ámbito de la oscuridad de este cuarto donde nunca había entrado ni había de entrar una mujer, apágame esa rosa, gemía, mientras gateaba en busca de la llave de la luz y encontraba a Manuela Sánchez de mi locura en lugar de la luz, carajo, por qué te tengo que encontrar si no te me has perdido, si quieres llévate mi casa, la patria entera con su dragón, pero déjame encender la luz, alacrán de mis noches, Manuela Sánchez de mi potra, hija de puta, gritó, creyendo que la luz lo liberaba del hechizo, gritando que la saquen, que la dejen sin mí, que la echen en los cantiles con un ancla en el cuello para que nadie vuelva a padecer el fulgor de su rosa, se iba desgañitando de pavor por los corredores, chapaleando en las tortas de boñiga de la oscuridad, preguntándose aturdido qué pasaba en el mundo que van a ser las ocho y todos duermen en esta casa de malandrines, levántense, cabrones, gritaba, se encendieron las luces, tocaron diana a las tres, la repitieron en la fortaleza del puerto, en la guarnición de San Jerónimo, en los cuarteles del país, y había un estrépito de armas asustadas, de rosas que se abrieron cuando aún faltaban dos horas para el sereno, de concubinas sonámbulas que sacudían alfombras bajo las estrellas y destapaban las jaulas de los pájaros dormidos y cambiaban por flores de anoche las flores trasnochadas de los floreros, y había un tropel de albañiles que construían paredes de emergencia y desorientaban a los girasoles pegando soles de papel dorado en los vidrios de las ventanas para que no se viera que todavía era noche en el cielo y era domingo veinticinco en la casa y era abril en el mar, y había un escándalo de chinos lavanderos que echaban de las camas a los últimos dormidos para llevarse las sábanas, ciegos premonitorios que anunciaban amor amor donde no estaba, funcionarios viciosos que encontraban gallinas poniendo los huevos del lunes cuando estaban todavía los de ayer en las gavetas de los archivos, y había un bullicio de muchedumbres aturdidas y peleas de perros en los consejos de gobierno convocados de urgencia mientras él se abría paso deslumbrado por el día repentino entre los aduladores impávidos que lo

92

proclamaban descompositor de la madrugada, comandante del tiempo y depositario de la luz, hasta que un oficial del mando supremo se atrevió a detenerlo en el vestíbulo y se cuadró frente a él con la novedad mi general de que apenas son las dos y cinco, otra voz, las tres y cinco de la madrugada mi general, y él le cruzó la cara con el revés feroz de la mano y aulló con todo el pecho asustado para que lo escucharan en el mundo entero, son las ocho, carajo, las ocho, dije, orden de Dios. Bendición Alvarado le preguntó al verlo entrar en la mansión de los suburbios de dónde vienes con ese semblante que pareces picado de tarántula, qué haces con esa mano en el corazón, le dijo, pero él se derrumbó en la poltrona de mimbre sin contestarle, cambió la mano de lugar, había vuelto a olvidarla cuando su madre lo apuntó con el pincel de pintar oropéndolas y preguntó asombrada si de veras se creía el Corazón de Jesús con esos ojos lánguidos y esa mano en el pecho, y él la escondió ofuscado, mierda madre, dio un portazo, se fue, se quedó dando vueltas en la casa con las manos en los bolsillos para que no se le pusieran por su cuenta donde no debían, contemplaba la lluvia por la ventana, vio resbalar el agua por las estrellas de papel de galletitas y las lunas de metal plateado que habían puesto en los cristales para que parecieran las ocho de la noche a las tres de la tarde, vio los soldados de la guardia ateridos en el patio, vio el mar triste, la lluvia de Manuela Sánchez en tu ciudad sin ella, el terrible salón vacío, las sillas puestas al revés sobre las mesas, la soledad irreparable de las primeras sombras de otro sábado efímero de otra noche sin ella, carajo, si al menos me quitaran lo bailado que es lo que más me duele, suspiró, sintió vergüenza de su estado, repasó los sitios del cuerpo donde poner la mano errante que no fuera en el corazón, se la puso por fin en la potra apaciguada por la lluvia, era igual, tenía la misma forma, el mismo peso, dolía lo mismo, pero era todavía más atroz como tener el propio corazón en carne viva en la palma de la mano, y sólo entonces entendió lo que tantas gentes de otros tiempos le habían dicho que el corazón es el tercer cojón mi general, carajo, se apartó de la ventana, dio vueltas en la sala de audiencias con la ansiedad sin recursos de un presidente eterno con una espina de pescado atravesada en el alma, se encontró en la sala del consejo de ministros oyendo como siempre sin entender, sin oír, padeciendo un informe soporífero sobre la situación fiscal, de pronto algo ocurrió en el aire, se calló el ministro de hacienda, los otros lo miraban a él por las rendijas de una coraza agrietada por el dolor, se vio a sí mismo inerme y solo en el extremo de la mesa de nogal con el semblante trémulo por haber sido descubierto a plena luz en su estado de lástima de presidente vitalicio con la mano en el pecho, se le quemó la vida en las brasas glaciales de los minuciosos ojos de orfebre de mi compadre el ministro de la salud que parecían examinarlo por dentro mientras le daba vueltas a la leontina del relojito de oro del chaleco, cuidado, dijo alguien, debe ser una punzada, pero ya él había puesto su mano de sirena endurecida de rabia en la mesa de nogal, recobró el color, escupió con las palabras una ráfaga mortífera de autoridad, ya quisieran ustedes que fuera una punzada, cabrones, continúen, continuaron, pero hablaban sin oírse pensando que algo grave debía pasarle a él si tenía tanta rabia, lo cuchichearon, corrió el rumor, lo señalaban, mírenlo cómo está de acontecido que tiene que agarrarse el corazón, se le rompieron las costuras, murmuraban, se propaló la versión de que había hecho llamar de urgencia al ministro de la salud y que éste lo encontró con el brazo derecho puesto como una pata de cordero sobre la mesa de nogal y le ordenó que me lo corte, compadre, humillado por su triste condición de presidente bañado en lágrimas, pero el ministro le contestó que no, general, esa orden no la cumplo aunque me fusile, le dijo, es un asunto de justicia, general, yo valgo menos que su brazo. Estas y muchas otras versiones de su estado se iban haciendo cada vez más intensas mientras él medía en los establos la leche para los cuarteles viendo cómo se alzaba en el cielo el martes de ceniza de Manuela Sánchez, hacía sacar a los leprosos de los rosales para que no apestaran las rosas de tu rosa, buscaba los lugares solitarios de la casa para cantar sin ser oído tu primer valse de reina, para que no me olvides, cantaba, para que sientas que te mueres si me olvidas,

cantaba, se sumergía en el cieno de los cuartos de
las concubinas tratando de encontrar alivio para su
tormento, y por primera vez en su larga vida de
amante fugaz se le desenfrenaban los instintos, se
demoraba en pormenores, les desentrañaba los suspiros a las mujeres más mezquinas, una vez y otra
vez, y las hacía reír de asombro en las tinieblas no
le da pena general, a sus años, pero él sabía de sobra que aquella voluntad de resistir eran engaños
que se hacía a sí mismo para perder el tiempo, que
cada tranco de su soledad, cada tropiezo de su respiración lo acercaban sin remedio a la canícula de
las dos de la tarde ineludible en que se fue a suplicar por el amor de Dios el amor de Manuela Sánchez en el palacio del muladar de tu reino feroz de
tu barrio de las peleas de perro, se fue vestido de civil, sin escolta, en un automóvil de servicio público
que se escabulló petardeando por el vapor de gasolina rancia de la ciudad postrada en el letargo de la
siesta, eludió el fragor asiático de los vericuetos del
comercio, vio la mar grande de Manuela Sánchez
de mi perdición con un alcatraz solitario en el horizonte, vio los tranvías decrépitos que van hasta tu
casa y ordenó que los cambien por tranvías amarillos de vidrios nublados con un trono de terciopelo
para Manuela Sánchez, vio los balnearios desiertos
de tus domingos de mar y ordenó que pusieran ca-
setas de vestirse y una bandera de color distinto según los humores del tiempo y una malla de acero
en una playa reservada para Manuela Sánchez, vio

las quintas con terrazas de mármol y prados pensativos de las catorce familias que él había enriquecido con sus favores, vio una quinta más grande con surtidores giratorios y vitrales en los balcones donde te quiero ver viviendo para mí, y la expropiaron por asalto, decidiendo la suerte del mundo mientras soñaba con los ojos abiertos en el asiento posterior del coche de latas sueltas hasta que se acabó la brisa del mar y se acabó la ciudad y se metió por las troneras de las ventanas el fragor luciferino de tu barrio de las peleas de perro donde él se vio y no se creyó pensando madre mía Bendición Alvarado mírame dónde estoy sin ti, favóreceme, pero nadie reconoció en el tumulto los ojos desolados, los labios débiles, la mano lánguida en el pecho, la voz de hablar dormido del bisabuelo asomado por los vidrios rotos con un vestido de lino blanco y un sombrero de capataz que andaba averiguando dónde vive Manuela Sánchez de mi vergüenza, la reina de los pobres, señora, la de la rosa en la mano, preguntándose asustado dónde podías vivir en aquella tropelía de nudos de espinazos erizados de miradas satánicas de colmillos sangrientos del reguero de aullidos fugitivos con el rabo entre las patas de la carnicería de perros que se descuartizaban a mordiscos en los barrizales, dónde estará el olor de regaliz de tu respiración en este trueno continuo de altavoces de hija de puta serás tu tormento de mi vida de los borrachos sacados a patadas del matadero de las cantinas, dónde te habrás perdido en la

parranda sin término del maranguango y la burun-
danga y el gordolobo y la manta de bandera y el
tremendo salchichón de hoyito y el centavo negro
de ñapa en el delirio perpetuo del paraíso mítico del
Negro Adán y Juancito Trucupey, carajo, cuál es
tu casa de vivir en este estruendo de paredes des-
cascaradas de color amarillo de ahuyama con ce-
nefas moradas de balandrán de obispo con ventanas de verde cotorra con tabiques de azul de peloti-
ca con pilares rosados de tu rosa en la mano, qué
hora será en tu vida si estos desmerecidos descono-
cen mis órdenes de que ahora sean las tres y no las
ocho de la noche de ayer como parece en este infierno, cuál eres tú de estas mujeres que cabecean
en las salas vacías ventilándose con la falda despa-
tarradas en los mecedores respirando de calor por
entre las piernas mientras él preguntaba a través de
los huecos de la ventana dónde vive Manuela Sánchez de mi rabia, la del traje de espuma con luces
de diamantes y la diadema de oro macizo que él le
había regalado en el primer aniversario de la coro-
nación, ya sé quién es, señor, dijo alguien en el tumulto, una tetona nalgoncita que se cree la mamá
de la gorila, vive ahí, señor, ahí, en una casa como
todas, pintada a gritos, con la huella fresca de alguien que había resbalado en una plasta de por-
quería de perro en el sardinel de mosaicos, una
casa de pobre tan diferente de Manuela Sánchez en
la poltrona de los virreyes que costaba trabajo
creer que fuera ésa, pero era ésa, madre mía Bendi-

ción Alvarado de mis entrañas, dame tu fuerza para entrar, madre, porque era ésa, había dado diez vueltas a la manzana mientras recobraba el aliento, había llamado a la puerta con tres golpes de los nudillos que parecieron tres súplicas, había esperado en la sombra ardiente del saledizo sin saber si el mal aire que respiraba estaba pervertido por la resolana o la ansiedad, esperó sin pensar siquiera en su propio estado hasta que la madre de Manuela Sánchez lo hizo entrar en la fresca penumbra olorosa a residuos de pescado de la sala amplia y escueta de una casa dormida que era más grande por dentro que por fuera, examinaba el ámbito de su frustración desde el taburete de cuero en que se había sentado mientras la madre de Manuela Sánchez la despertaba de la siesta, vio las paredes chorreadas de goteras de lluvias viejas, un sofá roto, otros dos taburetes con fondos de cuero, un piano sin cuerdas en el rincón, nada más, carajo, tanto sufrir para esta vaina, suspiraba, cuando la madre de Manuela Sánchez regresó con una canastilla de labor y se sentó a tejer encajes mientras Manuela Sánchez se vestía, se peinaba, se ponía sus mejores zapatos para atender con la debida dignidad al anciano imprevisto que se preguntaba perplejo dónde estarás Manuela Sánchez de mi infortunio que te vengo a buscar y no te encuentro en esta casa de mendigos, dónde estará tu olor de regaliz en esta peste de sobras de almuerzo, dónde estará tu rosa, dónde tu amor, sácame del calabozo de estas dudas de perro, suspiraba, cuando la vio aparecer en la puerta interior como la imagen de un sueño reflejada en el espejo de otro sueño con un traje de etamina de a cuartillo la yarda, el cabello amarrado de prisa con una peineta, los zapatos rotos, pero era la mujer más hermosa y más altiva de la tierra con la rosa encendida en la mano, una visión tan deslumbrante que él apenas si tuvo dominio para inclinarse cuando ella lo saludó con la cabeza levantada Dios guarde a su excelencia, y se sentó en el sofá, enfrente de él, donde no la alcanzaron los efluvios de su grajo fétido, y entonces me atreví a mirarlo de frente por primera vez haciendo girar con dos dedos la brasa de la rosa para que no se me notara el terror, escruté sin piedad los labios de murciélago, los ojos mudos que parecían mirarme desde el fondo de un estanque, el pellejo lampiño de terrones de tierra amasados con aceite de hiel que se hacía más tirante e intenso en la mano derecha del anillo del sello presidencial exhausta en la rodilla, su traje de lino escuálido como si dentro no estuviera nadie, sus enormes zapatos de muerto, su pensamiento invisible, su poder oculto, el anciano más antiguo de la tierra, el más temible, el más aborrecido y el menos compadecido de la patria que se abanicaba con el sombrero de capataz contemplándome en silencio desde su otra orilla, Dios mío, qué hombre tan triste, pensé asustada, y preguntó sin compasión en qué puedo servirle excelencia, y él contestó con un aire solemne que sólo vengo a pedirle un favor, majestad, que me reciba esta visita. La visitó sin alivio durante meses y meses, todos los días en las horas muertas del calor en que solia visitar a su madre para que los servicios de seguridad creyeran que estaba en la mansión de los suburbios, porque sólo él ignoraba lo que todo el mundo sabía que los fusileros del general Rodrigo de Aguilar lo protegían agazapados en las azoteas, endemoniaban el tránsito, desocupaban a culatazos las calles por donde él tenía que pasar, las mantenían vedadas para que parecieran desiertas desde las dos hasta las cinco con orden de tirar a matar si alguien trataba de asomarse en los balcones, pero hasta los menos curiosos se las arreglaban para aguaitar el paso fugitivo de la limusina presidencial pintada de automóvil de servicio público con el anciano canicular escondido de civil dentro del traje de lino inocente, veían su palidez de huérfano, su semblante de haber visto amanecer muchos días, de haber llorado escondido, de no importarle ya lo que pensaran de la mano en el pecho, el arcaico animal taciturno que iba dejando un rastro de ilusiones de mírenlo cómo va que ya no puede con su alma en el aire vidriado de calor de las calles prohibidas, hasta que las suposiciones de enfermedades raras se hicieron tan ruidosas y múltiples que terminaron por tropezar con la verdad de que él no estaba en casa de su madre sino en la sala en penumbra del remanso secreto de Manuela Sánchez bajo la vigilancia implacable de la madre que tricotaba sin respi-

rar, pues era para ella que compraba las máquinas
de ingenio que tanto entristecían a Bendición Alvarado, trataba de seducirla con el misterio de las
agujas magnéticas, las tormentas de nieve del enero
cautivo de los pisapapeles de cuarzo, los aparatos
de astrónomos y boticarios, los pirógrafos, manó-
metros, metrónomos y giróscopos que él continuaba comprando a quien quisiera vendérselos contra
el criterio de su madre, contra su propia avaricia de
hierro, y sólo por la dicha de gozarlos con Manuela
Sánchez, le ponía en el oído la caracola patriótica
que no tenía dentro el resuello del mar sino las mar-
chas militares que exaltaban su régimen, les acercaba la llama del fósforo a los termómetros para que
veas subir y bajar el azogue opresivo de lo que
pienso por dentro, contemplaba a Manuela Sánchez sin pedirle nada, sin expresarle sus intenciones, sino que la abrumaba en silencio con aquellos
regalos dementes para tratar de decirle con ellos lo
que él no era capaz de decir, pues sólo sabía mani-
festar sus anhelos más íntimos con los símbolos visibles de su poder descomunal como el día del cumpleaños de Manuela Sánchez en que le había pedido que abriera la ventana y ella la abrió y me quedé
petrificada de pavor al ver lo que habían hecho de
mi pobre barrio de las peleas de perro, vi las blancas casas de madera con ventanas de anjeo y terrazas de flores, los prados azules con surtidores de
aguas giratorias, los pavorreales, el viento de insecticida glacial, una réplica infame de las antiguas re-

sidencias de los oficiales de ocupación que habían
sido calcadas de noche y en silencio, habían degollado a los perros, habían sacado de sus casas a los
antiguos habitantes que no tenían derecho a ser vecinos de una reina y los habían mandado a pudrirse
en otro muladar, y así habían construido en muchas noches furtivas el nuevo barrio de Manuela
Sánchez para que tú lo vieras desde tu ventana el
día de tu onomástico, ahí lo tienes, reina, para que
cumplas muchos años felices, para ver si estos alardes de poder conseguían ablandar tu conducta cor-
tés pero invencible de no se acerque demasiado, excelencia, que ahí está mi mamá con las aldabas de
mi honra, y él se ahogaba en sus anhelos, se comía
la rabia, tomaba a sorbos lentos de abuelo el agua
de guanábana fresca de piedad que ella le preparaba para darle de beber al sediento, soportaba la
punzada del hielo en la sien para que no le descubrieran los desperfectos de la edad, para que no me
quieras por lástima después de haber agotado todos los recursos para que lo quisiera por amor, lo
dejaba tan sólo cuando estoy contigo que no me
quedan ánimos ni para estar, agonizando por ro-
zarla así fuera con el aliento antes de que el arcángel de tamaño humano volara dentro de la casa tocando la campana de mi hora mortal, y él se ganaba un último sorbo de la visita mientras guardaba
los juguetes en los estuches originales para que no
los haga polvo la carcoma del mar, sólo un minuto,
reina, se levantaba desde ahora hasta mañana, toda

una vida, qué vaina, apenas si le sobraba un instante para mirar por última vez a la doncella inasible que al paso del arcángel se había quedado inmóvil con la rosa muerta en el regazo mientras él se iba, se escabullía entre las primeras sombras tratando de ocultar una vergüenza de dominio público que todo el mundo comentaba en la calle, la propalaba una canción anónima que el país entero conocía menos él, hasta los loros cantaban en los patios apártense mujeres que ahí viene el general llorando verde con la mano en el pecho, mírenlo cómo va que ya no puede con su poder, que está gobernando dormido, que tiene una herida que no se le cierra, la aprendieron los loros cimarrones de tanto oírsela cantar a los loros cautivos, se la aprendieron las cotorras y los arrendajos y se la llevaron en bandadas hasta más allá de los confines de su desmesurado reino de pesadumbre, y en todos los cielos de la patria se oyó al atardecer aquella voz unánime de multitudes fugitivas que cantaban que ahí viene el general de mis amores echando caca por la boca y echando leyes por la popa, una canción sin término a la que todo el mundo hasta los loros le agregaban estrofas para burlar a los servicios de seguridad del estado que trataban de capturarla, las patrullas militares apertrechadas para la guerra rompían portillos en los patios y fusilaban a los loros subversivos en las estacas, les echaban puñados de pericos vivos a los perros, declararon el estado de sitio tratando de extirpar la canción enemiga para que nadie descubriera lo que todo el mundo sabía que era él quien se deslizaba como un prófugo del atardecer por las puertas de servicio de la casa presidencial, atravesaba las cocinas y desaparecía entre el humo de las bostas de las habitaciones privadas hasta mañana a las cuatro, reina, hasta todos los días a la misma hora en que llegaba a la casa de Manuela Sánchez cargado de tantos regalos insólitos que habían tenido que apoderarse de las casas vecinas y derribar paredes medianeras para tener donde ponerlos, así que la sala original quedó convertida en un galpón inmenso y sombrío donde había incontables relojes de todas las épocas, había toda clase de gramófonos desde los primitivos de cilindro hasta los de diafragma de espejo, había numerosas máquinas de coser de manivela, de pedal, de motor, dormitorios enteros de galvanómetros, boticas homeopáticas, cajas de música, aparatos de ilusiones ópticas, vitrinas de mariposas disecadas, herbarios asiáticos, laboratorios de fisioterapia y educación corporal, máquinas de astronomía, ortopedia y ciencias naturales, y todo un mundo de muñecas con mecanismos ocultos de virtudes humanas, habitaciones canceladas en las que nadie entraba ni siquiera para barrer porque las cosas se quedaban donde las habían puesto cuando las llevaron, nadie quería saber de ellas y Manuela Sánchez menos que nadie pues no quería saber nada de la vida desde el sábado negro en que me sucedió la desgracia de ser reina, aquella tarde

se me acabó el mundo, sus antiguos pretendientes
habían muerto uno después del otro fulminados por
colapsos impunes y enfermedades inverosímiles,
sus amigas desaparecían sin dejar rastros, se la
habían llevado sin moverla de su casa para un barrio de extraños, estaba sola, vigilada en sus intenciones más íntimas, cautiva de una trampa del destino en la que no tenía valor para decir que no ni
tenía tampoco suficiente valor para decir que sí a
un pretendiente abominable que la acechaba con
un amor de asilo, que la contemplaba con una especie de estupor reverencial abanicándose con el sombrero blanco, ensopado en sudor, tan lejos de sí
mismo que ella se había preguntado si de veras la
veía o si era sólo una visión de espanto, lo había
visto titubeando a plena luz, lo había visto masticar
las aguas de frutas, lo había visto cabecear de
sueño en la poltrona de mimbre con el vaso en la
mano cuando el zumbido de cobre de las chicharras hacía más densa la penumbra de la sala, lo
había visto roncar, cuidado excelencia, le dijo, él
despertaba sobresaltado murmurando que no, reina, no me había dormido, sólo había cerrado los
ojos, decía, sin darse cuenta de que ella le había
quitado el vaso de la mano para que no se le cayera
mientras dormía, lo había entretenido con astucias
sutiles hasta la tarde increíble en que él llegó a la
casa ahogándose con la noticia de que hoy te traigo
el regalo más grande del universo, un prodigio del
cielo que va a pasar esta noche a las once cero seis

para que tú lo veas, reina, sólo para que tú lo veas, y era el cometa. Fue una de nuestras grandes fechas de desilusión, pues desde hacía tiempo se había divulgado una especie como tantas otras de que el horario de su vida no estaba sometido a las normas del tiempo humano sino a los ciclos del cometa, que él había sido concebido para verlo una vez pero no había de verlo la segunda a pesar de los augurios arrogantes de sus aduladores, así que habíamos esperado como quien esperaba la fecha de nacer la noche secular de noviembre en que se prepararon las músicas de gozo, las campanas de júbilo, los cohetes de fiesta que por primera vez en un siglo no estallaban para exaltar su gloria sino para esperar los once golpes de metal de las once que habían de señalar el término de sus años, para celebrar un acontecimiento providencial que él esperó en la azotea de la casa de Manuela Sánchez, sentado entre ella y su madre, respirando con fuerza para que no le conocieran los apuros del corazón bajo un cielo aterido de malos presagios, aspirando por primera vez el aliento nocturno de Manuela Sánchez, la intensidad de su intemperie, su aire libre, sintió en el horizonte los tambores de conjuro que salían al encuentro del desastre, escuchó lamentos lejanos, los rumores de limo volcánico de las muchedumbres que se prosternaban de terror ante una criatura ajena a su poder que había precedido y había de trascender los años de su edad, sintió el peso del tiempo, padeció por un ins-

tante la desdicha de ser mortal, y entonces lo vio,
ahí está, dijo, y ahí estaba, porque él lo conocía, lo
había visto cuando pasó para el otro lado del universo, era el mismo, reina, más antiguo que el mundo, la doliente medusa de lumbre del tamaño del
cielo que a cada palmo de su trayectoria regresaba
un millón de años a su origen, oyeron el zumbido
de flecos de papel de estaño, vieron su rostro atri-
bulado, sus ojos anegados de lágrimas, el rastro de
venenos helados de su cabellera desgreñada por los
vientos del espacio que iba dejando en el mundo un
reguero de polvo radiante de escombros siderales y
amaneceres demorados por lunas de alquitrán y cenizas de cráteres de océanos anteriores a los orígenes del tiempo de la tierra, ahí lo tienes, reina, murmuró, míralo bien, que no volveremos a verlo hasta
dentro de un siglo, y ella se persignó aterrada, más
hermosa que nunca bajo el resplandor de fósforo
del cometa y con la cabeza nevada por la llovizna
tenue de escombros astrales y sedimentos celestes,
y entonces fue cuando ocurrió, madre mía Bendición Alvarado, ocurrió que Manuela Sánchez había
visto en el cielo el abismo de la eternidad y tratando
de agarrarse de la vida tendió la mano en el vacío y
el único asidero que encontró fue la mano indesea-
ble con el anillo presidencial, su cálida y tersa
mano de rapiña cocinada al rescoldo del fuego lento del poder. Fueron muy pocos quienes se conmo-
vieron con el transcurso bíblico de la medusa de
lumbre que espantó a los venados del cielo y fumi-

gó a la patria con un rastro de polvo radiante de escombros siderales, pues aun los más incrédulos estábamos pendientes de aquella muerte descomunal que había de destruir los principios de la cristiandad e implantar los orígenes del tercer testamento, esperamos en vano hasta el amanecer, regresamos a casa más cansados de esperar que de no dormir por las calles de fin de fiesta donde las mujeres del alba barrían la basura celeste de los residuos del cometa, y ni siquiera entonces nos resignábamos a creer que fuera cierto que nada había pasado, sino al contrario, que habíamos sido víctimas de un nuevo engaño histórico, pues los órganos oficiales proclamaron el paso del cometa como una victoria del régimen contra las fuerzas del mal, se aprovechó la ocasión para desmentir las suposiciones de enfermedades raras con actos inequívocos de la vitalidad del hombre del poder, se renovaron las consignas, se hizo público un mensaje solemne en que él había expresado mi decisión única y soberana de que estaré en mi puesto al servicio de la patria cuando volviera a pasar el cometa, pero en cambio él oyó las músicas y los cohetes como si no fueran de su régimen, oyó sin conmoverse el clamor de la multitud concentrada en la Plaza de Armas con grandes letreros de gloria eterna al benemérito que ha de vivir para contarlo, no le importaban los estorbos del gobierno, delegaba su autoridad en funcionarios menores atormentado por el recuerdo de la brasa de la mano de Manuela Sánchez en su mano, soñando con vivir de nuevo aquel instante feliz aunque se torciera el rumbo de la naturaleza y se estropeara el universo, deseándolo con tanta intensidad que terminó por suplicar a sus astrónomos que le inventaran un cometa de pirotecnia, un lucero fugaz, un dragón de candela, cualquier ingenio sideral que fuera lo bastante terrorífico para causarle un vértigo de eternidad a una mujer hermosa, pero lo único que pudieron encontrar en sus cálculos fue un eclipse total de sol para el miércoles de la semana próxima a las cuatro de la tarde mi general, y él aceptó, de acuerdo, y fue una noche tan verídica a pleno día que se encendieron las estrellas, se marchitaron las flores, las gallinas se recogieron y se sobrecogieron los animales de mejor instinto premonitorio, mientras él aspiraba el aliento crepuscular de Manuela Sánchez que se le iba volviendo nocturno a medida que la rosa languidecía en su mano por el engaño de las sombras, ahí lo tienes, reina, le dijo, es tu eclipse, pero Manuela Sánchez no contestó, no le tocó la mano, no respiraba, parecía tan irreal que él no pudo soportar el anhelo y extendió la mano en la oscuridad para tocar su mano, pero no la encontró, la buscó con la yema de los dedos en el sitio donde había estado su olor, pero tampoco la encontró, siguió buscándola con las dos manos por la casa enorme, braceando con los ojos abiertos de sonámbulo en las tinieblas, preguntándose dolorido dónde estarás Manuela Sánchez de mi desventura que te busco y no te encuen-

tro en la noche desventurada de tu eclipse, dónde
estará tu mano inclemente, dónde tu rosa, nadaba
como un buzo extraviado en un estanque de aguas
invisibles en cuyos aposentos encontraba flotando
las langostas prehistóricas de los galvanómetros,
los cangrejos de los relojes de música, los bogavan-
tes de tus máquinas de oficios ilusorios, pero en
cambio no encontraba ni el aliento de regaliz de tu
respiración, y a medida que se disipaban las sombras de la noche efímera se iba encendiendo en su
alma la luz de la verdad y se sintió más viejo que
Dios en la penumbra del amanecer de las seis de la
tarde de la casa desierta, se sintió más triste, más
solo que nunca en la soledad eterna de este mundo
sin ti, mi reina, perdida para siempre en el enigma del eclipse, para siempre jamás, porque nunca
en el resto de los larguísimos años de su poder
volvió a encontrar a Manuela Sánchez de mi perdición en el laberinto de su casa, se esfumó en la
noche del eclipse mi general, le decían que la vieron
en un baile de plenas de Puerto Rico, allá donde
cortaron a Elena mi general, pero no era ella, que la
vieron en la parranda del velorio de Papá Montero,
zumba, canalla rumbero, pero tampoco era ella,
que la vieron en el tiquiquitaque de Barlovento sobre la mina, en la cumbiamba de Aracataca, en el
bonito viento del tamborito de Panamá, pero ninguna era ella, mi general, se la llevó el carajo, y si
entonces no se abandonó al albedrío de la muerte
no había sido porque le hiciera falta rabia para mo-

rir sino porque sabía que estaba condenado sin remedio a no morir de amor, lo sabía desde una tarde
de los principios de su imperio en que recurrió a
una pitonisa para que le leyera en las aguas de un
lebrillo las claves del destino que no estaban escritas en la palma de su mano, ni en las barajas, ni en
el asiento del café, ni en ningún otro medio de averiguación, sólo en aquel espejo de aguas premonitorias donde se vio a sí mismo muerto de muerte natural durante el sueño en la oficina contigua a la
sala de audiencias, y se vio tirado bocabajo en el
suelo como había dormido todas las noches de la
vida desde su nacimiento, con el uniforme de lienzo
sin insignias, las polainas, la espuela de oro, el brazo derecho doblado bajo la cabeza para que le sirviera de almohada, y a una edad indefinida entre
los 107 y los 232 años.

Así lo encontraron en las vísperas de su otoño, cuando el cadáver era en realidad el de Patricio Aragonés, y así volvimos a encontrarlo muchos años más tarde en una época de tantas incertidumbres que nadie podía rendirse a la evidencia de que fuera suyo aquel cuerpo senil carcomido de gallinazos y plagado de parásitos de fondo de mar. En la mano amorcillada por la putrefacción no quedaba entonces ningún indicio de que hubiera estado alguna vez en el pecho por los desaires de una doncella improbable de los tiempos del ruido, ni habíamos encontrado rastro alguno de su vida que pudiera conducirnos al establecimiento inequívoco de su identidad. No nos parecía insólito, por supuesto, que esto ocurriera en nuestros años, si aun en los suyos de mayor gloria había motivos para dudar de su existencia, y si sus propios sicarios carecían de una noción exacta de su edad, pues hubo épocas de confusión en que parecía tener ochenta años en las tómbolas de beneficencia, sesenta en las audiencias civiles y hasta menos de cuarenta en las celebraciones de las fiestas públicas. El embajador Palmerston, uno de los últimos diplomáticos que le presentó las cartas credenciales, contaba en sus memorias prohibidas que era imposible concebir una vejez tan avanzada como la suya ni un estado de desorden y abandono como el de aquella casa de gobierno en que tuvo que abrirse paso por entre un muladar de papeles rotos y cagadas de animales y restos de comidas de perros dormidos en los corredores, nadie me dio razón de nada en alcabalas y oficinas y tuve que valerme de los leprosos y los paralíticos que ya habían invadido las primeras habitaciones privadas y me indicaron el camino de la sala de audiencias donde las gallinas picoteaban los trigales ilusorios de los gobelinos y una vaca desgarraba para comérselo el lienzo del retrato de un arzobispo, y me di cuenta de inmediato que él estaba más sordo que un trompo no sólo porque le preguntaba de una cosa y me contestaba sobre otra sino también porque se dolía de que los pájaros no cantaran cuando en realidad costaba trabajo respirar con aquel alboroto de pájaros que era como atravesar un monte al amanecer, y él interrumpió de pronto la ceremonia de las cartas credenciales con la mirada lúcida y la mano en pantalla detrás de la oreja señalando por la ventana la llanura de polvo donde estuvo el mar y diciendo con una voz de despertar dormidos que escuche ese tropel de mulos que viene por allá, escuche mi querido Stetson, es el mar que vuelve. Era difícil admitir que aquel anciano irreparable fuera el mismo hombre mesiánico que en los orígenes de su régimen aparecía en los pueblos a la hora menos pensada sin más escolta que un guajiro descalzo con un machete de zafra y un reducido séquito de diputados y senadores que él mismo designaba con el dedo según los impulsos de su digestión, se informaba sobre el rendimiento de las cosechas y el estado de salud de los animales y la conducta de la gente, se sentaba en un mecedor de bejuco a la sombra de los palos de mango de la plaza abanicándose con el sombrero de capataz que entonces usaba, y aunque parecía adormilado por el calor no dejaba sin esclarecer un solo detalle de cuanto conversaba con los hombres y mujeres que había convocado en torno suyo llamándolos por sus nombres y apellidos como si tuviera dentro de la cabeza un registro escrito de los habitantes y las cifras y los problemas de toda la nación, de modo que me llamó sin abrir los ojos, ven acá Jacinta Morales, me dijo, cuéntame qué fue del muchacho a quien él mismo había barbeado el año anterior para que se tomara un frasco de aceite de ricino, y tú, Juan Prieto, me dijo, cómo está tu toro de siembra que él mismo había tratado con oraciones de peste para que se le cayeran los gusanos de las orejas, y tú Matilde Peralta, a ver qué me das por devolverte entero al prófugo de tu marido, ahí lo tienes, arrastrado por el pescuezo con una cabuya y advertido por él en perso-

na de que se iba a pudrir en el cepo chino la próxima vez que tratara de abandonar a la esposa legítima, y con el mismo sentido del gobierno inmediato
había ordenado a un matarife que le cortara las
manos en espectáculo público a un tesorero pródi-
go, y arrancaba los tomates de un huerto privado y
se los comía con ínfulas de buen conocedor en presencia de sus agrónomos diciendo que a esta tierra
le falta mucho cagajón de burro macho, que se lo
echen por cuenta del gobierno, ordenaba, e interrumpió el paseo cívico y me gritó por la ventana
muerto de risa ajá Lorenza López cómo va esa máquina de coser que él me había regalado veinte
años antes, y yo le contesté que ya rindió su alma a
Dios, general, imagínese, las cosas y la gente no estamos hechas para durar toda la vida, pero él replicó que al contrario, que el mundo es eterno, y entonces se puso a desarmar la máquina con un des-
tornillador y una alcuza indiferente a la comitiva
oficial que lo esperaba en medio de la calle, a veces
se le notaba la desesperación en los resuellos de
toro y se embadurnó hasta la cara de aceite de motor, pero al cabo de casi tres horas la máquina volvió a coser como nueva, pues en aquel entonces no
había una contrariedad de la vida cotidiana por in-
significante que fuera que no tuviera para él tanta
importancia como el más grave de los asuntos de
estado y creía de buen corazón que era posible repartir la felicidad y sobornar a la muerte con arti-
mañas de soldado. Era difícil admitir que aquel an-

ciano irreparable fuera el único saldo de un hombre cuyo poder había sido tan grande que alguna vez preguntó qué horas son y le habían contestado las que usted ordene mi general, y era cierto, pues no sólo alteraba los tiempos del día como mejor conviniera a sus negocios sino que cambiaba las fiestas de guardar de acuerdo con sus planes para recorrer el país de feria en feria con la sombra del indio descalzo y los senadores luctuosos y los huacales de gallos espléndidos que enfrentaba a los más bravos de cada plaza, él mismo casaba las apuestas, hacía estremecer de risa los cimientos de la gallera porque todos nos sentíamos obligados a reír cuando él soltaba sus extrañas carcajadas de redoblante que resonaban por encima de la música y los cohetes, sufríamos cuando callaba, estallábamos en una ovación de alivio cuando sus gallos fulminaban a los nuestros que habían sido tan bien adiestrados para perder que ninguno nos falló, salvo el gallo de la desgracia de Dionisio Iguarán que fulminó al cenizo del poder en un asalto tan limpio y certero que él fue el primero en cruzar la pista para estrechar la mano del vencedor, eres un macho, le dijo de buen talante, agradecido de que alguien le hubiera hecho por fin el favor de una derrota inocua, cuánto daría yo por tener a ese colorado, le dijo, y Dionisio Iguarán le contestó trémulo que es suyo general, a mucha honra, y regresó a su casa entre los aplausos del pueblo alborotado y el estruendo de la música y los petardos mostrándole a todo el mundo los

seis gallos de raza que él le había regalado a cambio del colorado invicto, pero aquella noche se encerró en el dormitorio y se bebió solo un calabazo
de ron de caña y se ahorcó con la cabuya de la hamaca, pobre hombre, pues él no era consciente del
reguero de desastres domésticos que provocaban
sus apariciones de júbilo, ni del rastro de muertos
indeseados que dejaba a su paso, ni de la condena-
ción eterna de los partidarios en desgracia a quienes llamó por un nombre equivocado delante de sicarios solícitos que interpretaban el error como un
signo deliberado de desafecto, andaba por todo el
país con su raro andar de armadillo, con su rastro
de sudor bravo, con la barba atrasada, aparecía sin
ningún anuncio en una cocina cualquiera con aquel
aire de abuelo inútil que hacía temblar de pavor a la
gente de la casa, tomaba agua de la tinaja con la to-
tuna de servir, comía en la misma olla de cocinar
sacando las presas con los dedos, demasiado jovial,
demasiado simple, sin sospechar que aquella casa
quedaba marcada para siempre con el estigma de
su visita, y no se comportaba de esa manera por
cálculo político ni por necesidad de amor como sucedió en otros tiempos sino porque ése era su modo
de ser natural cuando el poder no era todavía el légamo sin orillas de la plenitud del otoño sino un torrente de fiebre que veíamos brotar ante nuestros
ojos de sus manantiales primarios, de modo que
bastaba con que él señalara con el dedo a los árboles que debían dar frutos y a los animales que

debían crecer y a los hombres que debían prosperar, y había ordenado que quitaran la lluvia de donde estorbaba las cosechas y la pusieran en tierra de sequía, y así había sido, señor, yo lo he visto, pues su leyenda había empezado mucho antes de que él mismo se creyera dueño de todo su poder, cuando todavía estaba a merced de los presagios y de los intérpretes de sus pesadillas e interrumpía de pronto un viaje recién iniciado porque oyó cantar la pigua sobre su cabeza y cambiaba la fecha de una aparición pública porque su madre Bendición Alvarado encontró un huevo con dos yemas, y liquidó el séquito de senadores y diputados solícitos que lo acompañaban a todas partes y pronunciaban por él los discursos que nunca se atrevió a pronunciar, se quedó sin ellos porque se vio a sí mismo en la casa grande y vacía de un mal sueño circundado por unos hombres pálidos de levitas grises que lo punzaban sonriendo con cuchillos de carnicero, lo acosaban con tanta saña que adondequiera que él volviese la vista se encontraba con un hierro dispuesto para herirlo en la cara y en los ojos, se vio acorralado como una fiera por los asesinos silenciosos y sonrientes que se disputaban el privilegio de tomar parte en el sacrificio y de gozarse en su sangre, pero él no sentía rabia ni miedo sino un alivio inmenso que se iba haciendo más hondo a medida que se le desaguaba la vida, se sentía ingrávido y puro, de modo que él también sonreía mientras lo mataban, sonreía por ellos y por él en el ámbito de

la casa del sueño cuyas paredes de cal viva se
teñían de las salpicaduras de mi sangre, hasta que
alguien que era hijo suyo en el sueño le dio un tajo
en la ingle por donde se me salió el último aire que
me quedaba, y entonces se tapó la cara con la manta empapada de su sangre para que nadie le conociera muerto los que no habían podido conocerle
vivo y se derrumbó sacudido por los estertores de
una agonía tan verídica que no pudo reprimir la urgencia de contársela a mi compadre el ministro de
la salud y éste acabó de consternarlo con la revelación de que aquella muerte había ocurrido ya una
vez en la historia de los hombres mi general, le leyó
el relato del episodio en uno de los mamotretos
chamuscados del general Lautaro Muñoz, y era
idéntico, madre, tanto que en el curso de la lectura
él recordó algo que había olvidado al despertar y
era que mientras lo mataban se abrieron de golpe y
sin viento todas las ventanas de la casa presidencial
que en la realidad eran tantas cuantas fueron las
heridas del sueño, veintitrés, una coincidencia te-
rrorífica que culminó aquella semana con un asalto
de corsarios al senado y la corte de justicia ante la
indiferencia cómplice de las fuerzas armadas,
arrancaron de raíz la casa augusta de nuestros próceres originales cuyas llamas se vieron hasta muy
tarde en la noche desde el balcón presidencial, pero
él no se inmutó con la novedad mi general de que
no habían dejado ni las piedras de los cimientos,
nos prometió un castigo ejemplar para los autores

del atentado que no aparecieron nunca, nos prometió reconstruir una réplica exacta de la casa de los próceres cuyos escombros calcinados permanecieron hasta nuestros días, no hizo nada para disimular el terrible exorcismo del mal sueño sino que se valió de la ocasión para liquidar el aparato legislativo y judicial de la vieja república, abrumó de honores y fortuna a los senadores y diputados y magistrados de cortes que ya no le hacían falta para guardar las apariencias de los orígenes de su régimen, los desterró en embajadas felices y remotas y se quedó sin más séquito que la sombra solitaria del indio del machete que no lo abandonaba un instante, probaba su comida y su agua, guardaba la distancia, vigilaba la puerta mientras él permanecía en mi casa alimentando la versión de que era mi amante secreto cuando en verdad me visitaba hasta dos veces por mes para hacerme consultas de naipes durante aquellos muchos años en que aún se creía mortal y tenía la virtud de la duda y sabía equivocarse y confiaba más en las barajas que en su instinto montuno, llegaba siempre tan asustado y viejo como la primera vez en que se sentó frente a mí y sin decir una palabra me tendió aquellas manos cuyas palmas lisas y tensas como el vientre de un sapo no había visto jamás ni había de ver otra vez en mi muy larga vida de escrutadora de destinos ajenos, puso las dos al mismo tiempo sobre la mesa casi como la súplica muda de un desahuciado y me pareció tan ansioso y sin ilusiones que no me impresionaron tanto sus palmas áridas como su melancolía sin alivio, la debilidad de sus labios, su pobre corazón de anciano carcomido por la incertidumbre cuyo destino no sólo era hermético en sus manos sino en cuantos medios de averiguación conocíamos entonces, pues tan pronto como él cortaba el naipe las cartas se volvían pozos de aguas turbias, se embrollaba el sedimento del café en el fondo de la taza donde él había bebido, se borraban las claves de todo cuanto tuviera que ver con su futuro personal, con su felicidad y la fortuna de sus actos, pero en cambio eran diáfanas sobre el destino de quienquiera que tuviera algo que ver con él, de modo que vimos a su madre Bendición Alvarado pintando pájaros de nombres foráneos a una edad tan avanzada que apenas si podía distinguir los colores a través de un aire enrarecido por un vapor pestilente, pobre madre, vimos nuestra ciudad devastada por un ciclón tan terrible que no merecía su nombre de mujer, vimos un hombre con una máscara verde y una espada en la mano y él preguntó angustiado en qué lugar del mundo estaba y las cartas contestaron que estaba todos los martes más cerca de él que los otros días de la semana, y él dijo ajá, y preguntó de qué color tiene los ojos, y las cartas contestaron que tenía uno del color del guarapo de caña al trasluz y el otro en las tinieblas, y él dijo ajá y preguntó cuáles eran las intenciones de ese hombre, y aquélla fue la última vez en que le revelé hasta el final la verdad de las barajas porque

le contesté que la máscara verde era de la perfidia y
la traición, y él dijo ajá, con un énfasis de victoria,
ya sé quién es, carajo, exclamó, y era el coronel
Narciso Miraval, uno de sus ayudantes más próximos que dos días después se disparó un tiro de pistola en el oído sin explicación alguna, pobre hombre, y así ordenaban la suerte de la patria y se anticipaban a su historia de acuerdo con las adivinan-
zas de las barajas hasta que él oyó hablar de una
vidente única que descifraba la muerte en las aguas
inequívocas de los lebrillos y se fue a buscarla en
secreto por desfiladeros de mulas sin más testigos
que el ángel del machete hasta el rancho del páramo donde vivía con una bisnieta que tenía tres
niños y estaba a punto de parir otro de un marido
muerto el mes anterior, la encontró tullida y medio
ciega en el fondo de una alcoba casi en tinieblas,
pero cuando ella le pidió que pusiera las manos sobre el lebrillo las aguas se iluminaron de una claridad interior suave y nítida, y entonces se vio a sí
mismo, idéntico, acostado bocabajo en el suelo,
con el uniforme de lienzo sin insignias, las polainas
y la espuela de oro, y preguntó qué lugar era ése, y
la mujer contestó examinando las aguas dormidas
que era una habitación no más grande que ésta con
algo que se ve aquí que parece una mesa de escribir
y un ventilador eléctrico y una ventana hacia el
mar y estas paredes blancas con cuadros de caballos y una bandera con un dragón, y él volvió a decir ajá porque había reconocido sin dudas la oficina

contigua a la sala de audiencias, y preguntó si había de ser de mala manera o de mala enfermedad, y ella le contestó que no, que había de ser durante el sueño y sin dolor, y él dijo ajá, y le preguntó temblando que cuándo había de ser y ella le contestó que durmiera con calma porque no había de ser antes de que cumplas mi edad, que eran los 107 años, pero tampoco después de 125 años más, y él dijo ajá, y entonces asesinó a la anciana enferma en la hamaca para que nadie más conociera las circunstancias de su muerte, la estranguló con la correa de la espuela de oro, sin dolor, sin un suspiro, como un verdugo maestro, a pesar de que fue el único ser de este mundo, humano o animal, a quien le hizo el honor de matarlo de su propia mano en la paz o en la guerra, pobre mujer. Semejantes evocaciones de sus fastos de infamia no le torcían la conciencia en las noches del otoño, al contrario, le servían como fábulas ejemplares de lo que había debido ser y no era, sobre todo cuando Manuela Sánchez se esfumó en las sombras del eclipse y él quería sentirse otra vez en la flor de su barbarie para arrancarse la rabia de la burla que le cocinaba las tripas, se acostaba en la hamaca bajo los cascabeles del viento de los tamarindos a pensar en Manuela Sánchez con un rencor que le perturbaba el sueño mientras las fuerzas de tierra, mar y aire la buscaban sin hallar rastros hasta en los confines ignotos de los desiertos de salitre, dónde carajo te has metido, se preguntaba, dónde carajo te piensas me-

ter que no te alcance mi brazo para que sepas quién
es el que manda, el sombrero en el pecho le temblaba con los ímpetus del corazón, se quedaba extasiado de cólera sin hacerle caso a la insistencia de su
madre que trataba de averiguar por qué no hablas
desde la tarde del eclipse, por qué miras para adentro, pero él no contestaba, se fue, mierda madre,
arrastraba sus patas de huérfano desangrándose a
gotas de hiel con el orgullo herido por la amargura
irredimible de que estas vainas me pasan por lo
pendejo que me he vuelto, por no ser ya el árbitro
de mi destino como lo era antes, por haber entrado
en la casa de una guaricha con el permiso de su
madre y no como había entrado en la hacienda
fresca y callada de Francisca Linero en la vereda
de los Santos Higuerones cuando todavía era él en
persona y no Patricio Aragonés quien mostraba la
cara visible del poder, había entrado sin siquiera tocar las aldabas de acuerdo con el gusto de su voluntad al compás de los dobles de las once en el reloj de péndulo y yo sentí el metal de la espuela de
oro desde la terraza del patio y comprendí que
aquellos pasos de mano de pilón con tanta autoridad en los ladrillos del piso no podían ser otros que
los suyos, lo presentí de cuerpo entero antes de verlo aparecer en el vano de la puerta de la terraza interior donde el alcaraván cantaba las once entre los
geranios de oro, cantaba el turpial aturdido por la
acetona fragante de los racimos de guineo colgados
en el alar, se solazaba la luz del aciago martes de

125

agosto entre las hojas nuevas de los platanales del patio y el cuerpo del venado joven que mi marido Poncio Daza había cazado al amanecer y lo puso a desangrar colgado por las patas junto a los racimos de guineo atigrados por la miel interior, lo vi más grande y más sombrío que en un sueño con las botas sucias de barro y la chaqueta de caqui ensopada de sudor y sin armas en la correa pero amparado por la sombra del indio descalzo que permaneció inmóvil detrás de él con la mano apoyada en la cacha del machete, vi los ojos ineludibles, la mano de doncella dormida que arrancó un guineo del racimo más cercano y se lo comió de ansiedad y luego se comió otro y otro más, masticándolos de ansiedad con un ruido de pantano de toda la boca sin apartar la vista de la provocativa Francisca Linero que lo miraba sin saber qué hacer con su pudor de recién casada porque él había venido para darle gusto a su voluntad y no había otro poder mayor que el suyo para impedirlo, apenas si sentí la respiración de miedo de mi marido que se sentó a mi lado y ambos permanecimos inmóviles con las manos cogidas y los dos corazones de tarjeta postal asustados al unísono bajo la mirada tenaz del anciano insondable que seguía a dos pasos de la puerta comiéndose un guineo después del otro y tirando las cáscaras en el patio por encima del hombro sin haber pestañeado ni una vez desde que empezó a mirarme, y sólo cuando acabó de comerse el racimo entero y quedó el vástago pelado junto al venado muerto le hizo una señal al indio descalzo y le ordenó a Poncio Daza que se fuera un momento con mi compadre el del machete que tiene que arreglar un negocio contigo, y aunque yo estaba agonizando de miedo conservaba bastante lucidez para darme cuenta de que mi único recurso de salvación era dejar que él hiciera conmigo todo lo que quiso sobre el mesón de comer, más aún, lo ayudé a encontrarme entre los encajes de los pollerines después de que me dejó sin resuello con su olor de amoníaco y me desgarró las bragas de un zarpazo y me buscaba con los dedos por donde no era mientras yo pensaba aturdida Santísimo Sacramento qué vergüenza, qué mala suerte, porque aquella mañana no había tenido tiempo de lavarme por estar pendiente del venado, así que él hizo por fin su voluntad al cabo de tantos meses de asedio, pero lo hizo de prisa y mal, como si hubiera sido más viejo de lo que era, o mucho más joven, estaba tan aturdido que apenas si me enteré de cuándo cumplió con su deber como mejor pudo y se soltó a llorar con unas lágrimas de orín caliente de huérfano grande y solo, llorando con una aflicción tan honda que no sólo sentí lástima por él sino por todos los hombres del mundo y empecé a rascarle la cabeza con la yema de los dedos y a consolarlo con que no era para tanto general, la vida es larga, mientras el hombre del machete se llevó a Poncio Daza al interior de los platanales y lo hizo tasajo en rebanadas tan finas que fue imposible componer el cuerpo dis-

perso por los marranos, pobre hombre, pero no
había otro remedio, dijo él, porque iba a ser un enemigo mortal para toda la vida. Eran imágenes de su
poder que le llegaban desde muy lejos y le exacer-
baban la amargura de cuánto le habían aguado
la salmuera de su poder si ni siquiera le servía para
conjurar los maleficios de un eclipse, lo estremecía
un hilo de bilis negra en la mesa de dominó ante el
dominio helado del general Rodrigo de Aguilar que
era el único hombre de armas a quien había confia-
do la vida desde que el ácido úrico le cristalizó las
coyunturas al ángel del machete, y sin embargo se
preguntaba si tanta confianza y tanta autoridad de-
legadas en una sola persona no habrían sido la causa de su desventura, si no era mi compadre de toda
la vida quien lo había vuelto buey por tratar de quitarle la pelambre natural de caudillo de vereda para
convertirlo en un inválido de palacio incapaz de
concebir una orden que no estuviera cumplida de
antemano, por el invento malsano de mostrar en
público una cara que no era la suya cuando el indio
descalzo de los buenos tiempos se bastaba y se sobraba solo para abrir una trocha a machetazos a
través de las muchedumbres de la gente gritando
apártense cabrones que aquí viene el que manda sin
poder distinguir en aquel matorral de ovaciones
quiénes eran los buenos patriotas de la patria y
quiénes eran los matreros porque todavía no habíamos descubierto que los más tenebrosos eran los
que más gritaban que viva el macho, carajo, que

viva el general, y en cambio ahora no le alcanzaba la autoridad de sus armas para encontrar a la reina de mala muerte que había burlado el cerco infranqueable de sus apetitos seniles, carajo, tiró las fichas por los suelos, dejaba las partidas a medias sin motivo visible deprimido por la revelación instantánea de que todo acababa por encontrar su lugar en el mundo, todo menos él, consciente por primera vez de la camisa ensopada de sudor a una hora tan temprana, consciente del hedor de carroña que subía con los vapores del mar y del dulce silbido de flauta de la potra torcida por la humedad del calor, es el bochorno, se dijo sin convicción, tratando de descifrar desde la ventana el raro estado de la luz de la ciudad inmóvil cuyos únicos seres vivos parecían ser las bandadas de gallinazos que huían despavoridas de las cornisas del hospital de pobres y el ciego de la Plaza de Armas que presintió al anciano trémulo en la ventana de la casa civil y le hizo una señal apremiante con el báculo y le gritaba algo que él no logró entender y que interpretó como un signo más en aquel sentimiento opresivo de que algo estaba a punto de ocurrir, y sin embargo se repitió que no por segunda vez al final del largo lunes de desaliento, es el bochorno, se dijo, y se durmió al instante, arrullado por los rasguños de la llovizna en los vidrios de bruma de los filtros del duermevela, pero de pronto despertó asustado, quién vive, gritó, era su propio corazón oprimido por el silencio raro de los gallos al amanecer, sintió

que el barco del universo había llegado a un puerto
mientras él dormía, flotaba en un caldo de vapor,
los animales de la tierra y del cielo que tenían la facultad de vislumbrar la muerte más allá de los presagios torpes y las ciencias mejor fundadas de los
hombres estaban mudos de terror, se acabó el aire,
el tiempo cambiaba de rumbo, y él sintió al incor-
porarse que el corazón se le hinchaba a cada paso
y se le reventaban los tímpanos y una materia hir-
viente se le escurrió por las narices, es la muerte,
pensó, con la guerrera empapada de sangre, antes
de tomar conciencia de que no mi general, era el ciclón, el más devastador de cuantos fragmentaron
en un reguero de islas dispersas el antiguo reino
compacto del Caribe, una catástrofe tan sigilosa
que sólo él la había detectado con su instinto premonitorio mucho antes de que empezara el pánico de
los perros y las gallinas, y tan intempestiva que
apenas si hubo tiempo de encontrarle un nombre de
mujer en el desorden de oficiales aterrorizados que
me vinieron con la novedad de que ahora sí fue
cierto mi general, a este país se lo llevó el carajo,
pero él ordenó que afirmaran puertas y ventanas
con cuadernas de altura, amarraron a los centinelas
en los corredores, encerraron las gallinas y las vacas en las oficinas del primer piso, clavaron cada
cosa en su lugar desde la Plaza de Armas hasta el
último lindero de su aterrorizado reino de pesadumbre, la patria entera quedó anclada en su sitio
con la orden inapelable de que al primer síntoma de

pánico disparen dos veces al aire y a la tercera tiren a matar, y sin embargo nada resistió al paso de la tremenda cuchilla de vientos giratorios que cortó de un tajo limpio los portones de acero blindado de la entrada principal y se llevó mis vacas por los aires, pero él no se dio cuenta en el hechizo del impacto de dónde vino aquel estruendo de lluvias horizontales que dispersaban en su ámbito una granizada volcánica de escombros de balcones y bestias de las selvas del fondo del mar, ni tuvo bastante lucidez para pensar en las proporciones tremendas del cataclismo sino que andaba en medio del diluvio preguntándose con el sabor de almizcle del rencor dónde estarás Manuela Sánchez de mi mala saliva, carajo, dónde te habrás metido que no te alcance este desastre de mi venganza. En la rebalsa de placidez que sucedió al huracán se encontró solo con sus ayudantes más próximos navegando en una barcaza de remos en la sopa de destrozos de la sala de audiencias, salieron por la puerta de la cochera remando sin tropiezos por entre los cabos de las palmeras y los faroles arrasados de la Plaza de Armas, entraron en la laguna muerta de la catedral y él volvió a padecer por un instante el destello clarividente de que no había sido nunca ni sería nunca el dueño de todo su poder, siguió mortificado por el relente de aquella certidumbre amarga mientras la barcaza tropezaba con espacios de densidad distinta según los cambios de color de la luz de los vitrales en la fronda de oro macizo y los racimos de es-

meraldas del altar mayor y las losas funerarias de
virreyes enterrados vivos y arzobispos muertos de
desencanto y el promontorio de granito del mauso-
leo vacío del almirante de la mar océana con el perfil de las tres carabelas que él había hecho construir
por si quería que sus huesos reposaran entre nosotros, salimos por el canal del presbiterio hacia un
patio interior convertido en un acuario luminoso en
cuyo fondo de azulejos erraban los cardúmenes de
mojarras entre las varas de nardos y los girasoles,
surcamos los cauces tenebrosos de la clausura del
convento de las vizcaínas, vimos las celdas abandonadas, vimos el clavicordio a la deriva en la alberca
íntima de la sala de canto, vimos en el fondo de las
aguas dormidas del refectorio a la comunidad completa de vírgenes ahogadas en sus puestos de comer
frente a la larga mesa servida, y vio al salir por los
balcones el extenso espacio lacustre bajo el cielo radiante donde había estado la ciudad y sólo entonces creyó que era cierta la novedad mi general de
que este desastre había ocurrido en el mundo entero sólo para librarme del tormento de Manuela
Sánchez, carajo, qué bárbaros que son los métodos
de Dios comparados con los nuestros, pensaba
complacido, contemplando la ciénaga turbia donde
había estado la ciudad y en cuya superficie sin límites flotaba todo un mundo de gallinas ahogadas y
no sobresalían sino las torres de la catedral, el foco
del faro, las terrazas de sol de las mansiones de cal
y canto del barrio de los virreyes, las islas dispersas

le las colinas del antiguo puerto negrero donde estaban acampados los náufragos del huracán, los últimos sobrevivientes incrédulos que contemplamos el paso silencioso de la barcaza pintada con los colores de la bandera por entre los sargazos de los cuerpos inertes de las gallinas, vimos los ojos tristes, los labios mustios, la mano pensativa que hacía señales de cruces de bendición para que cesaran las lluvias y brillara el sol, y devolvió la vida a las gallinas ahogadas, y ordenó que bajaran las aguas y las aguas bajaron. En medio de las campanas de júbilo, los cohetes de fiesta, las músicas de gloria con que se celebró la primera piedra de la reconstrucción, y en medio de los gritos de la muchedumbre que se concentró en la Plaza de Armas para glorificar al benemérito que puso en fuga al dragón del huracán, alguien lo agarró por el brazo para sacarlo al balcón pues ahora más que nunca el pueblo necesita su palabra de aliento, y antes de que pudiera evadirse sintió el clamor unánime que se le metió en las entrañas como un viento de mala mar, que viva el macho, pues desde el primer día de su régimen conoció el desamparo de ser visto por toda una ciudad al mismo tiempo, se le petrificaron las palabras, comprendió en un destello de lucidez mortal que no tenía valor ni lo tendría jamás para asomarse de cuerpo entero al abismo de las muchedumbres, de modo que en la Plaza de Armas sólo percibimos la imagen efímera de siempre, el celaje de un anciano inasible vestido de lienzo que impartió una bendición silenciosa desde el balcón presidencial y desapareció al instante, pero aquella visión fugaz nos bastaba para sustentar la confianza de que él estaba ahí, velando nuestra vigilia y nuestro sueño bajo los tamarindos históricos de la mansión de los suburbios, estaba absorto en el mecedor de mimbre, con el vaso de limonada intacto en la mano oyendo el ruido de los granos de maíz que su madre Bendición Alvarado venteaba en la totuma, viéndola a través de la reverberación del calor de las tres cuando agarró una gallina cenicienta y se la metió debajo del trazo y le torcía el pescuezo con una cierta ternura mientras me decía con una voz de madre mirándome a los ojos que te estás volviendo tísico de tanto pensar sin alimentarte bien, quédate a comer esta noche, le suplicó, tratando de seducirlo con la tentación de la gallina estrangulada que sostenía con ambas manos para que no se le escapara en los estertores de la agonía, y él dijo que está bien, madre, me quedo, se quedaba hasta el anochecer con los ojos cerrados en el mecedor de mimbre, sin dormir, arrullado por el suave olor de la gallina hirviendo en la olla, pendiente del curso de nuestras vidas, pues lo único que nos daba seguridad sobre la tierra era la certidumbre de que él estaba ahí, invulnerable a la peste y al ciclón, invulnerable a la burla de Manuela Sánchez, invulnerable al tiempo, consagrado a la dicha mesiánica de pensar para nosotros, sabiendo que nosotros sabíamos que él no había de tomar por nosotros ninguna de-

terminación que no tuviera nuestra medida, pues él
no había sobrevivido a todo por su valor inconcebible ni por su infinita prudencia sino porque era el
único de nosotros que conocía el tamaño real de
nuestro destino, y hasta ahí había llegado, madre,
se había sentado a descansar al término de un arduo viaje en la última piedra histórica de la remota
frontera oriental donde estaban esculpidos el nombre y las fechas del último soldado muerto en defensa de la integridad de la patria, había visto la
ciudad lúgubre y glacial de la nación contigua, vio
la llovizna eterna, la bruma matinal con olor de
hollín, los hombres vestidos de etiqueta en los
tranvías eléctricos, los entierros de alcurnia en las
carrozas góticas de percherones blancos con morriones de plumas, los niños durmiendo envueltos
en periódicos en el atrio de la catedral, carajo, qué
gente tan rara, exclamó, parecen poetas, pero no lo
eran, mi general, son los godos en el poder, le dijeron, y había vuelto de aquel viaje exaltado por la
revelación de que no hay nada igual a este viento
de guayabas podridas y este fragor de mercado y
este hondo sentimiento de pesadumbre al atardecer
de esta patria de miseria cuyos linderos no había de
trasponer jamás, y no porque tuviera miedo de moverse de la silla en que estaba sentado, según decían
sus enemigos, sino porque un hombre es como un
árbol del monte, madre, como los animales del
monte que no salen de la guarida sino para comer,
decía, evocando con la lucidez mortal del duerme-

vela de la siesta el soporífero jueves de agosto de hacía tantos años en que se atrevió a confesar que conocía los límites de su ambición, se lo había revelado a un guerrero de otras tierras y otra época a quien recibió a solas en la penumbra ardiente de la oficina, era un joven tímido, aturdido por la soberbia y señalado desde siempre por el estigma de la soledad, que había permanecido inmóvil en la puerta sin decidirse a franquearla hasta que sus ojos se acostumbraron a la penumbra perfumada por un brasero de glicinas en el calor y pudo distinguirlo a él sentado en la poltrona giratoria con el puño inmóvil en la mesa desnuda, tan cotidiano y descolorido que no tenía nada que ver con su imagen pública, sin escolta y sin armas, con la camisa empapada por un sudor de hombre mortal y con hojas de salvia pegadas en las sienes para el dolor de cabeza, y sólo cuando me convencí de la verdad increíble de que aquel anciano herrumbroso era el mismo ídolo de nuestra niñez, la encarnación más pura de nuestros sueños de gloria, sólo entonces entró en el despacho y se presentó con su nombre hablando con la voz clara y firme de quien espera ser reconocido por sus actos, y él me estrechó la mano con una mano dulce y mezquina, una mano de obispo, y le prestó una atención asombrada a los sueños fabulosos del forastero que quería armas y solidaridad para una causa que es también la suya, excelencia, quería asistencia logística y sustento político para una guerra sin cuartel que barriera de una vez por todas con los regímenes conservadores desde Alaska hasta la Patagonia, y él se sintió tan conmovido con su vehemencia que le había preguntado por qué andas en esta vaina, carajo, por qué te quieres morir, y el forastero le había respondido sin un vestigio de pudor que no hay gloria más alta que morir por la patria, excelencia, y él le replicó sonriendo de lástima que no seas pendejo, muchacho, la patria es estar vivo, le dijo, es esto, le dijo, y abrió el puño que tenía apoyado en la mesa y le mostró en la palma de la mano esta bolita de vidrio que es algo que se tiene o no se tiene, pero que sólo el que la tiene la tiene, muchacho, esto es la patria, dijo, mientras lo despedía con palmaditas en la espalda sin darle nada, ni siquiera el consuelo de una promesa, y al edecán que le cerró la puerta le ordenó que no volvieran a molestar a ese hombre que acaba de salir, ni siquiera pierdan el tiempo vigilándolo, dijo, tiene fiebre en los cañones, no sirve. Nunca volvimos a oírle aquella frase hasta después del ciclón cuando proclamó una nueva amnistía para los presos políticos y autorizó el regreso de todos los desterrados salvo los hombres de letras, por supuesto, ésos nunca, dijo, tienen fiebre en los cañones como los gallos finos cuando están emplumando de modo que no sirven para nada sino cuando sirven para algo, dijo, son peores que los políticos, peores que los curas, imagínense, pero que vengan los demás sin distinción de color para que la reconstrucción de la patria sea una empresa de todos, para que nadie se quedara sin comprobar que él era otra vez el dueño de todo su poder con el apoyo feroz de unas fuerzas armadas que habían vuelto a ser las de antes desde que él repartió entre los miembros del mando supremo los cargamentos de vituallas y medicinas y los materiales de asistencia pública de la ayuda exterior, desde que las familias de sus ministros hacían domingos de playa en los hospitales desarmables y las tiendas de campaña de la Cruz Roja, le vendían al ministerio de la salud los cargamentos de plasma sanguíneo, las toneladas de leche en polvo que el ministerio de salud le volvía a vender por segunda vez a los hospitales de pobres, los oficiales del estado mayor cambiaron sus ambiciones por los contratos de las obras públicas y los programas de rehabilitación emprendidos con el empréstito de emergencia que concedió el embajador Warren a cambio del derecho de pesca sin límites de las naves de su país en nuestras aguas territoriales, qué carajo, sólo el que la tiene la tiene, se decía, acordándose de la canica de colores que le mostró a aquel pobre soñador de quien nunca se volvió a saber, tan exaltado con la empresa de la reconstrucción que se ocupaba de viva voz y de cuerpo presente hasta de los detalles más ínfimos como en los tiempos originales del poder, chapaleaba en los pantanos de las calles con un sombrero y unas botas de cazador de patos para que no se hiciera una ciudad distinta de la que él había concebido para su gloria en sus sueños de ahogado solitario, ordenaba a los ingenieros que me quiten esas casas de aquí y me las pongan allá donde no estorben, las quitaban, que levanten esa torre dos metros más para que puedan verse los barcos de altamar, la levantaban, que me volteen al revés el curso de este río, lo volteaban, sin un tropiezo, sin un vestigio de desaliento, y andaba tan aturdido con aquella restauración febril, tan absorto en su empeño y tan desentendido de otros asuntos menores del estado que se dio de bruces contra la realidad cuando un edecán distraído le comentó por error el problema de los niños y él preguntó desde las nebulosas que cuáles niños, los niños mi general, pero cuáles carajo, porque hasta entonces le habían ocultado que el ejército mantenía bajo custodia secreta a los niños que sacaban los números de la lotería por temor de que contaran por qué ganaba siempre el billete presidencial, a los padres que reclamaban les contestaron que no era cierto mientras concebían una respuesta mejor, les decían que eran infundios de apátridas, calumnias de la oposición, y a los que se amotinaron frente a un cuartel los rechazaron con cargas de mortero y hubo una matanza pública que también le habíamos ocultado para no molestarlo mi general, pues la verdad es que los niños estaban encerrados en las bóvedas de la fortaleza del puerto, en las mejores condiciones, con un ánimo excelente y muy buena salud, pero la vaina es que ahora no sabemos qué hacer con ellos mi general, y eran como dos mil. El método infalible para ganarse la lotería se le había ocurrido a él sin buscarlo, observando los números damasquinados de las bolas de billar, y había sido una idea tan sencilla y deslumbrante que él mismo no podía creerlo cuando vio la muchedumbre ansiosa que desbordaba la Plaza de Armas desde el mediodía sacando las cuentas anticipadas del milagro bajo el sol abrasante con clamores de gratitud y letreros pintados de gloria eterna al magnánimo que reparte la felicidad, vinieron músicos y maromeros, cantinas y fritangas, ruletas anacrónicas y descoloridas loterías de animales, escombros de otros mundo y otros tiempos que merodeaban en los contornos de la fortuna tratando de medrar con las migajas de tantas ilusiones, abrieron el balcón a las tres, hicieron subir tres niños menores de siete años escogidos al azar por la propia muchedumbre para que no hubiera dudas de la honradez del método, le entregaban a cada niño un talego de un color distinto después de comprobar ante testigos calificados que había diez bolas de billar numeradas del uno al cero dentro de cada talego, atención, señoras y señores, la multitud no respiraba, cada niño con los ojos vendados va a sacar una bola de cada talego, primero el niño del talego azul, luego el del rojo y por último el del amarillo, uno después del otro los tres niños metían la mano en su talego, sentían en el fondo nueve bolas iguales y una bola helada, y cumpliendo la orden que les habíamos dado en secreto cogían la bola helada, se la mostraban a la muchedumbre, la

cantaban, y así sacaban las tres bolas mantenidas
en hielo durante varios días con los tres números
del billete que él se había reservado, pero nunca
pensamos que los niños podían contarlo mi general,
se nos había ocurrido tan tarde que no tuvieron
otro recurso que esconderlos de tres en tres, y luego
de cinco en cinco, y luego de veinte en veinte,
imagínese mi general, pues tirando del hilo del enre-
do él acabó por descubrir que todos los oficiales del
mando supremo de las fuerzas de tierra mar y aire
estaban implicados en la pesca milagrosa de la lotería nacional, se enteró de que los primeros niños
subieron al balcón con la anuencia de sus padres e
inclusive entrenados por ellos en la ciencia ilusoria
de conocer al tacto los números damasquinados en
marfil, pero que a los siguientes los hicieron subir a
la fuerza porque se había divulgado el rumor de
que los niños que subían una vez no volvían a bajar, sus padres los escondían, los sepultaban vivos
mientras pasaban las patrullas de asalto que los
buscaban a medianoche, las tropas de emergencia
no acordonaban la Plaza de Armas para encauzar
el delirio público, como a él le decían, sino para tener a raya a las muchedumbres que arriaban como
recuas de ganado con amenazas de muerte, los diplomáticos que habían solicitado audiencia para
mediar en el conflicto tropezaron con el absurdo de
que los propios funcionarios les daban como ciertas las leyendas de sus enfermedades raras, que él
no podía recibirlos porque le habían proliferado sa-

141

pos en la barriga, que no podía dormir sino de pie
para no lastimarse con las crestas de iguana que le
crecían en las vértebras, le habían escondido los
mensajes de protestas y súplicas del mundo entero,
le habían ocultado un telegrama del Sumo Pontífice
en el que se expresaba nuestra angustia apostólica
por el destino de los inocentes, no había espacio en
las cárceles para más padres rebeldes mi general,
no había más niños para el sorteo del lunes, carajo,
en qué vaina nos hemos metido. Con todo, él no
midió la verdadera profundidad del abismo mientras no vio a los niños atascados como reses de matadero en el patio interior de la fortaleza del puerto,
los vio salir de las bóvedas como una estampida de
cabras ofuscadas por el deslumbramiento solar
después de tantos meses de terror nocturno, se ex-
traviaron en la luz, eran tantos al mismo tiempo
que él no los vio como dos mil criaturas separadas
sino como un inmenso animal sin forma que exhalaba un tufo impersonal de pellejo asoleado y hacía
un rumor de aguas profundas y cuya naturaleza
múltiple lo ponía a salvo de la destrucción, porque
no era posible acabar con semejante cantidad de
vida sin dejar un rastro de horror que había de darle la vuelta a la tierra, carajo, no había nada que
hacer, y con aquella convicción reunió al mando
supremo, catorce comandantes trémulos que nunca
fueron tan temibles porque nunca estuvieron tan
asustados, se tomó todo su tiempo para escrutar
los ojos de cada uno, uno por uno, y entonces com-

prendió que estaba solo contra todos, así que permaneció con la cabeza erguida, endureció la voz, los exhortó a la unidad ahora más que nunca por el buen nombre y el honor de las fuerzas armadas, los absolvió de toda culpa con el puño cerrado sobre la mesa para que no le conocieran el temblor de la incertidumbre y les ordenó en consecuencia que continuaran en sus puestos cumpliendo con sus deberes con tanto celo y tanta autoridad como siempre lo habían hecho, porque mi decisión superior e irrevocable es que aquí no ha pasado nada, se suspende la sesión, yo respondo. Como simple medida de precaución sacó a los niños de la fortaleza del puerto y los mandó en furgones nocturnos a las regiones menos habitadas del país mientras él se enfrentaba al temporal desatado por la declaración oficial y solemne de que no era cierto, no sólo no había niños en poder de las autoridades sino que no quedaba un solo preso de ninguna clase en las cárceles, el infundio del secuestro masivo era una infamia de apátridas para turbar los ánimos, las puertas del país están abiertas para que se establezca la verdad, que vengan a buscarla, vinieron, vino una comisión de la Sociedad de Naciones que removió las piedras más ocultas del país e interrogó como quiso a quienes quiso con tanta minuciosidad que Bendición Alvarado había de preguntar quiénes eran aquellos intrusos vestidos de espiritistas que entraron en su casa buscando dos mil niños debajo de las camas, en el canasto de la costura, en los frascos de pinceles, y que al final dieron fe pública de que habían encontrado las cárceles clausuradas, la patria en paz, cada cosa en su puesto, y no habían hallado ningún indicio para confirmar la suspicacia pública de que se hubieran o se hubiese violado de intención o de obra por acción u omisión los principios de los derechos humanos, duerma tranquilo, general, se fueron, él los despidió desde la ventana con un pañuelo de orillas bordadas y con la sensación de alivio de algo que terminaba para siempre, adiós, pendejos, mar tranquilo y próspero viaje, suspiró, se acabó la vaina, pero el general Rodrigo de Aguilar le recordó que no, que la vaina no se había acabado porque aún quedan los niños mi general, y él se dio una palmada en la frente, carajo, lo había olvidado por completo, qué hacemos con los niños. Tratando de liberarse de aquel mal pensamiento mientras se le ocurría una fórmula drástica había hecho que sacaran a los niños del escondite de la selva y los llevaran en sentido contrario a las provincias de las lluvias perpetuas donde no hubiera vientos infidentes que divulgaran sus voces, donde los animales de la tierra se pudrían caminando y crecían lirios en las palabras y los pulpos nadaban entre los árboles, había ordenado que los llevaran a las grutas andinas de las nieblas perpetuas para que nadie supiera dónde estaban, que los cambiaran de los turbios noviembres de putrefacción a los febreros de días horizontales para que nadie supiera cuándo estaban, les mandó perlas de quinina

y mantas de lana cuando supo que tiritaban de calenturas porque estuvieron días y días escondidos
en los arrozales con el lodo al cuello para que no
los descubrieran los aeroplanos de la Cruz Roja,
había hecho teñir de colorado la claridad del sol y
el resplandor de las estrellas para curarles la escar-
latina, los había hecho fumigar desde el aire con
polvos de insecticida para que no se los comiera el
pulgón de los platanales, les mandaba lluvias de caramelos y nevadas de helados de crema desde los
aviones y paracaídas cargados de juguetes de Navidad para tenerlos contentos mientras se le ocurría
una solución mágica, y así se fue poniendo a salvo
del maleficio de su memoria, los olvidó, se sumergió en la ciénaga desolada de incontables noches
iguales de sus insomnios domésticos, oyó los golpes
de metal de las nueve, sacó las gallinas que
dormían en las cornisas de la casa civil y las llevó
al gallinero, no había acabado de contar los animales dormidos en los andamios cuando entró una
mulata de servicio a recoger los huevos, sintió la resolana de su edad, el rumor de su corpiño, se le
echó encima, tenga cuidado general, murmuró ella,
temblando, se van a romper los huevos, que se
rompan, qué carajo, dijo él, la tumbó de un zarpazo sin desvestirla ni desvestirse turbado por las ansias de fugarse de la gloria inasible de este martes
nevado de mierdas verdes de animales dormidos,
resbaló, se despeñó en el vértigo ilusorio de un precipicio surcado por franjas lívidas de evasión y

efluvios de sudor y suspiros de mujer brava y engañosas amenazas de olvido, iba dejando en la caída la curva del retintineo anhelante de la estrella fugaz de la espuela de oro, el rastro de caliche de su resuello de marido urgente, su llantito de perro, su terror de existir a través del destello y el trueno silencioso de la deflagración instantánea de la centella de la muerte, pero en el fondo del precipicio estaban otra vez los rastrojos cagados, el sueño insomne de las gallinas, la aflicción de la mulata que se incorporó con el traje embarrado de la melaza amarilla de las yemas lamentándose de que ya ve lo que le dije general, se rompieron los huevos, y él rezongó tratando de domar la rabia de otro amor sin amor, apunta cuántos eran, le dijo, te los descuento de tu sueldo, se fue, eran las diez, examinó una por una las encías de las vacas en los establos, vio a una de sus mujeres descuartizada de dolor en el suelo de su barraca y vio a la comadrona que le sacó de las entrañas una criatura humeante con el cordón umbilical enrollado en el cuello, era un varón, qué nombre le ponemos mi general, el que les dé la gana, contestó, eran las once, como todas las noches de su régimen contó los centinelas, revisó las cerraduras, tapó las jaulas de los pájaros, apagó las luces, eran las doce, la patria estaba en paz, el mundo dormía, se dirigió al dormitorio por la casa en tinieblas a través de las aspas de luz de los amaneceres fugaces de las vueltas del faro, colgó la lámpara de salir corriendo, pasó las tres aldabas, los tres cerrojos, los tres pestillos, se sentó en la letrina portátil y mientras exprimía su orina exigua acariciaba al niño inclemente del testículo herniado hasta que se le enderezó la torcedura, se le durmió en la mano, cesó el dolor, pero volvió al instante con un relámpago de pánico cuando entró por la ventana el ramalazo de un viento de más allá de los confines de los desiertos de salitre y esparció en el dormitorio el aserrín de una canción de muchedumbres tiernas que preguntaban por un caballero que se fue a la guerra que suspiraban qué dolor qué pena que se subieron a una torre para ver que viniera que lo vieron volver que ya volvió que bueno en una caja de terciopelo qué dolor qué duelo, y era un coro de voces tan numerosas y distantes que él se hubiera dormido con la ilusión de que estaban cantando las estrellas, pero se incorporó iracundo, ya no más, carajo, gritó, o ellos o yo, gritó, y fueron ellos, pues antes del amanecer ordenó que metieran a los niños en una barcaza cargada de cemento, los llevaron cantando hasta los límites de las aguas territoriales, los hicieran volar con una carga de dinamita sin darles tiempo de sufrir mientras seguían cantando, y cuando los tres oficiales que ejecutaron el crimen se cuadraron frente a él con la novedad mi general de que su orden había sido cumplida, los ascendió dos grados y les impuso la medalla de la lealtad, pero luego los hizo fusilar sin honor como a delincuentes comunes porque hay órdenes que se pueden dar pero no se pueden cumplir, carajo, pobres criaturas. Experiencias tan duras como ésa confirmaban su muy antigua certidumbre de que el enemigo más temible estaba dentro de uno mismo en la confianza del corazón, que los propios hombres que él armaba y engrandecía para que sustentaran su régimen acaban tarde o temprano por escupir la mano que les daba de comer, él los aniquilaba de un zarpazo, sacaba a otros de la nada, los ascendía a los grados más altos señalándolos con el dedo según los impulsos de su inspiración, tú a capitán, tú a coronel, tú a general, y todos los demás a tenientes, qué carajo, los veía crecer dentro del uniforme hasta reventar las costuras, los perdía de vista, y una casualidad como el descubrimiento de dos mil niños secuestrados le permitía descubrir que no era sólo un hombre el que le había fallado sino todo el mando supremo de unas fuerzas armadas que nada más me sirven para aumentar el gasto de leche y a la hora de las vainas se cagan en el plato en que acaban de comer, yo que los parí a todos, carajo, me los saqué de las costillas, había conquistado para ellos el respeto y el pan, y sin embargo no tenía un instante de sosiego tratando de ponerse a salvo de su ambición, a los más peligrosos los mantenía más cerca para vigilarlos mejor, a los menos audaces los mandaba a guarniciones de frontera, por ellos había aceptado la ocupación de los infantes de marina, madre, y no para combatir la fiebre amarilla como había escrito el embajador Thompson en el comunicado oficial, ni para que lo protegieran de la inconformidad pública, como decían los políticos desterrados, sino para que enseñaran a ser gente decente a nuestros militares, y así fue, madre, a cada quien lo suyo, ellos los enseñaron a caminar con zapatos, a limpiarse con papel, a usar preservativos, fueron ellos quienes me enseñaron el secreto de mantener servicios paralelos para fomentar rivalidades de distracción entre la gente de armas, me inventaron la oficina de seguridad del estado, la agencia general de investigación, el departamento nacional de orden público y tantas otras vainas que ni yo mismo las recordaba, organismos iguales que él hacía aparecer como distintos para reinar con mayor sosiego en medio de la tormenta haciéndoles creer a unos que estaban vigilados por los otros, revolviéndoles con arena de playa la pólvora de los cuarteles y embrollando la verdad de sus intenciones con simulacros de la verdad contraria, y sin embargo se alzaban, él irrumpía en los cuarteles masticando espumarajos de bilis, gritando que se aparten cabrones que aquí viene el que manda ante el espanto de los oficiales que hacían pruebas de puntería con mis retratos, que los desarmen, ordenó sin detenerse pero con tanta autoridad de rabia en la voz que ellos mismos se desarmaron, que se quiten esa ropa de hombres, ordenó, se la quitaron, se alzó la base de San Jerónimo mi general, él entró por la puerta grande arrastrando sus grandes patas de anciano dolorido a través de una doble fila de guardias insurrectos que le rindieron honores de general jefe supremo, apareció en la sala del comando rebelde, sin escolta, sin un arma, pero gritando con una deflagración de poder que se tiren bocabajo en el suelo que aquí llegó el que todo lo puede, a tierra, malparidos, diecinueve oficiales de estado mayor se tiraron en el suelo, bocabajo, los pasearon comiendo tierra por los pueblos del litoral para que vean cuánto vale un militar sin uniforme, hijos de puta, oyó por encima de los otros gritos del cuartel alborotado sus propias órdenes inapelables de que fusilen por la espalda a los promotores de la rebelión, exhibieron los cadáveres colgados por los tobillos a sol y sereno para que nadie se quedara sin saber cómo terminan los que escupen a Dios, matreros, pero la vaina no se acababa con esas purgas sangrientas porque al menor descuido se volvía a encontrar con la amenaza de aquella parásita tentacular que creía haber arrancado de raíz y que volvía a proliferar en las galernas de su poder, a la sombra de los privilegios forzosos y las migajas de autoridad y la confianza de interés que debía acordarles a los oficiales más bravos aun contra su propia voluntad porque le era imposible mantenerse sin ellos pero también con ellos, condenado para siempre a vivir respirando el mismo aire que lo asfixiaba, carajo, no era justo, como tampoco era posible vivir con el sobresalto perpetuo de la pureza de mi compadre el general Rodrigo de Aguilar que había entrado en mi oficina con una cara de muerto ansioso de saber qué pasó

con aquellos dos mil niños de mi premio mayor que
todo el mundo dice que los hemos ahogado en el
mar, y él dijo sin inmutarse que no creyera en infundios de apátridas, compadre, los niños están
creciendo en paz de Dios, le dijo, todas las noches
los oigo cantar por ahí, dijo, señalando con un
círculo amplio de la mano un lugar indefinido del
universo, y al propio embajador Evans lo dejó envuelto en un aura de incertidumbre cuando le contestó impasible que no sé de qué niños me está hablando si el propio delegado de su país ante la Sociedad de Naciones había dado fe pública de que
estaban completos y sanos los niños en las escuelas, qué carajo, se acabó la vaina, y sin embargo no
pudo impedir que los despertaran a medianoche
con la novedad mi general de que se habían alzado
las dos guarniciones más grandes del país y además
el cuartel del Conde a dos cuadras de la casa presidencial, una insurrección de las más temibles enca-
bezada por el general Bonivento Barboza que se
había atrincherado con mil quinientos hombres de
tropa muy bien armados y bien abastecidos con
pertrechos comprados de contrabando a través de
cónsules adictos a los políticos de oposición. de
modo que las cosas no están para chuparse el dedo
mi general, ahora sí nos llevó el carajo. En otra
época, aquella subversión volcánica habría sido un
estímulo para su pasión por el riesgo, pero él sabía
mejor que nadie cuál era el peso verdadero de su
edad, que apenas si le alcanzaba la voluntad para

resistir a los estragos de su mundo secreto, que en las noches de invierno no conseguía dormir sin antes aplacar en el cuenco de la mano con un arrullo de ternura de duérmete mi cielo al niño de silbidos de dolor del testículo herniado, que se le iban los ánimos sentado en el retrete empujando su alma gota a gota como a través de un filtro entorpecido por el verdín de tantas noches de orinar solitario, que se le descosían los recuerdos, que no acertaba a ciencia cierta a conocer quién era quién, ni de parte de quién, a merced de un destino ineludible en aquella casa de lástima que hace tiempo hubiera cambiado por otra, lejos de aquí, en cualquier moridero de indios donde nadie supiera que había sido presidente único de la patria durante tantos y tan largos años que ni él mismo los había contado, y sin embargo, cuando el general Rodrigo de Aguilar se ofreció como mediador para negociar un compromiso decoroso con la subversión no se encontró con el anciano lelo que se quedaba dormido en las audiencias sino con el antiguo carácter de bisonte que sin pensarlo un instante contestó que ni de vainas, que no se iba, aunque no era cuestión de irse o de no irse sino que todo está contrà nosotros mi general, hasta la iglesia, pero él dijo que no, la iglesia está con el que manda, dijo, los generales del mando supremo reunidos desde hacía 48 horas no habían logrado ponerse de acuerdo, no importa dijo él, ya verás cómo se deciden cuando sepan quién les paga más, los dirigentes de la oposición civil habían dado por fin la cara y conspiraban en plena calle, mejor, dijo él, cuelga uno en cada farol de la Plaza de Armas para que sepan quién es el que todo lo puede, no hay caso mi general, la gente está con ellos, mentira, dijo él, la gente está conmigo, de modo que de aquí no me sacan sino muerto, decidió, golpeando la mesa con su ruda mano de doncella como sólo lo hacía en las decisiones finales, y se durmió hasta la hora del ordeño en que encontró la sala de audiencia convertida en un muladar, pues los insurrectos del cuartel del Conde habían catapultado piedras que no dejaron un vidrio intacto en la galería oriental y pelotas de candela que se metían por las ventanas rotas y mantuvieron la población de la casa en situación de pánico durante la noche entera, si usted lo hubiera visto mi general, no hemos pegado el ojo corriendo de un lado para otro con mantas y galones de agua para sofocar los pozos de fuego que se prendían en los rincones menos pensados, pero él apenas si ponía atención, ya les dije que no les hagan caso, decía, arrastrando sus patas de tumba por los corredores de cenizas y piltrafas de alfombras y gobelinos chamuscados, pero van a seguir, le decían, habían mandado a decir que las bolas en llamas eran sólo una advertencia, que después vendrán las explosiones mi general, pero él atravesó el jardín sin hacer caso de nadie, aspiró en las últimas sombras el rumor de las rosas acabadas de nacer, el desorden de los gallos en el viento del mar, qué hacemos general, ya les dije que no les hagan caso, carajo, y se fue como todos los días a esa hora a vigilar el ordeño, de modo que los insurrectos del cuartel del Conde vieron aparecer como todos los días a esa hora la carreta de mulas con los seis toneles de leche del establo presidencial, y estaba en el pescante el mismo carretero de toda la vida con el mensaje hablado de que aquí les manda esta leche mi general aunque sigan escupiendo la mano que les da de comer, lo gritó con tanta inocencia que el general Bonivento Barboza ordenó recibir la leche con la condición de que antes la probara el carretero para estar seguros de que no estaba envenenada, y entonces se abrieron los portones de hierro y los mil quinientos rebeldes asomados a los balcones interiores vieron entrar la carreta hasta el centro del patio empedrado, vieron el ordenanza que subió al pescante con un jarro y un cucharón para darle a probar la leche al carretero, lo vieron destapar el primer tonel, lo vieron flotando en el remanso efímero de una deflagración deslumbrante, y no vieron nada más por los siglos de los siglos en el calor volcánico del lúgubre edificio de argamasa amarilla en el que no hubo jamás una flor, cuyos escombros quedaron suspendidos un instante en el aire por la explosión tremenda de los seis toneles de dinamita. Ya está, suspiró él en la casa presidencial, estremecido por el aliento sísmico que desbarató cuatro casas más alrededor del cuartel y rompió la cristalería nupcial de las alacenas hasta en los extramuros de la ciudad, ya está, suspiró, cuando los furgones de la basura sacaron de los patios de la fortaleza del puerto los cadáveres de dieciocho oficiales que fueron fusilados de dos en fondo para economizar munición, ya está, suspiró, cuando el comandante Rodrigo de Aguilar se cuadró frente a él con la novedad mi general de que no quedaba otra vez en las cárceles un espacio más para presos políticos, ya está, suspiró, cuando empezaron las campanas de júbilo, los cohetes de fiesta, las músicas de gloria que anunciaron el advenimiento de otros cien años de paz, ya está, carajo, se acabó la vaina, dijo, y se quedó tan convencido, tan descuidado de sí mismo, tan negligente de su seguridad personal que una mañana atravesaba el patio de regreso del ordeño y le falló el instinto para ver a tiempo al falso leproso de aparición que se alzó de entre los rosales para cerrarle el paso en la lenta llovizna de octubre y sólo vio demasiado tarde el destello instantáneo del revólver pavonado, el índice trémulo que empezó a apretar el gatillo cuando él gritó con los brazos abiertos ofreciéndole el pecho, atrévete cabrón, atrévete, deslumbrado por el asombro de que su hora había llegado contra las premoniciones más lúcidas de los lebrillos, dispara si es que tienes cojones, gritó, en el instante imperceptible de vacilación en que se encendió una estrella lívida en el cielo de los ojos del agresor, se marchitaron sus labios, le tembló la voluntad, y entonces él le descargó los dos puños de mazos en los tímpanos, lo tumbó en

seco, lo aturdió en el suelo con una patada de mano
de pilón en la mandíbula, oyó desde otro mundo el
alboroto de la guardia que acudió a sus gritos, pasó
a través de la deflagración azul del trueno continuo
de las cinco explosiones del falso leproso retorcido
en un charco de sangre que se había disparado en
el vientre las cinco balas del revólver para que no lo
agarraran vivo los interrogadores temibles de la
guardia presidencial, oyó sobre los otros gritos de
la casa alborotada sus propias órdenes inapelables
de que descuartizaran el cadáver para escarmiento,
lo hicieron tasajo, exhibieron la cabeza macerada
con sal de piedra en la Plaza de Armas, la pierna
derecha en el confín oriental de Santa María del Altar, la izquierda en el occidente sin límites de los desiertos de salitre, un brazo en los páramos, el otro
en la selva, los pedazos del tronco fritos en manteca de cerdo y expuestos a sol y sereno hasta que se
quedaron en el hueso pelado a todo lo ancho y a
todo lo azaroso y difícil de este burdel de negros
para que nadie se quedara sin saber cómo terminan
los que levantan la mano contra su padre, y todavía
verde de rabia se fue por entre los rosales que la
guardia presidencial expulgaba de leprosos a punta
de bayoneta para ver si por fin dan la cara, matreros, subió a la planta principal apartando a patadas
a los paralíticos a ver si al fin aprenden quién fue el
que les puso a parir sus madres, hijos de puta, atravesó los corredores gritando que se quiten carajo
que aquí viene el que manda por entre el pánico de

los oficinistas y los aduladores impávidos que lo proclamaban el eterno, dejó a lo largo de la casa el rastro del reguero de piedras de su resuello de horno, desapareció en la sala de audiencias como un relámpago fugitivo hacia los aposentos privados, entró en el dormitorio, cerró las tres aldabas, los tres pestillos, los tres cerrojos, y se quitó con la punta de los dedos los pantalones que llevaba puestos ensopados de mierda. No conoció un instante de descanso husmeando en su contorno para encontrar al enemigo oculto que había armado al falso leproso, pues sentía que era alguien al alcance de su mano, alguien tan próximo a su vida que conocía los escondrijos de su miel de abejas, que tenía ojos en las cerraduras y oídos en las paredes a toda hora y en todas partes como mis retratos, una presencia voluble que silbaba en los alisios de enero y lo reconocía desde el rescoldo de los jazmines en las noches de calor, que lo persiguió durante meses y meses en el espanto de los insomnios arrastrando sus pavorosas patas de aparecido por los cuartos mejor traspuestos de la casa en tinieblas, hasta una noche de dominó en que vio el presagio materializado en una mano pensativa que cerró el juego con el doble cinco, y fue como si una voz interior le hubiera revelado que aquella mano era la mano de la traición, carajo, éste es, se dijo perplejo, y entonces levantó la vista a través del chorro de luz de la lámpara colgada en el centro de la mesa y se encontró con los hermosos ojos de artillero de mi compadre del alma el general Rodrigo de Aguilar, qué vaina, su brazo fuerte, su cómplice sagrado, no era posible, pensaba, tanto más dolorido cuanto más a fondo descifraba la urdimbre de las falsas verdades con que lo habían entretenido durante tantos años para ocultar la verdad brutal de que mi compadre de toda la vida estaba al servicio de los políticos de fortuna que él había sacado por conveniencia de los trasfondos más oscuros de la guerra federal y los había enriquecido y abrumado de privilegios fabulosos, se había dejado usar por ellos, les había tolerado que se sirvieran de él para encumbrarse hasta donde no lo soñó la antigua aristocracia barrida por el aliento irresistible de la ventolera liberal, y todavía querían más, carajo, querían el sitio de elegido de Dios que él se había reservado, querían ser yo, malparidos, con el camino alumbrado por la lucidez glacial y la prudencia infinita del hombre que más confianza y más autoridad había logrado acumular bajo su régimen valiéndose de la privanza de ser la única persona de quien él aceptaba papeles para firmar, lo hacía leer en voz alta las órdenes ejecutivas y las leyes ministeriales que sólo yo podía expedir, le indicaba las enmiendas, firmaba con la huella del pulgar y ponía debajo el sello del anillo que entonces guardaba en una caja fuerte cuya combinación no conocía nadie más que él, a su salud, compadre, le decía siempre al entregarle los papeles firmados, ahí tiene para que se limpie, le decía riendo, y era así como el general Rodrigo de

Aguilar había logrado establecer otro sistema de
poder dentro del poder tan dilatado y fructífero
como el mío, y no contento con eso había promovi-
do en la sombra la insurrección del cuartel del Conde con la complicidad y la asistencia sin reservas
del embajador Norton, su compinche de putas ho-
landesas, su maestro de esgrima, que había pasado
la munición de contrabando en barriles de bacalao
de Noruega amparados por la franquicia diplomática mientras me embalsamaba en la mesa de dominó con las velas de incienso de que no había gobierno más amigo, ni más justo y ejemplar que el mío,
y eran también ellos quienes habían puesto el revólver en la mano del falso leproso junto con estos cincuenta mil pesos en billetes cortados por la mitad
que encontramos enterrados en la casa del agresor,
y cuyas otras mitades le serían entregadas después
del crimen por mi propio compadre de toda la vida,
madre, mire qué vaina tan amarga, y sin embargo
no se resignaban al fracaso sino que habían terminado por concebir el golpe perfecto sin derramar
una gota de sangre, ni siquiera de la suya mi general, pues el general Rodrigo de Aguilar había acu-
mulado testimonios del mayor crédito de que yo
me pasaba las noches sin dormir conversando con
los floreros y los óleos de los próceres y los arzobispos de la casa en tinieblas, que les ponía el ter-
mómetro a las vacas y les daba de comer fenaceti-
na para bajarles la fiebre, que había hecho construir una tumba de honor para un almirante de la

mar océana que no existía sino en mi imaginación febril cuando yo mismo vi con estos mis ojos misericordiosos las tres carabelas fondeadas frente a mi ventana, que había despilfarrado los fondos públicos en el vicio irreprimible de comprar aparatos de ingenio y hasta había pretendido que los astrónomos perturbaran el sistema solar para complacer a una reina de la belleza que sólo había existido en las visiones de su delirio, y que en un ataque de demencia senil había ordenado meter a dos mil niños en una barcaza cargada de cemento que fue dinamitada en el mar, madre, imagínese usted, qué hijos de puta, y era con base en aquellos testimonios solemnes que el general Rodrigo de Aguilar y el estado mayor de las guardias presidenciales en pleno habían decidido internarlo en el asilo de ancianos ilustres de los acantilados en la medianoche del primero de marzo próximo durante la cena anual del Santo Angel Custodio, patrono de los guardaespaldas, o sea dentro de tres días mi general, imagínese, pero a pesar de la inminencia y el tamaño de la conspiración él no hizo ningún gesto que pudiera suscitar la sospecha de que la había descubierto, sino que a la hora prevista recibió como todos los años a los invitados de su guardia personal y los hizo sentar a la mesa del banquete a tomar los aperitivos mientras llegaba el general Rodrigo de Aguilar a hacer el brindis de honor, departió con ellos, se rió con ellos, uno tras otro, en distracciones furtivas, los oficiales miraban sus relojes, se los ponían en el oído, les daban cuerda, eran las doce menos cinco pero el general Rodrigo de Aguilar no llegaba, había un calor de caldera de barco perfumado de flores, olía a gladiolos y tulipanes, olía a rosas vivas en la sala cerrada, alguien abrió una ventana, respiramos, miramos los relojes, sentimos una ráfaga tenue del mar con un olor de guiso tierno de comida de bodas, todos sudaban menos él, todos padecimos el bochorno del instante bajo la lumbre intacta del animal vetusto que parpadeaba con los ojos abiertos en un espacio propio reservado en otra edad del mundo, salud, dijo, la mano inapelable de lirio lánguido volvió a levantar la copa con que había brindado toda la noche sin beber, se oyeron los ruidos viscerales de las máquinas de los relojes en el silencio de un abismo final, eran las doce, pero el general Rodrigo de Aguilar no llegaba, alguien trató de levantarse, por favor, dijo, él lo petrificó con la mirada mortal de que nadie se mueva, nadie respire, nadie viva sin mi permiso hasta que terminaron de sonar las doce, y entonces se abrieron las cortinas y entró el egregio general de división Rodrigo de Aguilar en bandeja de plata puesto cuan largo fue sobre una guarnición de coliflores y laureles, macerado en especias, dorado al horno, aderezado con el uniforme de cinco almendras de oro de las ocasiones solemnes y las presillas del valor sin límites en la manga del medio brazo, catorce libras de medallas en el pecho y una ramita de perejil en la boca, listo para ser servido en banquete de compañeros por los destazadores oficiales ante la petrificación de horror de los invitados que presenciamos sin respirar la exquisita ceremonia del descuartizamiento y el reparto, y cuando hubo en cada plato una ración igual de ministro de la defensa con relleno de piñones y hierbas de olor, él dio la orden de empezar, buen provecho señores.

Había sorteado tantos escollos de desórdenes telúricos, tantos eclipses aciagos, tantas bolas de candela en el cielo, que parecía imposible que alguien de nuestro tiempo confiara todavía en pronósticos de barajas referidos a su destino. Sin embargo, mientras se adelantaban los trámites para componer y embalsamar el cuerpo, hasta los menos cándidos esperábamos sin confesarlo el cumplimiento de predicciones antiguas, como que el día de su muerte el lodo de los cenegales había de regresar por sus afluentes hasta las cabeceras, que había de llover sangre, que las gallinas pondrían huevos pentagonales, y que el silencio y las tinieblas se volverían a establecer en el universo porque aquél había de ser el término de la creación. Era imposible no creerlo, si los pocos periódicos que aún se publicaban seguían consagrados a proclamar su eternidad y a falsificar su esplendor con materiales de archivo, nos lo mostraban a diario en el tiempo estático de la primera plana con el uniforme tenaz de cinco soles tristes de sus tiempos de gloria, con más autoridad y diligencia y mejor salud que nunca a pesar de que hacía muchos años que habíamos perdido la cuenta de sus años, volvía a inaugurar en los retratos de siempre los monumentos conocidos o instalaciones de servicio público que nadie conocía en la vida real, presidía actos solemnes que se decían de ayer y que en realidad se habían celebrado en el siglo anterior, aunque sabíamos que no era cierto, que nadie lo había visto en público desde la muerte atroz de Leticia Nazareno cuando se quedó solo en aquella casa de nadie mientras los asuntos del gobierno cotidiano seguían andando solos y sólo por la inercia de su poder inmenso de tantos años, se encerró hasta la muerte en el palacio destartalado desde cuyas ventanas más altas contemplábamos con el corazón oprimido el mismo anochecer lúgubre que él debió ver tantas veces desde su trono de ilusiones, veíamos la luz intermitente del faro que inundaba de sus aguas verdes y lánguidas los salones en ruinas, veíamos las lámparas de pobres dentro del cascarón de los que fueron antes los arrecifes de vidrios solares de los ministerios que habían sido invadidos por hordas de pobres cuando las barracas de colores de las colinas del puerto fueron desbaratadas por otro de nuestros tantos ciclones, veíamos abajo la ciudad dispersa y humeante, el horizonte instantáneo de relámpagos pálidos del cráter de ceniza del mar vendido, la primera noche sin él, su vasto imperio lacustre de anémonas de paludismo, sus pueblos de calor en los deltas de los afluentes de lodo, las ávidas cercas de alambre de púa de sus provincias privadas donde proliferaba sin cuento ni medida una especie nueva de vacas magníficas que nacían con la marca hereditaria del hierro presidencial. No sólo habíamos terminado por creer de veras que él estaba concebido para sobrevivir al tercer cometa, sino que esa convicción nos había infundido una seguridad y un sosiego que creíamos disimular con toda clase de chistes sobre la vejez, le atribuíamos a él las virtudes seniles de las tortugas y los hábitos de los elefantes, contábamos en las cantinas que alguien había anunciado al consejo de gobierno que él había muerto y que todos los ministros se miraron asustados y se preguntaron asustados que ahora quién se lo va a decir a él, ja, ja, ja, cuando la verdad era que a él no le hubiera importado saberlo ni hubiera estado muy seguro él mismo de si aquel chiste callejero era cierto o falso, pues entonces nadie sabía sino él que sólo le quedaban en las troneras de la memoria unas cuantas piltrafas sueltas de los vestigios del pasado, estaba solo en el mundo, sordo como un espejo, arrastrando sus densas patas decrépitas por oficinas sombrías donde alguien de levita y cuello de almidón le había hecho una seña enigmática con un pañuelo blanco, adiós, le dijo él, el equívoco se convirtió en ley, los oficinistas de la casa presidencial tenían que ponerse de pie con un pañuelo blanco cuando él pasaba, los centinelas en los corredores, los leprosos en los rosales lo despedían al pasar con un pañuelo blanco, adiós mi general, adiós, pero él no oía, no oía nada desde los lutos crepusculares de Leticia Nazareno cuando pensaba que a los pájaros de sus jaulas se les estaba gastando la voz de tanto cantar y les daba de comer de su propia miel de abejas para que cantaran más alto, les echaba gotas de cantorina en el pico con un gotero, les cantaba canciones de otra época, fúlgida luna del mes de enero, cantaba, pues no se daba cuenta de que no eran los pájaros que estuvieran perdiendo la fuerza de la voz sino que era él que oía cada vez menos, y una noche el zumbido de los tímpanos se rompió en pedazos, se acabó, se quedó convertido en un aire de argamasa por donde pasaban apenas los lamentos de adioses de los buques ilusorios de las tinieblas del poder, pasaban vientos imaginarios, bullarangas de pájaros interiores que acabaron por consolarlo del abismo del silencio de los pájaros de la realidad. Las pocas personas que entonces tenían acceso a la casa civil lo veían en el mecedor de mimbre sobrellevando el bochorno de las dos de la tarde bajo el cobertizo de trinitarias, se había desabotonado la guerrera, se había quitado el sable con el cinturón de los colores de la patria, se había quitado las botas pero se dejaba puestas las medias de púrpura de las doce docenas que le mandó el Sumo Pontífice de sus calceteros privados, las niñas de un colegio vecino que se encaramaban por las tapias traseras donde la guardia era menos rígida lo habían sorprendido muchas veces en aquel sopor insomne, pálido, con hojas de medicina pegadas en las sienes, atigrado por los charcos de luz del cobertizo en un éxtasis de mantarraya bocarriba en el fondo de un estanque, viejo guanábano, le gritaban, él las veía distorsionadas por la bruma de la reverberación del calor, les sonreía, las saludaba con la mano sin el guante de raso, pero no las oía, sentía el tufo de lodo de camarones de la brisa del mar, sentía el picoteo de las gallinas en los dedos de los pies, pero no sentía el trueno luminoso de las chicharras, no oía a las niñas, no oía nada. Sus únicos contactos con la realidad de este mundo eran entonces unas cuantas piltrafas sueltas de sus recuerdos más grandes, sólo ellos lo mantuvieron vivo después de que se despojó de los asuntos del gobierno y se quedó nadando en el estado de inocencia del limbo del poder, sólo con ellos se enfrentaba al soplo devastador de sus años excesivos cuando deambulaba al anochecer por la casa desierta, se escondía en las oficinas apagadas, arrancaba los márgenes de los memoriales y en ellos escribía con su letra florida los residuos sobrantes de los últimos recuerdos que lo preservaban de la muerte, una noche había escrito que me llamo Zacarías, lo había vuelto a leer bajo el resplandor fugitivo del faro, lo había leído otra vez muchas veces y el nombre tantas veces repetido terminó por parecerle remoto y ajeno, qué carajo, se dijo, haciendo trizas la tira de papel, yo soy yo, se dijo, y escribió en otra tira que había cumplido cien años por los tiempos en que volvió a pasar el cometa aunque entonces no estaba seguro de cuántas veces lo había visto pasar, y escribió de memoria en otra tira más larga honor al herido y honor a los fieles soldados que muerte encontraron por mano extranjera, pues hubo épocas en que escribía todo lo que pensaba, todo lo que sabía, escribió en un cartón y lo clavó con alfileres en la puerta de un retrete que estaba prohibido haser porcerías en los escusados porque había abierto esa puerta por error y había sorprendido a un oficial de alto rango masturbándose en cuclillas sobre la letrina, escribía las pocas cosas que recordaba para estar seguro de no olvidarlas nunca, Leticia Nazareno, escribía, mi única y legítima esposa que lo había enseñado a leer y escribir en la plenitud de la vejez, hacía esfuerzos por evocar su imagen pública, quería volver a verla con la sombrilla de tafetán con los colores de la bandera y su cuello de colas de zorros plateados de primera dama, pero sólo conseguía recordarla desnuda a las dos de la tarde bajo la luz de harina del mosquitero, se acordaba del lento reposo de tu cuerpo manso y lívido en el zumbido del ventilador eléctrico, sentía tus tetas vivas, tu olor de perra, el rumor corrosivo de tus manos feroces de novicia que cortaban la leche y oxidaban el oro y marchitaban las flores, pero eran buenas manos para el amor, porque sólo ella había alcanzado el triunfo inconcebible de que te quites las botas que me ensucias mis sábanas de bramante, y el se las quitaba, que te quites los arneses que me lastimas el corazón con las hebillas, y él se los quitaba, que te quites el sable, y el braguero, y las polainas, que te quites todo mi vida que no te siento, y él se quitaba todo para ti como no lo había hecho antes ni había de hacerlo nunca con ninguna mujer después de Leticia Nazareno, mi único y legítimo amor, suspiraba, escribía los suspiros en las tiras de memoriales amarillentos que enrollaba como cigarrillos para esconderlos en los resquicios menos pensados de la casa donde sólo él pudiera encontrarlos para acordarse de quién era él mismo cuando ya no pudiera acordarse de nada, donde nadie los encontró jamás cuando inclusive la imagen de Leticia Nazareno acabó de escurrirse por los desaguaderos de la memoria y sólo quedó el recuerdo indestructible de su madre Bendición Alvarado en las tardes de adioses de la mansión de los suburbios, su madre moribunda que convocaba a las gallinas haciendo sonar los granos de maíz en una totuma para que él no advirtiera que se estaba muriendo, que le seguía llevando las aguas de frutas a la hamaca colgada entre los tamarindos para que él no sospechara que apenas si podía respirar de dolor, su madre que lo había concebido sola, que lo había parido sola, que se estuvo pudriendo sola hasta que el sufrimiento solitario se hizo tan intenso que fue más fuerte que el orgullo y tuvo que pedirle al hijo que me mires la espalda para ver por qué siento este fulgor de brasas que no me deja vivir, y se quitó la camisola, se volvió, y él contempló con un horror callado las espaldas maceradas por las úlceras humeantes en cuya pestilencia de pulpa de guayaba se reventaban las burbujas minúsculas de las primeras larvas de los gusanos. Malos tiempos aquellos mi general, no había secretos de estado que no fueran de dominio público, no había orden que se cumpliera a ciencia cierta desde que fue servido en mesa de gala el cadáver exquisito del general Rodrigo de Aguilar, pero a él no le importaba, no le importaron los tropiezos del poder durante los meses amargos en que su madre se pudrió a fuego lento en un dormitorio contiguo al suyo después de que los médicos más entendidos en flagelos asiáticos dictaminaron que su enfermedad no era la peste, ni la sarna, ni el pian, ni ninguna otra plaga de Oriente sino algún maleficio de indios que sólo podía ser curado por quien lo hubiera infundido, y él comprendió que era la muerte y se encerró a ocuparse de su madre con una abnegación de madre, se quedó a pudrirse con ella para que nadie la viera cocinándose en su caldo de larvas, ordenó que le llevaran sus gallinas a la casa civil, le llevaron los pavorreales, los pájaros pintados que andaban a su antojo por salones y oficinas para que su madre no fuera a extrañar los trajines campestres de la mansión de los suburbios, él mismo quemaba los troncos de bija en el dormitorio para que nadie percibiera el tufo de mortecina de la madre moribunda, él mismo consolaba con mantecas germicidas el

cuerpo colorado del mercurio cromo, amarillo del
pícrico, azul del metileno, él mismo embadurnaba
de bálsamos turcos las úlceras humeantes contra el
criterio del ministro de la salud que tenía horror de
los maleficios, qué carajo, madre, mejor si nos mo-
rimos juntos, decía, pero Bendición Alvarado era
consciente de ser la única que se estaba muriendo y
trataba de revelarle al hijo los secretos de familia
que no quería llevarse a la tumba, le contaba cómo
le echaron su placenta a los cochinos, señor, como
fue que nunca pude establecer cuál de tantos fugitivos de vereda había sido tu padre, trataba de decirle para la historia que lo había engendrado de pie y
sin quitarse el sombrero por el tormento de las
moscas metálicas de los pellejos de melaza fermen-
tada de una trastienda de cantina, lo había parido
mal en un amanecer de agosto en el zaguán de un
monasterio, lo había reconocido a la luz de las arpas melancólicas de los geranios y tenía el testículo
derecho del tamaño de un higo y se vaciaba como
un fuelle y exhalaba un suspiro de gaita con la respiración, lo desenvolvía de los trapos que le regala-
ron las novicias y lo mostraba en las plazas de feria
por si acaso encontraba alguien que conociera algún remedio mejor y sobre todo más barato que la
miel de abejas que era lo único que le recomenda-
ban para su mala formación, la entretenían con fórmulas de consuelo, que no hay que anticiparse al
destino, le decían, que al fin y al cabo el niño era
bueno para todo menos para tocar instrumentos de

viento, le decían, y sólo una adivina de circo cayó
en la cuenta de que el recién nacido no tenía líneas
en la palma de la mano y eso quería decir que había
nacido para rey, y así era, pero él no le ponía atención, le suplicaba que se durmiera sin escarbar en el
pasado porque le resultaba más cómodo creer que
aquellos tropiezos de la historia patria eran delirios
de la fiebre, duérmase, madre, le suplicaba, la envolvía de pies a cabeza con una sábana de lino de
las muchas que había hecho fabricar a propósito
para no lastimar sus llagas, la ponía a dormir de
costado con la mano en el corazón, la consolaba
con que no se acuerde de vainas tristes, madre, de
todos modos yo soy yo, duerma despacio. Habían
sido inútiles las muchas y arduas diligencias oficiales para aplacar el ruido público de que la matriarca de la patria se estaba pudriendo en vida, divulga-
ban cédulas médicas inventadas, pero los propios
estafetas de los bandos confirmaban que era cierto
lo que ellos mismos desmentían, que los vapores de
la corrupción eran tan intensos en el dormitorio de
la moribunda que habían espantado hasta a los leprosos, que degollaban carneros para bañarla con
la sangre viva, que sacaban sábanas ensopadas de
una materia tornasol que fluía de sus llagas y por
mucho que las lavaran no conseguían devolverles
su esplendor original, que nadie había vuelto a verlo a él en los establos de ordeño ni en los cuartos de
las concubinas donde siempre lo habían visto al
amanecer aun en los tiempos peores, el propio ar-

zobispo primado se había ofrecido para adminis-
trar los últimos sacramentos a la moribunda pero él
lo había plantado en la puerta, nadie se está muriendo, padre, no crea en rumores, le dijo, com-
partía la comida con su madre en el mismo plato
con la misma cuchara a pesar del aire de dispensa-
rio de peste que se respiraba en el cuarto, la bañaba
antes de acostarla con el jabón del perro agradecido mientras el corazón se le paraba de lástima por
las instrucciones que ella impartía con sus últimas
hilachas de voz sobre el cuidado de los animales
después de su muerte, que no desplumaran a los
pavorreales para hacer sombreros, sí madre, decía
él, y le daba una mano de creolina por todo el cuerpo, que no obliguen a cantar a los pájaros en las
fiestas, sí madre, y la envolvía en la sábana de dormir, que saquen las gallinas de los nidos cuando esté tronando para que no empollen basiliscos, sí madre, y la acostaba con la mano en el corazón, sí
madre, duerma despacio, la besaba en la frente,
dormía las pocas horas que le quedaban tirado bocabajo junto a la cama, pendiente de las derivas de
su sueño, pendiente de los delirios interminables
que se iban haciendo más lúcidos a medida que se
acercaban a la muerte, aprendiendo con sus rabias
acumuladas de cada noche a soportar la rabia inmensa del lunes de dolor en que lo despertó el silencio terrible del mundo al amanecer y era que su
madre de mi vida Bendición Alvarado había acabado de respirar, y entonces desenvolvió el cuerpo

nauseabundo y vio en el resplandor tenue de los primeros gallos que había otro cuerpo idéntico con la mano en el corazón pintado de perfil en la sábana, y vio que el cuerpo pintado no tenía grietas de peste ni estragos de vejez sino que era macizo y terso como pintado al óleo por ambos lados del sudario y exhalaba una fragancia natural de flores tiernas que purificó el ámbito de hospital del dormitorio y por mucho que lo restregaron con caliche y lo hirvieron en lejía no consiguieron borrarlo de la sábana porque estaba integrado por el derecho y por el revés con la propia materia del lino, y era lino eterno, pero él no había tenido serenidad para medir el tamaño de aquel prodigio sino que abandonó el dormitorio con un portazo de rabia que sonó como un disparo en el ámbito de la casa, y entonces empezaron las campanas de duelo en la catedral y después las de todas las iglesias y después las de toda la nación que doblaron sin pausas durante cien días, y quienes despertaron por las campanas comprendieron sin ilusiones que él era otra vez el dueño de todo su poder y que el enigma de su corazón oprimido por la rabia de la muerte se levantaba con más fuerza que nunca contra las veleidades de la razón y la dignidad y la indulgencia, porque su madre de mi vida Bendición Alvarado había muerto en aquella madrugada del lunes veintitrés de febrero y un nuevo siglo de confusión y de escándalo empezaba en el mundo. Ninguno de nosotros era bastante viejo para dar testimonio de aquella muerte, pero el estruendo de los funerales había llegado hasta nuestro tiempo y teníamos noticias verídicas de que él no volvió a ser el mismo de antes por el resto de su vida, nadie tuvo el derecho de perturbar sus insomnios de huérfano durante mucho más de los cien días del luto oficial, no se le volvió a ver en la casa de dolor cuyo ámbito había sido desbordado por las resonancias inmensas de las campanas fúnebres, no se daban más horas que las de su duelo, se hablaba con suspiros, la guardia doméstica andaba descalza como en los años originales de su régimen y sólo las gallinas pudieron hacer lo que quisieron en la casa prohibida cuyo monarca se había vuelto invisible, se desangraba de rabia en el mecedor de mimbre mientras su madre de mi alma Bendición Alvarado andaba por esos peladeros de calor y miseria dentro de un ataúd lleno de aserrín y hielo picado para que no se pudriera más de lo que estuvo en vida, pues se habían llevado el cuerpo en procesión solemne hasta los confines menos explorados de su reino para que nadie se quedara sin el privilegio de honrar su memoria, se lo llevaron con himnos de vientos de crespones oscuros hasta las estaciones de los páramos donde lo recibieron con las mismas músicas lúgubres las mismas muchedumbres taciturnas que en otros tiempos de gloria habían venido a conocer el poder oculto en la penumbra del vagón presidencial, exhibieron el cuerpo en el monasterio de caridad donde una pajarera nómada en el principio de los tiempos había

175

parido mal a un hijo de nadie que llegó a ser rey,
abrieron los portones del santuario por primera vez
en un siglo, soldados de a caballo hacían redadas
de indios en los pueblos, los arriaban secuestrados,
los metían a culatazos en la vasta nave afligida por
los soles helados de los vitrales donde nueve obispos de pontifical cantaban oficios de tinieblas,
duerme en paz en tu gloria, cantaban los diáconos,
los acólitos, descansa en tus cenizas, cantaban,
afuera llovía en los geranios, las novicias repartieron guarapo con panes de difuntos, vendieron costillas de cerdo, camándulas, frascos de agua bendi-
ta bajo las arcadas de piedra de los patios, había
música en las cantinas de las veredas, había pólvora, se bailaba en los zaguanes, era domingo, ahora
y siempre, eran años de fiesta en las trochas de prófugos y los desfiladeros de niebla por donde su madre de mi muerte Bendición Alvarado había pasado
en vida persiguiendo al hijo embullado con la ventolera federal, pues ella lo había cuidado en la guerra, había impedido que le caminaran encima las
mulas de la tropa cuando se derrumbaba por los
suelos enrollado en una manta, sin sentido, hablando disparates por la calentura de las tercianas, ella
le había tratado de inculcar su miedo ancestral por
los peligros que acechan a la gente de los páramos
en las ciudades del mar tenebroso, tenía miedo de
los virreyes, de las estatuas, de los cangrejos que se
bebían las lágrimas de los recién nacidos, había
temblado de pavor ante la majestad de la casa del

poder que conoció a través de la lluvia la noche del asalto sin haber imaginado entonces que era la casa donde había de morir, la casa de soledad donde él estaba, donde se preguntaba con el calor de la rabia tirado bocabajo en el suelo dónde carajo te has metido, madre, en qué manglar de tarulla se habrá enredado tu cuerpo, quién te espanta las mariposas de la cara, suspiraba, postrado de dolor, mientras su madre Bendición Alvarado navegaba bajo un palio de hojas de plátano entre los vapores nauseabundos de los cenagales para ser exhibida en las escuelas públicas de vereda, en los cuarteles de los desiertos de salitre, en los corrales de indios, la mostraban en las casas principales junto con un retrato de cuando era joven, era lánguida, era hermosa, se había puesto una diadema en la frente, se había puesto una gola de encajes contra su voluntad, se había dejado poner talco en la cara y carmín en los labios por esa única vez, le pusieron un tulipán de seda en la mano para que lo tuviera así, así no, señora, así, descuidado en el regazo, cuando el fotógrafo veneciano de los monarcas europeos le tomó el retrato oficial de primera dama que mostraban junto con el cadáver como una prueba final contra cualquier sospecha de suplantación, y eran idénticos, pues no se había dejado nada al azar, el cuerpo iba siendo reconstruido en diligencias secretas a medida que se le desbarataba el cosmético y la piel agrietada de parafina se le derretía con el calor, le quitaban el musgo de los párpados en las épocas de lluvia, las costureras militares mantenían el vestido de muerta como si hubiera sido puesto ayer y conservaban en estado de gracia la corona de azahares y el velo de novia virgen que nunca tuvo en vida, para que nadie en este burdel de idólatras se atreviera a repetir nunca que eres distinta de tu retrato, madre, para que nadie olvide quién es el que manda por los siglos de los siglos hasta en los caseríos más indigentes de los médanos de la selva donde al cabo de tantos años de olvido vieron volver a medianoche el vetusto buque fluvial de rueda de madera con todas las luces encendidas y lo recibieron con tambores pascuales creyendo que habían vuelto los tiempos de gloria, que viva el macho, gritaban, bendito el que viene en nombre de la verdad, gritaban, se echaban al agua con los armadillos cebados, con una ahuyama del tamaño de un buey, se encaramaban por los barandales de encajes de madera para brindarle tributos de sumisión al poder invisible cuyos dados decidían al azar de la patria y se quedaban sin aliento ante el catafalco de hielo picado y sal de piedra repetido en las lunas atónitas de los espejos del comedor presidencial, expuesto al juicio público bajo los ventiladores de aspas del arcaico buque de placer que anduvo meses y meses por entre las islas efímeras de los afluentes ecuatoriales hasta que se extravió en una edad de pesadilla eı que las gardenias tenían uso de razón y las iguanas volaban en las tinieblas, se terminó el mundo, la rueda de madera encalló en arenales de oro, se rompió, se fundió el hielo, se corrompió la sal, el cuerpo tumefacto quedó flotando a la deriva en una sopa de aserrín, y sin embargo no se pudrió, sino todo lo contrario mi general, pues entonces la vimos abrir los ojos y vimos que sus pupilas eran diáfanas y tenían el color del acónito en enero y su misma virtud de piedra lunar, y aun los más incrédulos habíamos visto empañarse la cubierta de vidrio del catafalco con el vapor de su aliento y habíamos visto que de sus poros manaba un sudor vivo y fragante, y la vimos sonreír. Usted no puede imaginarse cómo fue aquello mi general, fue el despelote, hemos visto parir a las mulas, hemos visto crecer flores en el salitre, hemos visto a los sordomudos aturdidos por el prodigio de sus propios gritos de milagro, milagro, milagro, hicieron polvo los vidrios del ataúd mi general y por poco no volvieron tasajo el cadáver para repartirse las reliquias, así que hemos tenido que disponer de un batallón de granaderos contra el fervor de las muchedumbres frenéticas que estaban llegando en tumulto desde el semillero de islas del Caribe cautivadas por la noticia de que el alma de su madre Bendición Alvarado había obtenido de Dios la facultad de contrariar las leyes de la naturaleza, vendían hilos de la mortaja, vendían escapularios, aguas de su costado, estampitas con su retrato de reina, pero era una turbamulta tan descomunal y atolondrada que más bien parecía un torrente de bueyes indómitos cuyas pezuñas devastaban cuanto encontraban a su paso y hacían un estruendo de temblor de tierra que hasta usted mismo puede oírlo desde aquí si escucha con atención mi general, óigalo, y él se puso la mano en pantalla detrás de la oreja que le zumbaba menos, escuchó con atención, y entonces oyó, madre mía Bendición Alvarado, oyó el trueno sin término, vio la ciénaga en ebullición de la vasta muchedumbre dilatada hasta el horizonte del mar, vio el torrente de velas encendidas que arrastraban otro día más radiante dentro de la claridad radiante del mediodía, pues su madre de mi alma Bendición Alvarado regresaba a la ciudad de sus antiguos terrores como había llegado la primera vez con la marabunta de la guerra, con el olor a carne cruda de la guerra, pero liberada para siempre de los riesgos del mundo porque él había hecho arrancar de las cartillas de las escuelas las páginas sobre los virreyes para que no existieran en la historia, había prohibido las estatuas que te perturbaban el sueño, madre, de modo que ahora regresaba sin sus miedos congénitos en hombros de una muchedumbre de paz, regresaba sin ataúd, a cielo abierto, en un aire vedado a las mariposas, abrumada por el peso del oro de los exvotos que le habían colgado en el viaje interminable desde los confines de la selva a través de su vasto y convulsionado reino de pesadumbre, escondida bajo el montón de muletitas de oro que le colgaban los paralíticos restaurados, las estrellas de oro de los náufragos, los niños de oro de las estériles incrédulas

que habían tenido que parir de urgencia detrás de
los matorrales, como en la guerra, mi general, navegando al garete en el centro del torrente arrasador de la mudanza bíblica de toda una nación que
no encontraba dónde poner sus chécheres de cocina, sus animales, los restos de una vida sin más esperanzas de redención que las mismas oraciones
secretas que Bendición Alvarado rezaba durante
los combates para torcer el rumbo de las balas que
disparaban contra su hijo, como había venido él en
el tumulto de la guerra con un trapo colorado en la
cabeza gritando en las treguas de los delirios de las
calenturas que viva el partido liberal carajo, viva el
federalismo triunfante, godos de mierda, aunque
arrastrado en realidad por la curiosidad atávica de
conocer el mar, sólo que la muchedumbre de miseria que había invadido la ciudad con el cuerpo de
su madre era mucho más turbulenta y frenética que
cuantas devastaron el país en la aventura de la guerra federal, más voraz que la marabunta, más terrible que el pánico, la más tremenda que habían visto
mis ojos en todos los días de los años innumerables
de su poder, el mundo entero mi general, mire, qué
maravilla. Convencido por la evidencia, él salió al
fin de las brumas de su duelo, salió pálido, duro,
con una banda negra en el brazo, resuelto a utilizar
todos los recursos de su autoridad para conseguir
la canonización de su madre Bendición Alvarado
con base en las pruebas abrumadoras de sus virtudes de santa, mandó a Roma a sus ministros de le-

tras, volvió a invitar al nuncio apostólico a tomar
chocolate con galletitas en los pozos de luz de cobertizo de trinitarias, lo recibió en familia, él acostado en la hamaca, sin camisa, abanicándose con el
sombrero blanco, y el nuncio sentado frente a él
con la taza de chocolate ardiente, inmune al calor y
al polvo dentro del aura de espliego de la sotana
dominical, inmune al desaliento del trópico, inmune
a las cagadas de los pájaros de la madre muerta
que volaban sueltos en los pozos de agua solar del
cobertizo, tomaba a sorbos contados el chocolate
de vainilla, masticaba las galletitas con un pudor de
novia tratando de demorar el veneno ineludible del
último sorbo, rígido en la poltrona de mimbre que
él no le concedía a nadie, sólo a usted, padre, como
en aquellas tardes malvas de los tiempos de gloria
en que otro nuncio viejo y cándido trataba de convertirlo a la fe de Cristo con acertijos escolásticos
de Tomás de Aquino, no más que ahora soy yo el
que lo llama a usted para convertirlo, padre, las
vueltas que da el mundo, porque ahora creo, dijo, y
lo repitió sin pestañear, ahora creo, aunque en realidad no creía nada de este mundo ni de ningún
otro salvo que su madre de mi vida tenía derecho a
la gloria de los altares por los méritos propios de su
vocación de sacrificio y su modestia ejemplar, tanto que él no fundaba su solicitud en los aspavientos
públicos de que la estrella polar se movía en el sentido del cortejo fúnebre y los instrumentos de cuerda se tocaban solos dentro de los armarios cuando

182

sentían pasar el cadáver sino que la fundaba en la virtud de esta sábana que desplegó a toda vela en el esplendor de agosto para que el nuncio viera lo que en efecto vio impreso en la textura del lino, vio la imagen de su madre Bendición Alvarado sin trazas de vejez ni estragos de peste acostada de perfil con la mano en el corazón, sintió en los dedos la humedad del sudor eterno, aspiró la fragancia de flores vivas en medio del escándalo de los pájaros alborotados por el soplo del prodigio, ya ve qué maravilla, padre, decía él, mostrando la sábana al derecho y al revés, hasta los pájaros la conocen, pero el nuncio estaba absorto en el lienzo con una atención incisiva que había sido capaz de descubrir impurezas de ceniza volcánica en la materia trabajada por los grandes maestros de la cristiandad, había conocido las grietas de un carácter y hasta las dudas de una fe por la intensidad de un color, había padecido el éxtasis de la redondez de la tierra tendido bocarriba bajo la cúpula de una capilla solitaria de una ciudad irreal donde el tiempo no trascurría sino que flotaba, hasta que tuvo valor para apartar los ojos de la sábana al cabo de una contemplación profunda y dictaminó con un tono dulce pero irreparable que el cuerpo estampado en el lino no era un recurso de la Divina Providencia para darnos una prueba más de su misericordia infinita, ni eso ni mucho menos, excelencia, era la obra de un pintor muy diestro en las buenas y en las malas artes que había abusado de la grandeza de corazón de su excelen-

183

cia, porque aquello no era óleo sino pintura doméstica de la más indigna, sapolín de pintar ventanas, excelencia, debajo del aroma de las resinas naturales que habían disuelto en la pintura quedaba todavía el relente bastardo de la trementina, quedaban costras de yeso, quedaba una humedad persistente que no era el sudor del último escalofrío de la muerte como le habían hecho creer a él sino la humedad de artificio del lino saturado de aceite de linaza y escondido en lugares oscuros, créame que lo lamento, concluyó el nuncio con un pesar legítimo, pero no acertó a decir más ante el anciano granítico que lo observaba sin parpadear desde la hamaca, que lo había escuchado desde el limo de sus lúgubres silencios asiáticos sin mover siquiera la boca para contradecirlo a pesar de que nadie conocía mejor que él la verdad del prodigio secreto de la sábana en que yo mismo te envolví con mis propias manos, madre, yo me asusté con el primer silencio de tu muerte que fue como si el mundo hubiera amanecido en el fondo del mar, yo vi el milagro, carajo, pero a pesar de su certidumbre no interrumpió el veredicto del nuncio, apenas parpadeó dos veces sin cerrar los ojos como las iguanas, apenas sonrió, está bien, padre, suspiró al fin, será como usted dice, pero le advierto que usted carga con el peso de sus palabras, se lo repito letra por letra para que no lo olvide en el resto de su larga vida que usted carga con el peso de sus palabras, padre, yo no respondo. El mundo permaneció en un sopor

durante aquella semana de malos presagios en que
él no se levantó de la hamaca ni para comer, se espantaba con el abanico a los pájaros amaestrados
que se le paraban en el cuerpo, se espantaba los
lamparones de luz de las trinitarias creyendo que
eran pájaros amaestrados, no recibió a nadie, no
dio una orden, pero la fuerza pública se mantuvo
impasible cuando las turbas de fanáticos a sueldo
asaltaron el palacio de la Nunciatura Apostólica,
saquearon el museo de reliquias históricas, sorprendieron al nuncio haciendo la siesta a la intemperie
en el remanso del jardín interior, lo sacaron desnudo a la calle, se le cagaron encima mi general,
imagínese, pero él no se movió de la hamaca, ni siquiera parpadeó cuando le vinieron con la novedad
mi general de que al nuncio lo estaban paseando en
un burro por las calles del comercio bajo un chapa-
rrón de lavazas de cocina que le vaciaban desde los
balcones, le gritaban mano pancha, miss vaticano,
dejad que los niños vengan a mí, y sólo cuando lo
abandonaron medio muerto en el muladar del mercado público él se incorporó de la hamaca apartán-
dose los pájaros a manotadas, apareció en la sala
de audiencias apartando a manotadas las telarañas
del duelo con el brazal de luto y los ojos abotaga-
dos de mal dormir, y entonces dio la orden de que
pusieran al nuncio en una balsa de náufrago con
provisiones para tres días y lo dejaran al garete en
la ruta de los cruceros de Europa para que todo el
mundo sepa cómo terminan los forasteros que le-

vantan la mano contra la majestad de la patria, y que hasta el papa aprenda desde ahora y para siempre que podrá ser muy papa en Roma con su anillo al dedo en su poltrona de oro, pero que aquí yo soy el que soy yo, carajo, pollerones de mierda. Fue un recurso eficaz, pues antes del fin de aquel año se instauró el proceso de canonización de su madre Bendición Alvarado cuyo cuerpo incorrupto fue expuesto a la veneración pública en la nave mayor de la basílica primada, cantaron gloria en los altares, se derogó el estado de guerra que él había proclamado contra la Santa Sede, viva la paz, gritaban las muchedumbres en la Plaza de Armas, viva Dios, gritaban, mientras él recibía en audiencia solemne al auditor de la Sagrada Congregación del Rito y promotor y postulador de la fe, monseñor Demetrio Aldous, conocido como el eritreno, a quien se había encomendado la misión de escudriñar la vida de Bendición Alvarado hasta que no quedara ni el menor rastro de duda en la evidencia de su santidad, hasta donde usted quiera, padre, le dijo él, reteniendo su mano entre la suya, pues había experimentado una confianza inmediata en aquel abisinio cetrino que amaba la vida por encima de todas las cosas, comía huevos de iguana, mi general, le encantaban las peleas de gallo, el humor de las mulatas, la cumbia, como a nosotros mi general, la misma vaina, así que las puertas mejor guardadas se abrieron sin reservas por orden suya para que el escrutinio del abogado del diablo no encontrara tropiezos de ninguna ín-

dole, porque nada había oculto como nada había
invisible en su desmesurado reino de pesadumbre
que no fuera una prueba irrefutable de que su madre
de mi alma Bendición Alvarado estaba predestinada
a la gloria de los altares, la patria es suya, padre, ahí
la tiene, y ahí la tuvo, por supuesto, la tropa armada
impuso el orden en el palacio de la Nunciatura
Apostólica frente al cual amanecían las filas incontables de lazarinos restaurados que vinieron a mostrar la piel recién nacida sobre las llagas, los antiguos inválidos de San Vito vinieron a ensartar agujas ante los incrédulos, vinieron a mostrar su fortuna
los que se habían enriquecido en la ruleta porque
Bendición Alvarado les revelaba los números en el
sueño, los que tuvieron noticias de sus perdidos, los
que encontraron a sus ahogados, los que nada
habían tenido y ahora lo tenían todo, vinieron, des-
filaron sin tregua por la ardiente oficina decorada
con los arcabuces de matar caníbales y las tortugas
prehistóricas de Sir Walter Raleigh donde el eritreno
incansable escuchaba a todos sin preguntar, sin
intervenir, ensopado en sudor, ajeno a la peste de
humanidad en descomposición que se iba acumulan-
do en la oficina enrarecida por el humo de sus
cigarros de los más ordinarios, tomaba notas minuciosas de las declaraciones de los testigos y los hacía
firmar aquí, con el nombre completo, o con una
cruz, o como usted mi general con la huella del dedo,
como fuera, pero firmaban, entraba el siguiente,
igual que el anterior, yo estaba tísico, padre, decía,

yo estaba tísico, escribía el eritreno, y ahora oiga cómo canto, yo era impotente, padre, y ahora míreme cómo ando todo el día, yo era impotente, escribía con tinta indeleble para que su escritura rigurosa estuviera a salvo de enmiendas hasta el término de la humanidad, yo tenía un animal vivo dentro de la barriga, padre, yo tenía un animal vivo, escribía sin piedad, intoxicado de café cerrero, envenenado del tabaco rancio del cigarro que encendía con el cabo del anterior, despechugado como un boga mi general, qué cura tan macho, sí señor, decía él, muy macho, a cada quien lo suyo, trabajando sin tregua, sin comer nada para no perder el tiempo hasta bien entrada la noche, pero aun entonces no se daba al descanso sino que aparecía recién bañado en las fondas del muelle con la sotana de lienzo remendada con parches cuadrados, llegaba muerto de hambre, se sentaba en el largo mesón de tablas a compartir el sancocho de bocachico con los estibadores, descuartizaba el pescado con los dedos, trituraba hasta los huesos con aquellos dientes luciferinos que tenían su propia lumbre en la oscuridad, se tomaba la sopa por el borde del plato como los coralibes mi general, si usted lo viera, confundido con el paraco humano de los veleros astrosos que zarpaban cargados de marimondas y guineo verde, cargados de remesas de putas biches para los hoteles de vidrio de Curazao, para Guantánamo, padre, para Santiago de los Caballeros que ni siquiera tiene mar para llegar, padre, para las islas más bellas y más tristes del mundo con que seguíamos soñando hasta los primeros resplandores del alba, padre, acuérdese qué distintos nos quedábamos cuando las goletas se iban, acuérdese del loro que adivinaba el porvenir en la casa de Matilde Arenales, las jaibas que se salían caminando de los platos de sopa, el viento de tiburones, los tambores remotos, la vida, padre, la cabrona vida, muchachos, porque habla como nosotros mi general, como si hubiera nacido en el barrio de las peleas de perro, jugaba a la pelota en la playa, aprendió a tocar el acordeón mejor que los vallenatos, cantaba mejor que ellos, aprendió la lengua florida de los vaporinos, les llamaba gallo en latín, se emborrachaba con ellos en los tugurios de maricas del mercado, se peleó con uno de ellos porque habló mal de Dios, se fajaron a trompadas mi general, qué hacemos, y él ordenó que nadie los separe, les hicieron rueda, ganó, ganó el cura mi general, yo lo sabía, dijo él, complacido, es un macho, y menos frívolo de lo que todo el mundo se imaginaba, pues en aquellas noches turbulentas averiguó tantas verdades como en las jornadas agotadoras del palacio de la Nunciatura Apostólica, muchas más que en la tenebrosa mansión de los suburbios que había explorado sin permiso una tarde de lluvias grandes en que creyó burlar la vigilancia insomne de los servicios de la seguridad presidencial, la escudriñó hasta el último resquicio ensopado por la lluvia interior de las goteras del techo, atrapado por los tremedales de malanga

189

y las camelias venenosas de los dormitorios espléndidos que Bendición Alvarado abandonaba a la felicidad de sus sirvientas, porque era buena, padre, era humilde, las ponía a dormir en sábanas de percal mientras ella dormía sobre la estera pelada en un camastro de cuartel, las dejaba vestirse con sus ropas de domingo de primera dama, se perfumaban con sus sales de baño, retozaban desnudas con los ordenanzas en las espumas de colores de las bañeras de peltre con patas de león, vivían como reinas mientras a ella se le iba la vida pintorreteando pájaros, cocinando sus mazamorras de legumbres en el anafe de leña y cultivando plantas de botica para las emergencias de los vecinos que la despertaban a medianoche con que tengo un espasmo de vientre, señora, y ella les daba a masticar semillas de mastuerzo, que al ahijado tiene el ojo torcido, y ella le daba un vermífugo de epazote, que me voy a morir, señora, pero no se morían porque ella tenía la salud en la mano, era una santa viva, padre, andaba en su propio espacio de pureza por aquella mansión de placer donde había llovido sin piedad desde que se la llevaron a la fuerza para la casa presidencial, llovía sobre los lotos del piano, sobre la mesa de alabastro del comedor suntuoso que Bendición Alvarado no utilizó nunca porque es como sentarse a comer en un altar, imagínese, padre, qué presentimiento de santa, pero a pesar de los testimonios febriles de los vecinos el abogado del diablo encontró más vestigios de timidez que de humildad entre los escombros, encontró más pruebas de pobreza de espíritu que de abnegación entre los Neptunos de ébano y los pedazos de demonios nativos y ángeles militares que flotaban en el manglar de las antiguas salas de baile, y en cambio no encontró el menor rastro de ese otro dios difícil, uno y trino, que lo había mandado desde las ardientes llanuras de Abisinia a buscar la verdad donde no había estado nunca, porque no encontró nada mi general, lo que se dice nada, qué vaina. Sin embargo, monseñor Demetrio Aldous no se conformó con el escrutinio de la ciudad sino que se trepó a lomo de mula por los limbos glaciales del páramo tratando de encontrar las semillas de la santidad de Bendición Alvarado donde su imagen no estuviera todavía pervertida por el resplandor del poder, surgía de entre la niebla envuelto en una manta de salteador y con unas botas de siete leguas como una aparición satánica que al principio suscitaba el miedo y después el asombro y por último la curiosidad de los cachacos que nunca habían visto un ser humano de aquel color, pero el astuto eritreo los incitaba a que lo tocaran para convencerlos de que no soltaba alquitrán, les mostraba los dientes en las tinieblas, se emborrachaba con ellos comiendo queso de mano y bebiendo chicha en la misma totuma para ganarse su confianza en las tiendas lúgubres de las veredas donde en los albores de otros siglos habían conocido una pajarera de solemnidad agobiada por la carga de disparate de los huacales de pollitos pintados de ruiseñores, tucanes de oro, guacharacas disfrazadas de pavorreales para engañar montunos en los domingos fúnebres de las ferias del páramo, se sentaba ahí, padre, en la resolana de los fogones, esperando que alguien le hiciera la caridad de acostarse con ella en los pellejos de melaza de la trastienda, para comer, padre, no más que para comer, porque nadie era tan montuno para comprarle aquellos mamarrachos de pacotilla que se desteñían con las primeras lluvias y se desbarataban al caminar, sólo ella era tan cándida, padre, santa bendición de los pájaros, o de los páramos, como uno quiera, pues nadie sabía a ciencia cierta cuál era su nombre de entonces ni cuándo empezó a llamarse Bendición Alvarado que no debía de ser su nombre de origen porque no es nombre de estos rumbos sino de gente de mar, qué vaina, hasta eso lo había averiguado el resbaladizo fiscal de Satanás que todo lo descubría y lo desentrañaba a pesar de los sicarios de la seguridad presidencial que le enredaban los hilos de la verdad y le ponían estorbos invisibles, cómo le parece, mi general, habrá que venadearlo en un despeñadero, habrá que resbalarle la mula, pero él lo impidió con la orden personal de vigilarlo pero preservando su integridad física repito preservando integridad física permitiendo absoluta libertad todas facilidades cumplimiento su misión por mandato inapelable desta autoridad máxima obedézcase cúmplase, firmado, yo, e insistió, yo mismo, consciente de que con aquella determinación asumía el riesgo terrible de conocer la imagen verídica de su madre Bendición Alvarado en los tiempos prohibidos en que todavía era joven, era lánguida, andaba envuelta en harapos, descalza, y tenía que comer por el bajo vientre, pero era bella, padre, y era tan cándida que completaba los loros más baratos con colas de gallos finos para hacerlos pasar por guacamayas, reparaba gallinas baldadas con plumas de abanicos de pavos para venderlas como aves del paraíso, nadie se lo creía, por supuesto, nadie caía por inocente en los orzuelos de la pajarera solitaria que susurraba entre la niebla de los mercados dominicales a ver quién dijo uno y se la lleva gratis, pues todo el mundo la recordaba en el páramo por su ingenuidad y su pobreza, y sin embargo parecía imposible demostrar su identidad porque en los archivos del monasterio donde la habían bautizado no se encontró la hoja de su acta de nacimiento y en cambio se encontraron tres distintas del hijo y en todas era él tres veces distinto, tres veces concebido en tres ocasiones distintas, tres veces parido mal por la gracia de los artífices de la historia patria que habían embrollado los hilos de la realidad para que nadie pudiera descifrar el secreto de su origen, el misterio oculto que sólo el eritreno consiguió rastrear apartando los numerosos engaños superpuestos, pues lo había vislumbrado, mi general, lo tenía al alcance de la mano cuando sonó el disparo inmenso que seguía repercutiendo en los espinazos grises y las cañadas profundas de la cordillera y se oyó el interminable aullido de pavor de la mula desbarrancada que iba cayendo en un vértigo sin fondo desde la cumbre de las nieves perpetuas a través de los climas sucesivos e instantáneos de los cromos de ciencias naturales del precipicio y el nacimiento exiguo de las grandes aguas navegables y las cornisas escarpadas por donde se trepaban a lomo de indio con sus herbarios secretos los doctores sabios de la expedición botánica, y las mesetas de magnolias silvestres donde pacían las ovejas de tibia lana que nos proporcionaban sustento generoso y abrigo y buen ejemplo y las mansiones de los cafetales con sus guirnaldas de papel en los balcones solitarios y sus enfermos interminables y el fragor perpetuo de los ríos turbulentos de los límites arcifinios donde empezaba el calor y había al atardecer unas ráfagas pestilentes de muerto viejo muerto a traición muerto solo en las plantaciones de cacao de grandes hojas persistentes y flores encarnadas y frutos de baya cuyas semillas se usaban como principal ingrediente del chocolate y el sol inmóvil y el polvo ardiente y la cucurbita pepo y la cucurbita melo y las vacas flacas y tristes del departamento del atlántico en la única escuela de caridad a doscientas leguas a la redonda y la exhalación de la mula todavía viva que se despanzurró con una explosión de guanábana suculenta entre las matas de guineo y las gallinitas espantadas del fondo del abismo, carajo, lo venadearon, mi general, lo habían cazado con un rifle de tigre en el desfiladero del Ánima Sola a pesar del amparo de mi autoridad, hijos de puta, a pesar de mis telegramas terminantes, carajo, pero ahora van a saber quién es quién, roncaba, masticaba espuma de hiel no tanto por la rabia de la desobediencia como por la certeza de que algo grande le ocultaban si se habían atrevido a contrariar las centellas de su poder, vigilaba el aliento de quienes lo informaban porque sabía que sólo quien conociera la verdad tendría valor para mentirle, escudriñaba las intenciones secretas del alto mando para ver cuál de ellos era el traidor, tú a quien saqué de la nada, tú a quien puse a dormir en cama de oro después de haberte encontrado por los suelos, tú a quien salvé la vida, tú a quien compré por más dinero que a cualquiera, todos ustedes, hijos de mala madre, pues sólo uno de ellos podía atreverse a deshonrar un telegrama firmado con mi nombre y refrendado con el lacre del anillo de su poder, de modo que asumió el mando personal de la operación de rescate con la orden irrepetible de que en un plazo máximo de cuarentiocho horas lo encuentren vivo y me lo traen y si lo encuentran muerto me lo traen vivo y si no lo encuentran me lo traen, una orden tan inequívoca y temible que antes del plazo previsto le vinieron con la novedad mi general de que lo habían encontrado en los matorrales del precipicio con las heridas cauterizadas por las flores de oro de los frailejones, más vivo que nosotros, mi general, sano y salvo por la virtud de su madre Bendición

Alvarado que una vez más daba muestras de su clemencia y su poder en la propia persona de quien había tratado de perjudicar su memoria, lo bajaron por trochas de indios en una hamaca colgada de un palo con una escolta de granaderos y precedido por un alguacil de a caballo que tocaba un cencerro de misa mayor para que todo el mundo supiera que esto es asunto del que manda, lo pusieron en el dormitorio de invitados de honor de la casa presidencial bajo la responsabilidad inmediata del ministro de la salud hasta que pudo dar término final al terrible expediente escrito de su puño y letra y refrendado con sus iniciales en la margen derecha de cada uno de los trescientos cincuenta folios de cada uno de los estos siete volúmenes que firmo con mi nombre y mi rúbrica y garantizo con mi sello a los catorce días del mes de abril de este año de gracia de Nuestro Señor, yo, Demetrio Aldous, auditor de la Sagrada Congregación del Rito, postulador y promotor de la fe, por mandato de la Constitución Inmensa y para esplendor de la justicia de los hombres en la tierra y mayor gloria de Dios en los cielos afirmo y demuestro que ésta es la única verdad, toda la verdad y nada más que la verdad, excelencia, aquí la tiene. Allí estaba, en efecto, cautiva en siete biblias lacradas, tan ineludible y brutal que sólo un hombre inmune a los hechizos de la gloria y ajeno a los intereses de su poder se atrevió a exponerla en carne viva ante el anciano impasible que lo escuchó sin parpadear abanicándose en el mecedor de mimbre, que apenas suspiraba después de cada revelación mortal, que apenas decía ajá cada vez que veía encenderse la luz de la verdad, ajá, repetía, espantando con el sombrero las moscas de abril alborotadas por las sobras del almuerzo, tragando verdades enteras, amargas, verdades como brasas que le quedaban ardiendo en las tinieblas del corazón, pues todo había sido una farsa, excelencia, un aparato de farándula que él mismo montó sin proponérselo cuando decidió que el cadáver de su madre fuera expuesto a la veneración pública en un catafalco de hielo mucho antes de que nadie pensara en los méritos de tu santidad y sólo por desmentir la maledicencia de que estabas podrida antes de morir, un engaño de circo en el cual él mismo había incurrido sin saberlo desde que le vinieron con la novedad mi general de que su madre Bendición Alvarado estaba haciendo milagros y había ordenado que llevaran el cuerpo en procesión magnífica hasta los rincones más ignotos de su vasto país sin estatuas para que nadie se quedara sin conocer el premio a tus virtudes después de tantos años de mortificaciones estériles, después de tantos pájaros pintados sin ningún beneficio, madre, después de tanto amor sin gracia, aunque nunca se me hubiera ocurrido pensar que aquella orden se había de convertir en la patraña de los falsos hidrópicos a quienes les pagaban para que se desaguaran en público, le habían pagado doscientos pesos a un falso muerto que se salió de la sepultura y apareció caminando de rodillas entre la muchedumbre espantada con el sudario en piltrafas y la boca llena de tierra, le habían pagado ochenta pesos a una gitana que fingió parir en plena calle un engendro de dos cabezas como castigo por haber dicho que los milagros eran un negocio del gobierno, y eso eran, no había un solo testimonio que no fuera pagado con dinero, una confabulación de ignominia que sin embargo no había sido tramada por sus aduladores con el propósito inocente de complacerlo como lo supuso monseñor Demetrio Aldous en sus primeros escrutinios, no, excelencia, era un sucio negocio de sus prosélitos, el más escandaloso y sacrílego de cuantos había proliferado a la sombra de su poder, pues quienes inventaban los milagros y compraban los testimonios de mentiras eran los mismos secuaces de su régimen que fabricaban y vendían las reliquias del vestido de novia muerta de su madre Bendición Alvarado, ajá, los mismos que imprimían las estampitas y acuñaban las medallas con su retrato de reina, ajá, los que se habían enriquecido con los rizos de su cabello, ajá, con los frasquitos de agua de su costado, ajá, con los sudarios de diagonal donde pintaban con sapolín de puertas el tierno cuerpo de doncella dormida de perfil con la mano en el corazón y que eran despachados por yardas en las trastiendas de los bazares de los hindúes, un infundio descomunal sustentado en el supuesto de que el cadáver continuaba incorrupto ante los ojos ávidos de la muchedumbre interminable que desfilaba por la nave mayor de la catedral, cuando la verdad era bien distinta, excelencia, era que el cuerpo de su madre no estaba conservado por sus virtudes ni por los remiendos de parafina y los engaños de cosméticos que él había decidido por simple soberbia filial sino que estaba disecado mediante las peores artes de taxidermia igual que los animales póstumos de los museos de ciencias como él lo comprobó con mis propias manos, madre, destapé la urna de cristal cuyos emblemas funerarios se desbarataban con el aliento, te quité la corona de azahares del cráneo enmohecido cuyos duros cabellos de crines de potranca habían sido arrancados de raíz hebra por hebra para venderlos como reliquias, te saqué de entre los filamentos de revenidas piltrafas de novia y los residuos áridos y los atardeceres difíciles del salitre de la muerte y apenas si pesaba más que un calabazo en el sol y tenías un olor antiguo de fondo de baúl y se sentía dentro de ti un desasosiego febril que parecía el rumor de tu alma y era el tijereteo de las polillas que te carcomieron por dentro, tus miembros se desbarataban solos cuando quise sostenerte en mis brazos porque te habían desocupado las entrañas de todo lo que sostuvo tu cuerpo vivo de madre feliz dormida con la mano en el corazón y te habían vuelto a rellenar con estropajos de modo que no quedaba de cuanto fue tuyo nada más que un cascarón de hojaldres polvorientas que se desmigajó con sólo levantarlo en el aire fosforescente de las luciérnagas de tus huesos y apenas se oyó el ruido de saltos de pulga de los ojos de vidrio en las losas de la iglesia crepuscular, se volvió nada, era un reguero de escombros de madre demolida que los alguaciles recogieron del suelo con una pala para echarlo otra vez de cualquier modo dentro del cajón ante la impavidez monolítica del sátrapa indescifrable cuyos ojos de iguana no dejaron traslucir la menor emoción ni siquiera cuando se quedó a solas en la berlina sin insignias con el único hombre de este mundo que se había atrevido a ponerlo frente al espejo de la verdad, ambos contemplaban a través de la bruma de los visillos las hordas de menesterosos que se reposaban de la tarde cálida en el relente de los portales donde antes se vendían folletines de crímenes atroces y amores sin fortuna y flores carnívoras y frutos inconcebibles que comprometían la voluntad y donde ahora sólo se sentía la bullaranga ensordecedora del baratillo de reliquias falsas de las ropas y el cuerpo de su madre Bendición Alvarado, mientras él padecía la impresión nítida de que monseñor Demetrio Aldous había interferido su pensamiento cuando apartó la vista de las turbas de inválidos y murmuró que a fin de cuentas algo bueno quedaba del rigor de su escrutinio y era la certidumbre de que esta pobre gente quiere a su excelencia como a su propia vida, pues monseñor Demetrio Aldous había vislumbrado la perfidia dentro de la propia casa presidencial, había visto la codicia en la adulación y el servilismo matrero entre quienes medraban al amparo del poder, y había conocido en cambio una nueva forma de amor en las recuas de menesterosos que no esperaban nada de él porque no esperaban nada de nadie y le profesaban una devoción terrestre que se podía coger con las manos y una fidelidad sin ilusiones que ya quisiéramos nosotros para Dios, excelencia, pero él ni siquiera parpadeó ante el asombro de aquella revelación que en otro tiempo le habría fruncido las entrañas, ni siquiera suspiró sino que meditó para sí mismo con una inquietud recóndita que no más eso faltaba, padre, sólo faltaba que nadie me quisiera ahora que usted se va a disfrutar de la gloria de mi infortunio bajo las cúpulas de oro de su mundo falaz mientras él se quedaba con la carga inmerecida de la verdad sin una madre solícita que lo ayudara a sobrellevarla, más solo que la mano izquierda en esta patria que no escogí por mi voluntad sino que me la dieron hecha como usted la ha visto que es como ha sido desde siempre con este sentimiento de irrealidad, con este olor a mierda, con esta gente sin historia que no cree en nada más que en la vida, ésta es la patria que me impusieron sin preguntarme, padre, con cuarenta grados de calor y noventa y ocho de humedad en la sombra capitonada de la berlina presidencial, respirando polvo, atormentado por la perfidia de la potra que hacía un tenue silbido de cafetera en las audiencias, sin nadie con quien perder una partida de dominó, ni nadie a quien creerle la verdad, padre, métase en mi pellejo,

pero no lo dijo, apenas suspiró, apenas hizo un par-
padeo instantáneo y le suplicó a monseñor Demetrio Aldous que la conversación brutal de aquella
tarde se quedara entre nosotros, usted no me ha dicho nada, padre, yo no sé la verdad, prométamelo,
y monseñor Demetrio Aldous le prometió que por
supuesto su excelencia no conoce la verdad, palabra de hombre. La causa de Bendición Alvarado
fue suspendida por insuficiencia de pruebas, y el
edicto de Roma se divulgó desde los púlpitos con
licencia oficial junto con la determinación del gobierno de reprimir cualquier protesta o tentativa de
desorden, pero la fuerza pública no intervino cuando las hordas de peregrinos indignados hicieron ho-
gueras en la Plaza de Armas con los portones de la
basílica primada y destruyeron a piedras los vitrales de ángeles y gladiadores de la Nunciatura Apostólica, acabaron con todo, mi general, pero él no se
movió de la hamaca, asediaron el convento de las
vizcaínas para dejarlas perecer sin recursos, saquearon las iglesias, las casas de misiones, rompieron todo lo que tenía que ver con los curas, mi general, pero él permaneció inmóvil en la hamaca
bajo la penumbra fresca de las trinitarias hasta que
los comandantes de su estado mayor en pleno se
declararon incapaces de apaciguar los ánimos y
restablecer el orden sin derramamientos de sangre
como se había acordado, y sólo entonces se incorporó, apareció en la oficina al cabo de tantos meses
de desidia y asumió de viva voz y de cuerpo presen-

te la responsabilidad solemne de interpretar la voluntad popular mediante un decreto que concibió por inspiración propia y dictó de su cuenta y riesgo sin prevenir a las fuerzas armadas ni consultar a sus ministros, y en cuyo artículo primero proclamó la santidad civil de Bendición Alvarado por decisión suprema del pueblo libre y soberano, la nombró patrona de la nación, curadora de los enfermos y maestra de los pájaros y se declaró día de fiesta nacional el de la fecha de su nacimiento, y el artículo segundo y a partir de la promulgación del presente decreto se declaró el estado de guerra entre esta nación y las potencias de la Santa Sede con todas las consecuencias que para estos casos establecen el derecho de gentes y los tratados internacionales en vigencia, y en el artículo tercero se ordenó la expulsión inmediata, pública y solemne del señor arzobispo primado y la consiguiente de los obispos, los prefectos apostólicos, los curas y las monjas y cuantas gentes nativas o forasteras tuvieran algo que ver con los asuntos de Dios en cualquier condición y bajo cualquier título dentro de los límites del país y hasta cincuenta leguas marinas dentro de las aguas territoriales, y se ordenó en el artículo cuarto y último la expropiación de los bienes de la iglesia, sus templos, sus conventos, sus colegios, sus tierras de labor con su dotación de herramientas y animales, los ingenios de azúcar, las fábricas y talleres así como todo cuanto le perteneciera en realidad aunque estuviera registrado a nombre de terceros, los cuales bienes pasaban a formar parte del patrimonio póstumo de santa Bendición Alvarado de los pájaros para esplendor de su culto y grandeza de su memoria desde la fecha del presente decreto dictado de viva voz y firmado con el sello del anillo de esta autoridad máxima e inapelable del poder supremo, obedézcase y cúmplase. En medio de los cohetes de júbilo, las campanas de gloria y las músicas de gozo con que se celebró el acontecimiento de la canonización civil, él se ocupó de cuerpo presente de que el decreto fuera cumplido sin maniobras equívocas para estar seguro de que no lo harían víctima de nuevos engaños, volvió a coger las riendas de la realidad con sus firmes guantes de raso como en los tiempos de la gloria grande en que la gente le cerraba el paso en las escaleras para pedirle que restaurara las carreras de caballo en la calle y él mandaba, de acuerdo, que restaurara las carreras de sacos y él mandaba, de acuerdo, y aparecía en los ranchos más míseros a explicar cómo debían echarse las gallinas en los nidos y cómo se castraban los terneros, pues no se había conformado con la comprobación personal de las minuciosas actas de inventarios de los bienes de la iglesia sino que dirigió las ceremonias formales de expropiación para que no quedara ningún resquicio entre su voluntad y los actos cumplidos, cotejó las verdades de los papeles con las verdades engañosas de la vida real, vigiló la expulsión de las comunidades mayores a las cuales se atribuía el propósito de sa-

car escondidos en talegos de doble fondo y corpiños amañados los tesoros secretos del último virrey que permanecían sepultados en cementerios de
pobres a pesar del encarnizamiento con que los
caudillos federales los habían buscado en los largos
años de guerras, y no sólo ordenó que ningún
miembro de la iglesia llevara consigo más equipaje
que una muda de ropa sino que decidió sin apela-
ción que fueran embarcados desnudos como sus
madres los parieron, los rudos curas de pueblo a
quienes les daba los mismo andar vestidos o en
cueros siempre que les cambiaran el destino, los
prefectos de tierras de misiones devastados por la
malaria, los obispos lampiños y dignos, y detrás de
ellos las mujeres, las tímidas hermanas de la caridad, las misioneras cimarronas acostumbradas a
desbravar la naturalez y hacer brotar legumbres en
el desierto, y las vizcaínas esbeltas tocadoras de
clavicordio y las salesianas de manos finas y cuerpos intactos, pues aun en los puros cueros con que
habían sido echadas al mundo era posible distinguir
sus orígenes de clase, la diversidad de su condición
y la desigualdad de su oficio a medida que desfila-
ban por entre bultos de cacao y costales de bagre
salado en el inmenso galpón de la aduana, pasaban
en un tumulto giratorio de ovejas azoradas con los
brazos en cruz sobre el pecho tratando de esconder
la vergüenza de las unas con la de las otras ante el
anciano que parecía de piedra bajo los ventiladores
de aspas, que las miraba sin respirar, sin mover los

ojos del espacio fijo por donde tenía que pasar sin remedio el torrente de mujeres desnudas, las contempló impasible, sin pestañear, hasta que no quedó ni una en el territorio de la nación, pues éstas fueron las últimas mi general, y sin embargo él recordaba sólo una que había separado con un simple golpe de vista del tropel de novicias asustadas, la distinguió entre las otras a pesar de que no era distinta, era pequeña y maciza, robusta, de nalgas opulentas, de tetas grandes y ciegas, de manos torpes, de sexo abrupto, de cabellos cortados con tijeras de podar, de dientes separados y firmes como hachas, de nariz escasa, de pies planos, una novicia mediocre, como todas, pero él sintió que era la única mujer en la piara de mujeres desnudas, la única que al pasar frente a él sin mirarlo dejó un rastro oscuro de animal de monte que se llevó mi aire de vivir y apenas si tuvo tiempo de cambiar la mirada imperceptible para verla por segunda vez para siempre jamás cuando el oficial de los servicios de identificación encontró el nombre por orden alfabético en la nómina y gritó Nazareno Leticia, y ella contestó con voz de hombre, presente. Así la tuvo por el resto de su vida, presente, hasta que las últimas nostalgias se le escurrieron por las grietas de la memoria y sólo permaneció la imagen de ella en la tira de papel en que había escrito Leticia Nazareno de mi alma mira en lo que he quedado sin ti, la escondió en el resquicio donde guardaba la miel de abeja, la releía cuando sabía que no era visto, la

volvía a enrollar después de revivir por un instante
fugaz la tarde inmemorial de lluvias radiantes en
que lo sorprendieron con la novedad mi general de
que te habían repatriado en cumplimiento de una
orden que él no dio, pues no había hecho más que
murmurar Leticia Nazareno mientras contemplaba
el último carguero de ceniza que se hundió en el horizonte, Leticia Nazareno, repitió en voz alta para
no olvidar el nombre, y eso había bastado para que
los servicios de la seguridad presidencial la secues-
traran del convento de Jamaica y la sacaron amor-
dazada y con una camisa de fuerza dentro de una
caja de pino con sunchos lacrados y letreros de alquitrán de frágil do not drop this side up y una licencia de exportación en regla con la debida franquicia consular de dos mil ochocientas copas de
champaña de cristal legítimo para la bodega presidencial, la embarcaron de regreso en la bodega de
un barco carbonero y la pusieron desnuda y narco-
tizada en la cama de capiteles del dormitorio de invitados de honor como él había de recordarla a las
tres de la tarde bajo la luz de harina del mosquitero, tenía el mismo sosiego de sueño natural de
otras tantas mujeres inertes que le habían servido
sin solicitarlas y que él había hecho suyas en aquel
cuarto sin despertarlas siquiera del letargo de luminal y atormentado por un terrible sentimiento de
desamparo y de derrota, sólo que a Leticia Nazareno no la tocó, la contempló dormida con una especie de asombro infantil sorprendido de cuánto

había cambiado su desnudez desde que la vio en los galpones del puerto, le habían rizado el cabello, la habían afeitado por completo hasta los resquicios más íntimos y le habían barnizado de rojo las uñas de las manos y los pies y le habían puesto carmín en los labios y colorete en las mejillas y almizcle en los párpados y exhalaba una fragancia dulce que acabó con tu rastro escondido de animal de monte, qué vaina, la habían echado a perder tratando de componerla, la habían vuelto tan distinta que él no conseguía verla desnuda debajo de los afeites torpes mientras la contemplaba sumergida en el éxtasis de luminal, la vio salir a flote, la vio despertar, la vio verlo, madre, era ella, Leticia Nazareno de mi desconcierto petrificada de terror ante el anciano pétreo que la contemplaba sin clemencia a través de los vapores tenues del mosquitero, asustada de los propósitos imprevisibles de su silencio porque no podía imaginarse que a pesar de sus años incontables y su poder sin medidas él estaba más asustado que ella, más solo, más sin saber qué hacer, tan aturdido e inerme como estuvo la primera vez en que fue hombre con una mujer de soldados a quien sorprendió a medianoche bañándose desnuda en un río y cuya fuerza y tamaño había imaginado por sus resuellos de yegua después de cada zambullida, oía su risa oscura y solitaria en la oscuridad, sentía el regocijo de su cuerpo en la oscuridad pero estaba paralizado de miedo porque seguía siendo virgen aunque ya era teniente de artillería en la tercera

guerra civil, hasta que el miedo de perder la ocasión
fue más decisivo que el miedo del asalto, y entonces
se metió en el agua con todo lo que llevaba encima,
las polainas, el morral, la correa de municiones, el
machete, la escopeta de fisto, ofuscado por tantos
estorbos de guerra y tantos terrores secretos que la
mujer creyó al principio que era alguien que se
había metido a caballo en el agua, pero en seguida
se dio cuenta de que no era más que un pobre hombre asustado y lo acogió en el remanso de su misericordia, lo llevó de la mano en la oscuridad de su
aturdimiento porque él no lograba encontrar los caminos en la oscuridad del remanso, le indicaba con
voz de madre en la oscuridad que te agarres fuerte
de mis hombros para que no te tumbe la corriente,
que no se acuclillara dentro del agua sino que te
arrodilles con fuerza en el fondo respirando despacio para que te alcance el aliento, y él hacía lo que
ella le indicaba con una obediencia pueril pensando
madre mía Bendición Alvarado cómo carajo harán
las mujeres para hacer las cosas como si las estuvieran inventando, cómo harán para ser tan hombres, pensaba, a medida que ella lo iba despojando
de la parafernalia inútil de otras guerras menos temibles y desoladas que aquella guerra solitaria con
el agua al cuello, había muerto de terror al amparo
de aquel cuerpo oloroso a jabón de pino cuando
ella acabó de quitarle las hebillas de las dos correas
y le solté los botones de la bragueta y me quedé
crispada de horror porque no encontré lo que bus-

caba sino el testículo enorme nadando como un sapo en la oscuridad, lo soltó asustada, se apartó, anda con tu mamá que te cambie por otro, le dijo, tú no sirves, pues lo había derrotado el mismo miedo ancestral que lo mantuvo inmóvil ante la desnudez de Leticia Nazareno en cuyo río de aguas imprevisibles no se había de meter ni con todo lo que llevaba encima mientras ella no le prestara el auxilio de su misericordia, él mismo la cubrió con una sábana, le tocaba en el gramófono hasta que se gastó el cilindro la canción de la pobre Delgadina perjudicada por el amor de su padre, le hizo poner flores de fieltro en los floreros para que no se marchitaran como las naturales con la mala virtud de sus manos, hizo todo lo que se le ocurría para hacerla feliz pero mantuvo intacto el rigor del cautiverio y el castigo de la desnudez para que ella entendiera que sería bien atendida y bien amada pero que no tenía ninguna posibilidad de escaparse de aquel destino, y ella lo comprendió tan bien que en la primera tregua del miedo le había ordenado sin pedirle por favor general que me abra la ventana para que entre un poco de fresco, y él la abrió, que la volviera a cerrar porque me da la luna en la cara, la cerró, cumplía sus órdenes como si fueran de amor tanto más obediente y seguro de sí mismo cuanto más cerca se sabía de la tarde de lluvias radiantes en que se deslizó dentro del mosquitero y se acostó vestido junto a ella sin despertarla, participó a solas durante noches enteras de los efluvios secre-

tos de su cuerpo, respiraba su tufo de perra montuna que se fue haciendo más cálido con el paso de
los meses, retoñó el musgo de su vientre, despertó
sobresaltada gritando que se quite de aquí, general,
y él se levantó con su parsimonia densa pero volvió
a acostarse junto a ella mientras dormía y así la
disfrutó sin tocarla durante el primer año de cautiverio hasta que ella se acostumbró a despertar a su
lado sin entender hacia dónde corrían los cauces
ocultos de aquel anciano indescifrable que había
abandonado los halagos del poder y los encantos
del mundo para consagrarse a su contemplación y
su servicio, tanto más desconcertada cuanto más
cerca se sabía él de la tarde de lluvias radiantes en
que se acostó sobre ella mientras dormía como se
había metido en el agua con todo lo que llevaba
puesto, el uniforme sin insignias, las correas del sable, el mazo de llaves, las polainas, las botas de
montar con la espuela de oro, un asalto de pesadilla
que la despertó aterrorizada tratando de quitarse
de encima aquel caballo guarnecido de recados de
guerra, pero él estaba tan resuelto que ella decidió
ganar tiempo con el recurso último de que se quite
los arneses general que me lastima el corazón con
las argollas, y él se los quitó, que se quitara la espuela general que me está maltratando los tobillos
con la estrella de oro, que se sacara el mazo de llaves de la pretina que me tropieza con el hueso de la
cadera, y él terminaba por hacer lo que ella le ordenaba aunque necesitó tres meses para hacerle qui-

tar las correas del sable que me estorban para respirar y otro mes para las polainas que me rompen
el alma con las hebillas, era una lucha lenta y difícil
en que ella lo demoraba sin exasperarlo y él terminaba por ceder para complacerla, de modo que ninguno de los dos supo nunca cómo fue que ocurrió
el cataclismo final poco después del segundo aniversario del secuestro cuando sus tibias y tiernas
manos sin destino tropezaron por casualidad con
las piedras ocultas de la novicia dormida que despertó conmocionada por un sudor pálido y un temblor de muerte y no trató de quitarse ni por las buenas ni por las malas artes el animal cerrero que
tenía encima sino que acabó de conmocionarlo con
la súplica de que te quites las botas que me ensucias mis sábanas de bramante y él se las quitó
como pudo, que te quites las polainas, y los pantalones, y el braguero, que te quites todo mi vida que
no te siento, hasta que él mismo no supo cuándo se
quedó como sólo su madre lo había conocido a la
luz de las arpas melancólicas de los geranios, libe-
rado del miedo, libre, convertido en un bisonte de
lidia que en la primera embestida demolió todo
cuanto encontró a su paso y se fue de bruces en un
abismo de silencio donde sólo se oía el crujido de
maderos de barcos de las muelas apretadas de Nazareno Leticia, presente, se había agarrado de mi
cabello con todos los dedos para no morirse sola en
el vértigo sin fondo en que yo me moría solicitado
al mismo tiempo y con el mismo ímpetu por todas

las urgencias del cuerpo, y sin embargo la olvidó, se quedó solo en las tinieblas buscándose a sí mismo en el agua salobre de sus lágrimas general, en el hilo manso de su baba de buey, general, en el asombro de su asombro de madre mía Bendición Alvarado cómo es posible haber vivido tantos años sin conocer este tormento, lloraba, aturdido por las ansias de sus riñones, la ristra de petardos de sus tripas, el desgarramiento de muerte del tentáculo tierno que le arrancó de cuajo las entrañas y lo convirtió en un animal degollado cuyos tumbos agónicos salpicaban las sábanas nevadas con una materia ardiente y agria que pervirtió en su memoria el aire de vidrio líquido de la tarde de lluvias radiantes del mosquitero, pues era mierda, general, su propia mierda.

Poco antes del anochecer, cuando acabamos de sacar los cascarones podridos de las vacas y pusimos un poco de arreglo en aquel desorden de fábula, aún no habíamos conseguido que el cadáver se pareciera a la imagen de su leyenda. Lo habíamos raspado con fierros de desescamar pescados para quitarle la rémora de fondos de mar, lo lavamos con creolina y sal de piedra para resanarle las lacras de la putrefacción, le empolvamos la cara con almidón para esconder los remiendos de cañamazo y los pozos de parafina con que tuvimos que restaurarle la cara picoteada de pájaros de muladar, le devolvimos el color de la vida con parches de colorete y carmín de mujer en los labios, pero ni siquiera los ojos de vidrio incrustados en las cuencas vacías lograron imponerle el semblante de autoridad que le hacía falta para exponerlo a la contemplación de las muchedumbres. Mientras tanto, en el salón del consejo de gobierno invocábamos la unión de todos contra el despotismo de siglos para repartirse por partes iguales el botín de su poder, pues todos habían vuelto al conjuro de la noticia sigilosa pero incontenible de su muerte, habían vuelto los liberales y los conservadores reconciliados al rescoldo de tantos años de ambiciones postergadas, los generales del mando supremo que habían perdido el oriente de la autoridad, los tres últimos ministros civiles, el arzobispo primado, todos los que él no hubiera querido que estuvieran estaban sentados en torno de la larga mesa de nogal tratando de ponerse de acuerdo sobre la forma en que se debía divulgar la noticia de aquella muerte enorme para impedir la explosión prematura de las muchedumbres en la calle, primero un boletín número uno al filo de la prima noche sobre un ligero percance de salud que había obligado a cancelar los compromisos públicos y las audiencias civiles y militares de su excelencia, luego un segundo boletín médico en el que se anunciaba que el ilustre enfermo se había visto obligado a permanecer en sus habitaciones privadas a consecuencia de una indisposición propia de su edad, y por último, sin ningún anuncio, los dobles rotundos de las campanas de la catedral al amanecer radiante del cálido martes de agosto de una muerte oficial que nadie había de saber nunca a ciencia cierta si en realidad era la suya. Nos encontrábamos inermes ante esa evidencia, comprometidos con un cuerpo pestilente que no éramos capaces de sustituir en el mundo porque él se había negado en sus instancias seniles a tomar ninguna

determinación sobre el destino de la patria después
de él, había resistido con una invencible terquedad
de viejo a cuantas sugerencias se le hicieron desde
que el gobierno se trasladó a los edificios de vidrios
solares de los ministerios y él quedó viviendo solo
en la casa desierta de su poder absoluto, lo encontrábamos caminando en sueños, braceando entre
los destrozos de las vacas sin nadie a quien mandar
como no fueran los ciegos, los leprosos y los paralíticos que no se estaban muriendo de enfermos sino
de antiguos en la maleza de los rosales, y sin embargo era tan lúcido y terco que no habíamos conseguido de él nada más que evasivas y aplazamien-
tos cada vez que le planteábamos la urgencia de ordenar su herencia, pues decía que pensar en el mundo después de uno mismo era algo tan cenizo como
la propia muerte, qué carajo, si al fin y al cabo
cuando yo me muera volverán los políticos a repartirse esta vaina como en los tiempos de los godos,
ya lo verán, decía, se volverán a repartir todo entre
los curas, los gringos y los ricos, y nada para los
pobres, por supuesto, porque ésos estarán siempre
tan jodidos que el día en que la mierda tenga algún
valor los pobres nacerán sin culo, ya lo verán,
decía, citando a alguien de sus tiempos de gloria,
burlándose inclusive de sí mismo cuando nos dijo
ahogándose de risa que por tres días que iba a estar
muerto no valía la pena llevarlo hasta Jerusalén
para enterrarlo en el Santo Sepulcro, y poniéndole
término a todo desacuerdo con el argumento final

de que no importaba que una cosa de entonces no fuera verdad, qué carajo, ya lo será con el tiempo. Tuvo razón, pues en nuestra época no había nadie que pusiera en duda la legitimidad de su historia, ni nadie que hubiera podido demostrarla ni desmentirla si ni siquiera éramos capaces de establecer la identidad de su cuerpo, no había otra patria que la hecha por él a su imagen y semejanza con el espacio cambiado y el tiempo corregido por los designios de su voluntad absoluta, reconstituida por él desde los orígenes más inciertos de su memoria mientras vagaba sin rumbo por la casa de infamias en la que nunca durmió una persona feliz, mientras les echaba granos de maíz a las gallinas que picoteaban en torno de su hamaca y exasperaba a la servidumbre con las órdenes encontradas de que me traigan una limonada con hielo picado que abandonaba intacta al alcance de la mano, que quitaran esa silla de ahí y la pusieran allá y la volvieran a poner otra vez en su puesto para satisfacer de esa forma minúscula los rescoldos tibios de su inmenso vicio de mandar, distrayendo los ocios cotidianos de su poder con el rastreo paciente de los instantes efímeros de su infancia remota mientras cabeceaba de sueño bajo la ceiba del patio, despertaba de golpe cuando lograba atrapar un recuerdo como una pieza del rompecabezas sin límites de la patria antes de él, la patria grande, quimérica, sin orillas, un reino de manglares con balsas lentas y precipicios anteriores a él cuando los hombres eran

tan bravos que cazaban caimanes con las manos
atravesándoles una estaca en la boca, así, nos explicaba con el índice en el paladar, nos contaba que
un viernes santo había sentido el estropicio del
viento y el olor de caspa del viento y vio los nubarrones de langostas que enturbiaron el cielo del mediodía e iban tijereteando cuanto encontraban a su
paso y dejaron el mundo trasquilado y la luz en piltrafas como en las vísperas de la creación, pues él
había vivido aquel desastre, había visto una hilera
de gallos sin cabeza colgados por las patas desangrándose gota a gota en el alero de una casa de vereda grande y destartalada donde acababa de morir
una mujer, había ido de la mano de su madre, descalzo, detrás del cadáver harapiento que llevaron a
enterrar sin cajón sobre una parihuela de carga
azotada por la ventisca de la langosta, pues así era
la patria de entonces, no teníamos ni cajones de
muerto, nada, él había visto un hombre que trató
de ahorcarse con una cuerda ya usada por otro
ahorcado en el árbol de una plaza de pueblo y la
cuerda podrida se reventó antes de tiempo y el pobre hombre se quedó agonizando en la plaza para
horror de las señoras que salieron de misa, pero no
murió, lo reanimaron a palos sin molestarse en averiguar quién era pues en aquella época nadie sabía
quién era quién si no lo conocían en la iglesia, lo
metieron por los tobillos entre los dos tablones de
cepo chino y lo dejaron expuesto a sol y sereno junto con otros compañeros de penas pues así eran

aquellos tiempos de godos en que Dios mandaba más que el gobierno, los malos tiempos de la patria antes de que él diera la orden de cortar los árboles de las plazas de los pueblos para impedir el terrible espectáculo de los ahorcados dominicales, había prohibido el cepo público, los entierros sin cajón, todo cuanto pudiera despertar en la memoria las leyes de ignominia anteriores a su poder, había construido el tren de los páramos para acabar con la infamia de las mulas aterrorizadas en las cornisas de los precipicios llevando a cuestas los pianos de cola para los bailes de máscaras de las haciendas de café, pues él había visto también el desastre de los treinta pianos de cola destrozados en un abismo y de los cuales se había hablado y escrito tanto hasta en el exterior aunque sólo él podía dar un testimonio verídico, se había asomado a la ventana por casualidad en el instante preciso en que resbaló la última mula y arrastró a las demás al abismo, de modo que nadie más que él había oído el aullido de terror de la recua desbarrancada y el acorde sin término de los pianos que cayeron con ella sonando solos en el vacío, precipitándose hacia el fondo de una patria que entonces era como todo antes de él, vasta e incierta, hasta el extremo de que era imposible saber si era de noche o de día en aquella especie de crepúsculo eterno de la neblina de vapor cálido de las cañadas profundas donde se despedazaron los pianos importados de Austria, él había visto eso y muchas otras cosas de aquel mundo remoto aun-

que ni él mismo hubiera podido precisar sin lugar a
dudas si de veras eran recuerdos propios o si los
había oído contar en las malas noches de calenturas de las guerras o si acaso no los había visto en
los grabados de los libros de viajes ante cuyas láminas permaneció en éxtasis durante las muchas horas vacías de las calmas chichas del poder, pero
nada de eso importaba, qué carajo, ya verán que
con el tiempo será verdad, decía, consciente de que
su infancia real no era ese légamo de evocaciones
inciertas que sólo recordaba cuando empezaba el
humo de las bostas y lo olvidaba para siempre sino
que en realidad la había vivido en el remanso de mi
única y legítima esposa Leticia Nazareno que lo
sentaba todas las tardes de dos a cuatro en un taburete escolar bajo la pérgola de trinitarias para enseñarle a leer y escribir, ella había puesto su tenaci-
dad de novicia en esa empresa heroica y él corres-
pondió con su terrible paciencia de viejo, con la terrible voluntad de su poder sin límites, con todo mi
corazón, de modo que cantaba con toda el alma el
tilo en la tuna el lilo en la tina el bonete nítido, cantaba sin oírse ni que nadie lo oyera entre la bulla de
los pájaros alborotados de la madre muerta que el
indio envasa la untura en la lata, papá coloca el tabaco en la pipa, Cecilia vende cera cerveza cebada
cebolla cerezas cecina y tocino, Cecilia vende todo,
reía, repitiendo en el fragor de las chicharras la lección de leer que Leticia Nazareno cantaba al compás de su metrónomo de novicia, hasta que el ámbi-

to del mundo quedó saturado de las criaturas de tu voz y no hubo en su vasto reino de pesadumbre otra verdad que las verdades ejemplares de la cartilla, no hubo nada más que la luna en la nube, la bola y el banano, el buey de don Eloy, la bonita bata de Otilia, las lecciones de leer que él repetía a toda hora y en todas partes como sus retratos aun en presencia del ministro del tesoro de Holanda que perdió el rumbo de una visita oficial cuando el anciano sombrío levantó la mano con el guante de raso en las tinieblas de su poder insondable e interrumpió la audiencia para invitarlo a cantar conmigo mi mamá me ama, Ismael estuvo seis días en la isla, la dama come tomate, imitando con el índice el compás del metrónomo y repitiendo de memoria la lección del martes con una dicción perfecta pero con tan mal sentido de la oportunidad que la entrevista terminó como él lo había querido con el aplazamiento de los pagarés holandeses para una ocasión más propicia, para cuando hubiera tiempo, decidió, ante el asombro de los leprosos, los ciegos, los paralíticos que se alzaron al amanecer entre las breñas nevadas de los rosales y vieron al anciano de tinieblas que impartió una bendición silenciosa y cantó tres veces con acordes de misa mayor yo soy el rey y amo la ley, cantó, el adivino se dedica a la bebida, cantó, el faro es una torre muy alta con un foco luminoso que dirige en la noche al que navega, cantó, consciente de que en las sombras de su felicidad senil no había más tiempo que el de Leticia Nazareno de mi vida en el caldo de camarones de los retozos sofocantes de la siesta, no había más ansias que las de estar desnudo contigo en la estera empapada en sudor bajo el murciélago cautivo del ventilador eléctrico, no había más luz que la de tus nalgas, Leticia, nada más que tus tetas totémicas, tus pies planos, tu ramita de ruda para un remedio, los eneros opresivos de la remota isla de Antigua donde viniste al mundo en una madrugada de soledad surcada por un viento ardiente de ciénagas podridas, se habían encerrado en el aposento de invitados de honor con la orden personal de que nadie se acerque a cinco metros de esa puerta que voy a estar muy ocupado aprendiendo a leer y a escribir, así que nadie lo interrumpió ni siquiera con la novedad mi general de que el vómito negro estaba haciendo estragos en la población rural mientras el compás de mi corazón se adelantaba al metrónomo por la fuerza invisible de tu olor de animal de monte, cantando que el enano baila en un solo pie, la mula va al molino, Otilia lava la tina, baca se escribe con be de burro, cantaba, mientras Leticia Nazareno le apartaba el testículo herniado para limpiarle los restos de la caca del último amor, lo sumergía en las aguas lustrales de la bañera de peltre con patas de león y lo jabonaba con jabón de reuter y lo despercudía con estropajos y lo enjuagaba con agua de frond..s hervidas cantando a dos voces con jota se escribe jengibre jofaina y jinete, le embadurnaba las bisagras de las piernas con manteca de cacao para aliviarle las escaldaduras del braguero, le empolvaba con ácido bórico la estrella mustia del culo y le daba nalgadas de madre tierna por tu mal comportamiento con el ministro de Holanda, plas, plas, le pidió como penitencia que permitiera el regreso al país de las comunidades de pobres para que volvieran a hacerse cargo de orfanatos y hospitales y otras casas de caridad, pero él la envolvió en el aura lúgubre de su rencor implacable, ni de vainas, suspiró, no había un poder de este mundo ni del otro que lo hiciera contrariar una determinación tomada por él mismo de viva voz, ella le pidió en las asmas del amor de las dos de la tarde que me concedas una cosa, mi vida, sólo una, que regresaran las comunidades de los territorios de misiones que trabajaban al margen de las veleidades del poder, pero él le contestó en las ansias de sus resuellos de marido urgente que ni de vainas mi amor, primero muerto que humillado por esa cáfila de polleros que ensillan indios en vez de mulas y reparten collares de vidrios de colores a cambio de narigueras y arracadas de oro, ni de vainas, protestó, insensible a las súplicas de Leticia Nazareno de mi desventura que se había cruzado de piernas para pedirle la restitución de los colegios confesionales incautados por el gobierno, la desamortización de los bienes de manos muertas, los trapiches de caña, los templos convertidos en cuarteles, pero él se volteó de cara a la pared dispuesto a renunciar al tormento insaciable de tus amores lentos y abismales

antes que dar mi brazo a torcer en favor de esos
bandoleros de Dios que durante siglos se han ali-
mentado de los hígados de la patria, ni de vainas,
decidió, y sin embargo volvieron mi general, regre-
saron al país por las rendijas más estrechas las comunidades de pobres de acuerdo con su orden con-
fidencial de que desembarcaran sin ruido en ense-
nadas secretas, les pagaron indemnizaciones des-
mesuradas, se restituyeron con creces los bienes expropiados y fueron abolidas las leyes recientes del
matrimonio civil, el divorcio vincular, la educación
laica, todo cuanto él había dispuesto de viva voz en
las rabias de la fiesta de burlas del proceso de santi-
ficación de su madre Bendición Alvarado a quien
Dios tenga en su santo reino, qué carajo, pero Leticia Nazareno no se conformó con tanto sino que
pidió más, le pidió que pongas la oreja en mi bajo
vientre para que oigas cantar a la criatura que está
creciendo dentro, pues ella había despertado en mitad de la noche sobresaltada por aquella voz profunda que describía el paraíso acuático de tus entrañas surcadas de atardeceres malva y vientos de
alquitrán, aquella voz interior que le hablaba de los
pólipos de tus riñones, el acero tierno de tus tripas,
el ámbar tibio de tu orina dormida en sus manantiales, y él puso en su vientre el oído que le zumbaba menos y oyó el borboriteo secreto de la criatura
viva de su pecado mortal, un hijo de nuestros vien-
tres obscenos que ha de llamarse Emanuel, que es
el nombre con que los otros dioses conocen a Dios,

y ha de tener en la frente el lucero blanco de su origen egregio y ha de heredar el espíritu de sacrificio de la madre y la grandeza del padre y su mismo destino de conductor invisible, pero había de ser la vergüenza del cielo y el estigma de la patria por su naturaleza ilícita mientras él no se decidiera a consagrar en los altares lo que había envilecido en la cama durante tantos y tantos años de contubernio sacrílego, y entonces se abrió paso por entre las espumas del antiguo mosquitero de bodas con aquel resuello de caldera de barco que le salía del fondo de las terribles rabias reprimidas gritando ni de vainas, primero muerto que casado, arrastrando sus grandes patas de novio escondido por los salones de una casa ajena cuyo esplendor de otra época había sido restaurado después del largo tiempo de tinieblas del luto oficial, los podridos crespones de semana mayor habían sido arrancados de las cornisas, había luz de mar en los aposentos, flores en los balcones, músicas marciales, y todo eso en cumplimiento de una orden que él no había dado pero que fue una orden suya sin la menor duda mi general pues tenía la decisión tranquila de su voz y el estilo inapelable de su autoridad, y él aprobó, de acuerdo, y habían vuelto a abrirse los templos clausurados, y los claustros y cementerios habían sido devueltos a sus antiguas congregaciones por otra orden suya que tampoco había dado pero aprobó, de acuerdo, se habían restablecido las antiguas fiestas de guardar y los usos de la cuaresma y entraban por los balcones abiertos los himnos de júbilo de las muchedumbres que antes cantaban para exaltar su gloria y ahora cantaban arrodilladas bajo el sol ardiente para celebrar la buena nueva de que habían traído a Dios en un buque mi general, de veras, lo habían traído por orden tuya, Leticia, por una ley de alcoba como tantas otras que ella expedía en secreto sin consultarlo con nadie y que él aprobaba en público para que no pareciera ante los ojos de nadie que había perdido los oráculos de su autoridad pues tú eras la potencia oculta de aquellas procesiones sin término que él contemplaba asombrado desde las ventanas de su dormitorio hasta más allá de donde no llegaron las hordas fanáticas de su madre Bendición Alvarado cuya memoria había sido exterminada del tiempo de los hombres, habían esparcido en el viento las piltrafas del traje de novia y el almidón de sus huesos y habían vuelto a poner la lápida al revés en la cripta con las letras hacia dentro para que no perdurara ni la noticia de su nombre de pajarera en reposo pintora de oropéndolas hasta el fin de los tiempos, y todo eso por orden tuya, porque eras tú quien lo había ordenado para que ninguna otra memoria de mujer hiciera sombra a tu memoria, Leticia Nazareno de mi desgracia, hija de puta. Ella lo había cambiado a una edad en que nadie cambia como no sea para morir, había conseguido aniquilar con recursos de cama su resistencia pueril que ni vainas, primero muerto que casado, lo había obligado a ponerse tu brague-

ro nuevo que siéntelo cómo suena como un cencerro de oveja descarriada en la oscuridad, lo obligó
a ponerse tus botas de charol de cuando bailó el
primer valse con la reina, la espuela de oro del talón izquierdo que le había regalado el almirante de
la mar océana para que la llevara hasta la muerte
en señal de la más alta autoridad, tu guerrera de entorchados y borlones de pasamanería y charreteras
de estatua que él no había vuelto a ponerse desde
los tiempos en que aún se podían vislumbrar los
ojos tristes, el mentón pensativo, la mano taciturna
con el guante de raso detrás de los visillos de la carroza presidencial, lo obligó a ponerse tu sable de
guerra, tu perfume de hombre, tus medallas con el
cordón de la orden de los caballeros del Santo Sepulcro que te mandó el Sumo Pontífice por haber
devuelto a la iglesia los bienes expropiados, me ves-
tiste como un altar de feria y me llevaste de madrugada por mis propios pies a la sombría sala de audiencias olorosa a velas de muerto por los gajos de
azahares en las ventanas y los símbolos de la patria
colgados en las paredes, sin testigos, uncido al
yugo de la novicia escayolada con el refajo de lienzo debajo de las auras de muselina para sofocar la
vergüenza de siete meses de desenfrenos ocultos,
sudaban en el sopor del mar invisible que husmeaba sin sosiego alrededor del tétrico salón de fiestas
cuyos accesos habían sido prohibidos por orden suya, las ventanas habían sido amuralladas, habían
exterminado todo rastro de vida en la casa para

que el mundo no conociera ni el rumor más ínfimo
de la enorme boda escondida, apenas si podías respirar de calor por el apremio del varón prematuro
que nadaba entre los líquenes de tinieblas de los
médanos de tus entrañas, pues él había resuelto que
fuera varón, y lo era, cantaba en el subsuelo de tu
ser con la misma voz de manantial invisible con
que el arzobispo primado vestido de pontifical cantaba gloria a Dios en las alturas para que no lo oyeran ni los centinelas adormilados, con el mismo terror de buzo perdido con que el arzobispo primado
encomendó su alma al Señor para preguntarle al
anciano inescrutable lo que nadie hasta entonces ni
después hasta la consumación de los siglos se hubiera atrevido a preguntarle si aceptas por esposa a
Leticia Mercedes María Nazareno, y él apenas
parpadeó, de acuerdo, apenas si le sonaron en el
pecho las medallas de guerra por la presión oculta
del corazón, pero había tanta autoridad en su voz
que la terrible criatura de tus entrañas se revolvió
por completo en su equinoccio de aguas densas y
corrigió su oriente y encontró el rumbo de la luz, y
entonces Leticia Nazareno se torció sobre sí misma
sollozando padre mío y señor compadécete de ésta
tu humilde sierva que mucho se ha complacido en
la desobediencia de tus santas leyes y acepta con
resignación este castigo terrible, pero mordiendo al
mismo tiempo el mitón de encajes para que el ruido
de los huesos desarticulados de su cintura no fuera
a delatar la deshonra oprimida por el refajo de lien-

zo, se puso en cuclillas, se descuartizó en el charco humeante de sus propias aguas y se sacó de entre los enredos de muselina el engendro sietemesino que tenía el mismo tamaño y el mismo aire de desamparo de animal sin hervir de un ternero de vientre, lo levantó con las dos manos tratando de reconocerlo a la luz turbia de las velas del altar improvisado, y vio que era un varón, tal como lo había dispuesto mi general, un varón frágil y tímido que había de llevar sin honor el nombre de Emanuel, como estaba previsto, y lo nombraron general de división con jurisdicción y mando efectivos desde el momento en que él lo puso sobre la piedra de los sacrificios y le cortó el ombligo con el sable y lo reconoció como mi único y legítimo hijo, padre, bautícemelo. Aquella decisión sin precedentes había de ser el preludio de una nueva época, el primer anuncio de los malos tiempos en que el ejército acordonaba las calles antes del alba y hacía cerrar las ventanas de los balcones y desocupaba el mercado a culatazos de rifle para que nadie viera el paso fugitivo del automóvil flamante con láminas de acero blindado y manijas de oro de la escudería presidencial, y quienes se atrevían a atisbar desde las azoteas prohibidas no veían como en otro tiempo al militar milenario con el mentón apoyado en la mano pensativa del guante de raso a través de los visillos bordados con los colores de la bandera sino a la antigua novicia rechoncha con el sombrero de paja con flores de fieltro y la ristra de zorros azules que se colgaba del cuello a pesar del calor, la veíamos descender frente al mercado público los miércoles al amanecer escoltada por una patrulla de soldados de guerra llevando de la mano al minúsculo general de división de no más de tres años de quien era imposible creer por su gracia y su languidez que no fuera una niña disfrazada de militar con el uniforme de gala con entorchados de oro que parecía crecerle en el cuerpo, pues Leticia Nazareno se lo había puesto desde antes de la primera dentición cuando lo llevaba en la cuna de ruedas a presidir los actos oficiales en representación de su padre, lo llevaba en brazos cuando pasaba revista a sus ejércitos, lo levantaba por encima de su cabeza para que recibiera la ovación de las muchedumbres en el estadio de pelota, lo amamantaba en el automóvil descubierto durante los desfiles de las fiestas patrias sin pensar en las burlas íntimas que suscitaba el espectáculo público de un general de cinco soles prendido con un éxtasis de ternero huérfano en el pezón de su madre, asistió a las recepciones diplomáticas desde que estuvo en condiciones de valerse de sí mismo, y entonces llevaba además del uniforme las medallas de guerra que escogía a su gusto en el estuche de condecoraciones que su padre le prestaba para jugar, y era un niño serio, raro, sabía tenerse en público desde los seis años sosteniendo en la mano la copa de jugo de frutas en vez de champaña mientras hablaba de asuntos de persona mayor con una propiedad y una gracia natu-

231

rales que no había heredado de nadie, aunque más de una vez ocurrió que un nubarrón oscuro atravesó la sala de fiestas, se detuvo el tiempo, el delfín pálido investido de los más altos poderes había sucumbido en el sopor, silencio, susurraban, el general chiquito está dormido, lo sacaron en brazos de sus edecanes a través de los diálogos truncos y los gestos petrificados de la audiencia de sicarios de lujo y señoras púdicas que apenas se atrevían a murmurar reprimiendo la risa del bochorno detrás de los abanicos de plumas, qué horror, si el general lo supiera, porque él dejaba prosperar la creencia que él mismo había inventado de que era ajeno a todo cuanto ocurría en el mundo que no estuviera a la altura de su grandeza así fueran los desplantes públicos del único hijo que había aceptado como suyo entre los incontables que había engendrado, o las atribuciones desmedidas de mi única y legítima esposa Leticia Nazareno que llegaba al mercado los miércoles al amanecer llevando de la mano a su general de juguete en medio de la escolta bulliciosa de sirvientas de cuartel y ordenanzas de asalto trasfigurados por ese raro resplandor visible de la conciencia que precede a la salida inminente del sol en el Caribe, se hundían hasta la cintura en el agua pestilente de la bahía para entrar a saco en los veleros de parches remendados que fondeaban en el antiguo puerto negrero estibados con flores de la Martinica y rizones de jengibre de Paramaribo, arrasaban a su paso con la pesca viva en una reba-

tiña de guerra, se la disputaban a los cerdos con culatazos de rifle en torno de la antigua báscula de es-
clavos todavía en servicio donde otro miércoles de
otra época de la patria antes de él habían rematado
en subasta pública a una senegalesa cautiva que
costó más que su propio peso en oro por su hermosura de pesadilla, acabaron con todo mi general,
fue peor que la langosta, peor que el ciclón, pero él
permanecía impasible ante el escándalo creciente
de que Leticia Nazareno irrumpía como no se hubiera atrevido él mismo en la galería abigarrada del
mercado de pájaros y legumbres perseguida por el
alboroto de los perros callejeros que les ladraban
asustados a los ojos de vidrios atónitos de los zorros azules, se movía con un dominio procaz de su
autoridad entre las esbeltas columnas de hierro
bordado bajo las ramazones de hierro con grandes
hojas de vidrios amarillos, con manzanas de vidrios
rosados, con cornucopias de riquezas fabulosas de
la flora de vidrios azules de la gigantesca bóveda de
luces donde escogía las frutas más apetitosas y las
legumbres más tiernas que sin embargo se marchitaban en el instante en que ella las tocaba, inconsciente de la mala virtud de sus manos que hacían
crecer el musgo en el pan todavía tibio y había renegrido el oro de su anillo matrimonial, así que se
soltaba en improperios contra las vivanderas por
haber escondido el mejor bastimento y sólo habían
dejado para la casa del poder esta miseria de man-
gos de puerco, rateras, esta ahuyama que suena

233

por dentro como un calabazo de músico, malpari-
das, esta mierda de costillar con la sangraza agusa-
nada que se conoce a leguas que no es de buey sino
de burro muerto de peste, hijas de mala madre, se
desgañitaba, mientras las sirvientas con sus canas-
tos y los ordenanzas con sus artesas de abrevadero
arrasaban con cuanta cosa de comer encontraban
a la vista, sus gritos de corsaria eran más estridentes que el fragor de los perros enloquecidos por el
relente de escondrijos nevados de las colas de los
zorros azules que ella se hacía llevar vivos de la isla
del príncipe Eduardo, más hirientes que la réplica
sangrienta de las guacamayas deslenguadas cuyas
dueñas les enseñaban en secreto lo que ellas mismas no se podían dar el gusto de gritar Leticia la-
drona, monja puta, lo chillaban encaramadas en las
ramazones de hierro del follaje de vidrios de colores polvorientos del dombo del mercado donde se
sabían a salvo del soplo de devastación de aquel
zambapalo de bucaneros que se repitió todos los
miércoles al amanecer durante la infancia bulliciosa
del minúsculo general de embuste cuya voz se
volvía más afectuosa y sus ademanes más dulces
cuanto más hombre trataba de parecer con el sable
de rey de la baraja que todavía le arrastraba al caminar, se mantenía imperturbable en medio de la
rapiña, se mantenía sereno, altivo, con el decoro in-
flexible que su madre le había inculcado para que
mereciera la flor de la estirpe que ella misma despilfarraba en el mercado con sus ímpetus de perra fu-

riosa y sus improperios de turca bajo la mirada incólume de las ancianas negras de turbantes de trapos de colores radiantes que soportaban los insultos y contemplaban el saqueo abanicándose sin parpadear con una quietud abismal de ídolos sentados, sin respirar, rumiando bolas de tabaco, bolas de coca, medicinas de parsimonia que les permitían sobrevivir a tanta ignominia mientras pasaba el asalto feroz de la marabunta y Leticia Nazareno se abría paso con su militar de pacotilla a través de los espinazos erizados de los perros frenéticos y gritaba desde la puerta que le pasen la cuenta al gobierno, como siempre, y ellas apenas suspiraban, Dios mío, si el general lo supiera, si hubiera alguien capaz de contárselo, engañadas con la ilusión de que él siguió ignorando hasta la ahora de su muerte lo que todo el mundo sabía para mayor escándalo de su memoria que mi única y legítima esposa Leticia Nazareno había desguarnecido los bazares de los hindúes de sus terribles cisnes de vidrio y espejos con marcos de caracoles y ceniceros de coral, desvalijaba de tafetanes mortuorios las tiendas de los sirios y se llevaba a puñados los sartales de pescaditos de oro y las higas de protección de los plateros ambulantes de la calle del comercio que le gritaban en su cara que eres más zorra que las leticias azules que llevaba colgadas del cuello, cargaba con todo cuanto encontraba a su paso para satisfacer lo único que le quedaba de su antigua condición de novicia que era su mal gusto pueril y el vicio de pedir sin necesidad, sólo que entonces no tenía que mendigar por el amor de Dios en los zaguanes perfumados de jazmines del barrio de los virreyes sino que cargaba en furgones militares cuanto le complacía a su voluntad sin más sacrificios de su parte que la orden perentoria de que le pasen la cuenta al gobierno. Era tanto como decir que le cobraran a Dios, porque nadie sabía desde entonces si él existía a ciencia cierta, se había vuelto invisible, veíamos los muros fortificados en la colina de la Plaza de Armas, la casa del poder con el balcón de los discursos legendarios y las ventanas de visillos de encajes y macetas de flores en las cornisas que de noche parecía un buque de vapor navegando en el cielo, no sólo desde cualquier sitio de la ciudad sino también desde siete leguas en el mar después de que la pintaron de blanco y la iluminaron con globos de vidrio para celebrar la visita del conocido poeta Rubén Darío, aunque ninguno de esos signos demostraba a ciencia cierta que él estuviera ahí, al contrario, pensábamos con buenas razones que aquellos alardes de vida eran artificios militares para tratar de desmentir la versión generalizada de que él había sucumbido a una crisis de misticismo senil, que había renunciado a los fastos y vanidades del poder y se había impuesto a sí mismo la penitencia de vivir el resto de sus años en un tremendo estado de postración con cilicios de privaciones en el alma y toda clase de hierros de mortificación en el cuerpo, sin nada más que pan de centeno para

comer y agua de pozo para beber, ni nada más
para dormir que las losas del suelo pelado de una
celda de clausura del convento de las vizcaínas hasta expiar el horror de haber poseído contra su voluntad y haber fecundado de varón a una mujer
prohibida que sólo porque Dios es grande no había
recibido todavía las órdenes mayores, y sin embargo nada había cambiado en su vasto reino de pesadumbre porque Leticia Nazareno tenía las claves
de su poder y le bastaba con decir que él mandaba
a decir que le pasen la cuenta al gobierno, una fórmula antigua que al principio parecía muy fácil de
sortear pero que se fue haciendo cada vez más temible, hasta que un grupo de acreedores decididos
se atrevió a presentarse al cabo de muchos años
con una maleta de facturas pendientes en el retén
de la casa presidencial y nos encontramos con el
asombro de que nadie nos dijo que sí ni que no sino
que nos mandaron con un soldado de servicio a
una discreta sala de espera donde nos recibió un
oficial de marina muy amable, muy joven, de voz
reposada y ademanes sonrientes que nos brindó
una taza del café tenue y fragante de las cosechas
presidenciales, nos mostró las oficinas blancas y
bien iluminadas con redes metálicas en las ventanas
y ventiladores de aspas en el cielo raso, y todo era
tan diáfano y humano que uno se preguntaba perplejo dónde estaba el poder de aquel aire oloroso a
medicina perfumada, dónde estaba la mezquindad
y la inclemencia del poder en la conciencia de aque-

llos escribientes de camisas de seda que goberna-
ban sin prisa y en silencio, nos mostró el patiecito
interior cuyos rosales habían sido podados por Leticia Nazareno para purificar el sereno de la madrugada del mal recuerdo de los leprosos y los ciegos y los paralíticos que fueron mandados a morir
de olvido en asilos de caridad, nos mostró el antiguo galpón de las concubinas, las máquinas de coser herrumbrosas, los catres de cuartel donde las
esclavas del serrallo habían dormido hasta en grupos de tres en celdas de oprobio que iban a ser de-
molidas para construir en su lugar la capilla priva-
da, nos mostró desde una ventana interior la galería
más íntima de la casa civil, el cobertizo de trinitarias doradas por el sol de las cuatro en el cancel de
alfajores de listones verdes donde él acababa de almorzar con Leticia Nazareno y el niño que eran las
únicas personas con franquicia para sentarse a su
mesa, nos mostró la ceiba legendaria a cuya sombra colgaban la hamaca de lino con los colores de
la bandera donde él hacía la siesta en las tardes de
más calor, nos mostró los establos de ordeño, las
queseras, los panales, y al regresar por el sendero
que él recorría al amanecer para asistir al ordeño
pareció fulminado por la centella de la revelación y
nos señaló con el dedo la huella de una bota en el
barro, miren, dijo, es la huella de él, nos quedamos
petrificados contemplando aquella impronta de una
suela grande y basta que tenía el esplendor y el dominio en reposo y el tufo de sarna vieja del rastro

de un tigre acostumbrado a la soledad, y en esa
huella vimos el poder, sentimos el contacto de su
misterio con mucha más fuerza reveladora que
cuando uno de nosotros fue escogido para verlo a
él de cuerpo presente porque los grandes del ejército empezaban a rebelarse contra la advenediza que
había logrado acumular más poder que el mando
supremo, más que el gobierno, más que él, pues Leticia Nazareno había llegado tan lejos con sus ínfulas de reina que el propio estado mayor presidencial asumió el riesgo de franquearle el paso a uno
de ustedes, sólo a uno, para tratar de que él tuviera
al menos una idea ínfima de cómo andaba la patria
a espaldas suyas mi general, y así fue cómo lo vi,
estaba solo en la calurosa oficina de paredes blancas con grabados de caballos ingleses, estaba echado hacia atrás en la poltrona de resortes, debajo del
ventilador de aspas, con el uniforme de dril blanco
y arrugado con botones de cobre y sin insignias de
ninguna clase, tenía la mano derecha con el guante
de raso sobre el escritorio de madera donde no
había nada más que tres pares iguales de espejuelos
muy pequeños con monturas de oro, tenía a sus espaldas una vidriera de libros polvorientos que más
bien parecían libros mayores de contabilidad em-
pastados en cuero humano, tenía a la derecha una
ventana grande y abierta, también con mallas metálicas, a través de la cual se veía la ciudad entera y
todo el cielo sin nubes ni pájaros hasta el otro lado
del mar, y yo sentí un grande alivio porque él se

mostraba menos consciente de su poder que cualquiera de sus partidarios y era más doméstico que en sus fotografías y también más digno de compasión pues todo en él era viejo y arduo y parecía minado por una enfermedad insaciable, tanto que no tuvo aliento para decirme que me sentara sino que me lo indicó con un gesto triste del guante de raso, escuchó mis razones sin mirarme, respirando con un silbido tenue y difícil, un silbido recóndito que dejaba en la habitación un relente de creosota, concentrado a fondo en el examen de las cuentas que yo representaba con ejemplos de escuela porque él no lograba concebir nociones abstractas, de modo que empecé por demostrarle que Leticia Nazareno nos estaba debiendo una cantidad de tafetán igual a dos veces la distancia marítima de Santa María del Altar, es decir, 190 leguas, y él dijo ajá como para sí mismo, y terminé por demostrarle que el total de la deuda con el descuento especial para su excelencia era igual a seis veces el premio mayor de la lotería en diez años, y él volvió a decir ajá y sólo entonces me miró de frente sin los espejuelos y pude ver que sus ojos eran tímidos e indulgentes, y sólo entonces me dijo con una rara voz de armonio que nuestras razones eran claras y justas, a cada quién lo suyo, dijo, que le pasen la cuenta al gobierno. Así era, en realidad, por la época en que Leticia Nazareno lo había vuelto a hacer desde el principio sin los escollos montaraces de su madre Bendición Alvarado, le quitó la costumbre de comer caminando con el

plato en una mano y la cuchara en la otra y comían
los tres en una mesita de playa bajo el cobertizo de
trinitarias, él frente al niño y Leticia Nazareno entre los dos enseñándoles las normas de urbanidad y
de la buena salud en el comer, les enseñó a mantenerse con la espina dorsal apoyada en el espaldar
de la silla, el tenedor en la mano izquierda, el cuchillo en la derecha, masticando cada bocado quince
veces de un lado y quince veces del otro con la
boca cerrada y la cabeza recta sin hacer caso de
sus protestas de que tantos requisitos parecían cosas de cuartel, le enseñó a leer después del almuerzo el periódico oficial en el que figuraba él mismo
como patrono y director honorario, se lo ponía en
las manos cuando lo veía acostado en la hamaca a
la sombra de la ceiba gigantesca del patio familiar
diciéndole que no era concebible que todo un jefe
de estado no estuviera al corriente de lo que pasaba
en el mundo, le ponía los espejuelos de oro y lo dejaba chapaleando en la lectura de sus propias noticias mientras ella adiestraba al niño en el deporte
de novicias de lanzarse y devolverse una pelota de
caucho, mientras él se encontraba a sí mismo en fotografías tan antiguas que muchas de ellas no eran
suyas sino de un antiguo doble que había muerto
por él y cuyo nombre no recordaba, se encontraba
presidiendo los consejos de ministros del martes a
los cuales no asistía desde los tiempos del cometa,
se enteraba de frases históricas que le atribuían sus
ministros de letras, leía cabeceando en el bochorno

de los nubarrones errantes de las tardes de agosto, se sumergía poco a poco en la mazmorra de sudor de la siesta murmurando qué mierda de periódico, carajo, no entiendo cómo se lo aguanta la gente, murmuraba, pero algo debía quedarle de aquellas lecturas sin gracia porque despertaba del sueño corto y tenue con alguna idea nueva inspirada en las noticias, mandaba órdenes a sus ministros con Leticia Nazareno, le contestaban con ella tratando de vislumbrar su pensamiento por el pensamiento de ella, porque tú eras lo que yo había querido que fueras la intérprete de mis más altos designios, tú eras mi voz, eras mi razón y mi fuerza, era su oído más fiel y más atento en el rumor de lavas perpetuas del mundo inaccesible que lo asediaba, aunque en realidad los últimos oráculos que regían su destino eran los letreros anónimos escritos en las paredes de los excusados del personal de servicio, en los cuales descifraba las verdades recónditas que nadie se hubiera atrevido a revelarle, ni siquiera tú, Leticia, los leía al amanecer de regreso del ordeño antes de que los borraran los ordenanzas de la limpieza y había ordenado encalar a diario los muros de los retretes para que nadie resistiera a la tentación de desahogarse de sus rencores ocultos, allí conoció las amarguras del mando supremo, las intenciones reprimidas de quienes medraban a su sombra y lo repudiaban a sus espaldas, se sentía dueño de todo su poder cuando conseguía penetrar un enigma del corazón humano en el espejo revelador del papel de la canalla, volvió a cantar al cabo de tantos años contemplando a través de las brumas del mosquitero el sueño matinal de ballena varada de su única y legítima esposa Leticia Nazareno, levántate, cantaba, son las seis de mi corazón, el mar está en su puesto, la vida sigue, Leticia, la vida imprevisible de la única de sus tantas mujeres que lo había conseguido todo de él menos el privilegio fácil de que amaneciera con ella en la cama, pues él se iba después del último amor, colgaba la lámpara de salir corriendo en el dintel de su dormitorio de soltero viejo, pasaba las tres aldabas, los tres cerrojos, los tres pestillos, se tiraba bocabajo en el suelo, solo y vestido, como lo había hecho todas las noches antes de ti, como lo hizo sin ti hasta la última noche de sus sueños de ahogado solitario, regresaba después del ordeño a tu cuarto oloroso a bestia de oscuridad para seguirte dando cuanto quisieras, mucho más que la herencia sin medidas de su madre Bendición Alvarado, mucho más de lo que ningún ser humano había soñado sobre la tierra, no sólo para ella sino también para sus parientes inagotables que llegaban desde los cayos incógnitos de las Antillas sin otra fortuna que el pellejo que llevaban puesto ni más títulos que los de su identidad de Nazarenos, una familia áspera de varones intrépidos y mujeres abrasadas por la fiebre de la codicia que se habían tomado por asalto los estancos de la sal, el tabaco, el agua potable, los antiguos privilegios con que él había favorecido a los comandantes de las distintas armas para mantenerlos apartados de otra clase de ambiciones y que Leticia Nazareno les había ido arrebatando poco a poco por órdenes suyas que él no daba pero aprobó, de acuerdo, había abolido el sistema bárbaro de ejecución por descuartizamiento con caballos y había tratado de poner en su lugar la silla eléctrica que le había regalado el comandante del desembarco para que también nosotros disfrutáramos del método más civilizado de matar, había visitado el laboratorio de horror de la fortaleza del puerto donde escogían a los presos políticos más exhaustos para entrenarse en el manejo del trono de la muerte cuyas descargas absorbían el total de la potencia eléctrica de la ciudad, conocíamos la hora exacta del experimento mortal porque nos quedábamos un instante en las tinieblas con el aliento tronchado de horror, guardábamos un minuto de silencio en los burdeles del puerto y nos tomábamos una copa por el alma del sentenciado, no una vez sino muchas veces, pues la mayoría de las víctimas se quedaban colgadas de las correas de la silla con el cuerpo amorcillado y echando humos de carne asada pero todavía resollando de dolor hasta que alguien tuviera la piedad de acabar de matarlos a tiros después de varias tentativas frustradas, todo por complacerte, Leticia, por ti había desocupado los calabozos y autorizó de nuevo la repatriación de sus enemigos y promulgó un bando de pascua para que nadie fuera castigado por divergencias de opinión ni perseguido por

asuntos de su fuero interno, convencido de corazón
en la plenitud de su otoño de que aun sus adversa-
rios más encarnizados tenían derecho a compartir
la placidez de que él gozaba en las noches absortas
de enero con la única mujer que mereció la gloria
de verlo sin camisa y con los calzoncillos largos y
la enorme potra dorada por la luna en la terraza de
la casa civil, contemplaban juntos los sauces miste-
riosos que por aquellas Navidades les mandaron
los reyes de Babilonia para que los sembraran en el
jardín de la lluvia, disfrutaban del sol astillado a
través de las aguas perpetuas, gozaban de la estrella polar enredada en sus frondas, escudriñaban el
universo en los números de la radiola interferida
por las rechiflas de burla de los planetas fugitivos,
escuchaban juntos el episodio diario de las novelas
habladas de Santiago de Cuba que les dejaba en el
alma el sentimiento de zozobra de si todavía mañana estaremos vivos para saber cómo se arregla esta
desgracia, él jugaba con el niño antes de acostarlo
para enseñarle todo lo que era posible saber sobre
el uso y mantenimiento de las armas de guerra que
era la ciencia humana que él conocía mejor que nadie, pero el único consejo que le dio fue que nunca
impartiera una orden si no estás seguro de que la
van a cumplir, se lo hizo repetir tantas veces cuantas creyó necesarias para que el niño no olvidara
nunca que el único error que no puede cometer ni
una sola vez en toda su vida un hombre investido
de autoridad y mando es impartir una orden que no

esté seguro de que será cumplida, un consejo que
era más bien de abuelo escaldado que de padre sabio y que el niño no habría olvidado jamás aunque
hubiera vivido tanto como él porque se lo enseñó
mientras lo preparaba para disparar por primera
vez a los seis años de edad un cañón de retroceso a
cuyos estampidos de catástrofe atribuimos la pavorosa tormenta seca de relámpagos y truenos volcá-
nicos y el tremendo viento polar de Comodoro Ri-
vadavia que volteó al revés las entrañas del mar y
se llevó volando un circo de animales acampado en
la plaza del antiguo puerto negrero, sacábamos elefantes en las atarrayas, payasos ahogados, jirafas
subidas en los trapecios por la furia del temporal
que de milagro no echó a pique el barco bananero
en que llegó pocas horas después el joven poeta Fé-
lix Rubén García Sarmiento que había de hacerse
famoso con el nombre de Rubén Darío, por fortuna
se aplacó el mar a las cuatro, el aire lavado se llenó
de hormigas voladoras y él se asomó a la ventana
del dormitorio y vio al socaire de las colinas del
puerto el buquecito blanco escorado a estribor y
con la arboladura desmantelada navegando sin
riesgos en el remanso de la tarde purificada por el
azufre de la tormenta, vio al capitán en el alcázar
dirigiendo la maniobra difícil en honor del pasajero
ilustre de casaca de paño oscuro y chaleco cruzado
a quien él no oyó mencionar hasta la noche del domingo siguiente cuando Leticia Nazareno le pidió
la gracia inconcebible de que la acompañara a la

velada lírica del Teatro Nacional y él aceptó sin parpadear, de acuerdo. Habíamos esperado tres horas de pie en la atmósfera de vapor de la platea sofocados por la vestimenta de gala que nos exigieron de urgencia a última hora, cuando por fin se inició el himno nacional y nos volvimos aplaudiendo hacia el palco señalado con el escudo de la patria donde apareció la novicia regordeta del sombrero de plumas rizadas y las colas de zorros nocturnos sobre el vestido de tafetán, se sentó sin saludar junto al infante en uniforme de noche que había respondido a los aplausos con el lirio de dedos vacíos del guante de raso apretado en el puño como su madre le había dicho que lo hacían los príncipes de otra época, no vimos a nadie más en el palco presidencial, pero durante las dos horas del recital soportamos la certidumbre de que él estaba ahí, sentíamos la presencia invisible que vigilaba nuestro destino para que no fuera alterado por el desorden de la poesía, él regulaba el amor, decidía la intensidad y el término de la muerte en un rincón del palco en penumbra desde donde vio sin ser visto al minotauro espeso cuya voz de centella marina lo sacó en vilo de su sitio y de su instante y lo dejó flotando sin su permiso en el trueno de oro de los claros clarines de los arcos triunfales de Martes y Minervas de una gloria que no era la suya mi general, vio los atletas heroicos de los estandartes los negros mastines de presa los fuertes caballos de guerra de cascos de hierro las picas y lanzas de los pa-

ladines de rudos penachos que llevaban cautiva la
extraña bandera para honor de unas armas que no
eran las suyas, vio la tropa de jóvenes fieros que
habían desafiado los soles del rojo verano las nieves y vientos del gélido invierno la noche y la escar-
cha y el odio y la muerte para esplendor eterno de
una patria inmortal más grande y más gloriosa de
cuantas él había soñado en los largos delirios de
sus calenturas de guerrero descalzo, se sintió pobre
y minúsculo en el estruendo sísmico de los aplausos
que él aprobaba en la sombra pensando madre mía
Bendición Alvarado eso sí es un desfile, no las
mierdas que me organiza esta gente, sintiéndose
disminuido y solo, oprimido por el sopor y los zan-
cudos y las columnas de sapolín de oro y el terciopelo marchito del palco de honor, carajo, cómo es
posible que este indio pueda escribir una cosa tan
bella con la misma mano con que se limpia el culo,
se decía, tan exaltado por la revelación de la belleza
escrita que arrastraba sus grandes patas de elefante
cautivo al compás de los golpes marciales de los
timbaleros, se adormilaba al ritmo de las voces de
gloria del canto sonoro del cálido coro que Leticia
Nazareno recitaba para él a la sombra de los arcos
triunfales de la ceiba del patio, escribía los versos
en las paredes de los retretes, estaba tratando de re-
citar de memoria el poema completo en el olimpo
tibio de mierda de vaca de los establos de ordeño
cuando tembló la tierra con la carga de dinamita
que estalló antes de tiempo en el baúl del automóvil

presidencial estacionado en la cochera, fue terrible
mi general, una conflagración tan potente que muchos meses después todavía encontrábamos por
toda la ciudad las piezas retorcidas del coche blindado que Leticia Nazareno y el niño debían usar
una hora más tarde para hacer el mercado del
miércoles, pues el atentado era contra ella mi general, sin ninguna duda, y entonces él se dio una palmada en la frente, carajo, cómo es posible que no
lo hubiera previsto, qué había sido de su clarividen-
cia legendaria si desde hacía tantos meses que los
letreros de los excusados no estaban dirigidos contra él, como siempre, o contra alguno de sus ministros civiles, sino que estaban inspirados por la au-
dacia de los Nazarenos que había llegado al punto
de mordisquear las prebendas reservadas al mando
supremo, o por las ambiciones de los hombres de
iglesia que obtenían del poder temporal favores
desmedidos y eternos, él había observado que las
diatribas inocentes contra su madre Bendición Alvarado se habían vuelto improperios de guacamaya, pasquines de rencores ocultos que maduraban
en la impunidad tibia de los retretes y terminaban
por salir a la calle como había ocurrido tantas veces con otros escándalos menores que él mismo se
encargaba de precipitar, aunque nunca pensó ni hubiera podido pensar que fueran tan feroces como
para poner dos quintales de dinamita dentro del
propio cerco de la casa civil, matreros, cómo es posible que él anduviera tan absorto en el éxtasis de

los bronces triunfales que su olfato exquisito de tigre cebado no había reconocido a tiempo el viejo y dulce olor del peligro, qué vaina, reunió de urgencia al mando supremo, catorce militares trémulos que al cabo de tantos años de conducto ordinario y órdenes de segunda mano volvíamos a ver a dos brazas de distancia al anciano incierto cuya existencia real era el más simple de sus enigmas, nos recibió sentado en la silla tronal de la sala de audiencias con el uniforme de soldado raso oloroso a meados de mapurito y unos espejuelos muy finos de oro puro que no conocíamos ni en sus retratos más recientes, y era más viejo y más remoto de lo que nadie hubiera podido imaginar, salvo las manos lánguidas sin los guantes de raso que no parecían sus manos naturales de militar sino las de alguien mucho más joven y compasivo, todo lo demás era denso y sombrío, y cuanto más lo reconocíamos era más evidente que apenas le quedaba un último soplo para vivir, pero era el soplo de una autoridad inapelable y devastadora que a él mismo le costaba trabajo mantener a raya como al azogue de un caballo cerrero, sin hablar, sin mover siquiera la cabeza mientras le rendíamos honores de general jefe supremo y acabamos de sentarnos frente a él en las poltronas dispuestas en círculo, y sólo entonces se quitó los espejuelos y empezó a escrutarnos con aquellos ojos meticulosos que conocían los escondrijos de comadreja de nuestras segundas intenciones, los escrutó sin clemencia, uno por uno, tomándose todo el tiempo que le hacía falta para establecer con precisión cuánto había cambiado cada uno de nosotros desde la tarde de brumas de la memoria en que los había ascendido a los grados más altos señalándolos con el dedo según los impulsos de su inspiración, y a medida que los escudriñaba sentía crecer la certidumbre de que entre aquellos catorce enemigos recónditos estaban los autores del atentado, pero al mismo tiempo se sintió tan solo e indefenso frente a ellos que apenas parpadeó, apenas levantó la cabeza para exhortarlos a la unidad ahora más que nunca por el bien de la patria y el honor de las fuerzas armadas, les recomendó energía y prudencia y les impuso la honrosa misión de descubrir sin contemplaciones a los autores del atentado para someterlos al rigor sereno de la justicia marcial, eso es todo, señores, concluyó, a sabiendas de que el autor era uno de ellos, o eran todos, herido de muerte por la convicción ineludible de que la vida de Leticia Nazareno no dependía entonces de la voluntad de Dios sino de la sabiduría con que él lograra preservarla de una amenaza que tarde o temprano se había de cumplir sin remedio, maldita sea. La obligó a cancelar sus compromisos públicos, obligó a sus parientes más voraces a despojarse de cuanto privilegio pudiera tropezar con las fuerzas armadas, a los más comprensivos los nombró cónsules de mano libre y a los más encarnizados los encontrábamos flotando en los manglares de tarulla de los caños del mercado, apareció

sin anunciarse al cabo de tantos años en su sillón
vacío del consejo de ministros dispuesto a poner un
límite a la infiltración del clero en los negocios del
estado para tenerte a salvo de tus enemigos, Leticia, y sin embargo había vuelto a echar sondas profundas en el mando supremo después de las primeras decisiones drásticas y estaba convencido de que
siete de los comandantes le eran leales sin reservas
además del general en jefe que era el más antiguo
de sus compadres, pero todavía carecía de poder
contra los otros seis enigmas que le alargaban las
noches con la impresión ineludible de que Leticia
Nazareno estaba ya señalada por la muerte, se la
estaban matando entre las manos a pesar del rigor
con que hacía probar su comida desde que encontraron una espina de pescado dentro del pan, com-
probaban la pureza del aire que respiraba porque él
había temido que le pusieran veneno en la bomba
del flit, la veía pálida en la mesa, la sentía quedarse
sin voz en mitad del amor, lo atormentaba la idea
de que le pusieran microbios del vómito negro en el
agua de beber, vitriolo en el colirio, sutiles ingenios
de muerte que le amargaban cada instante de aquellos días y lo despertaban a medianoche con la pesadilla vívida de que Leticia Nazareno se había desangrado durante el sueño por un maleficio de indios, aturdido por tantos riesgos imaginarios y
amenazas verídicas que le prohibía salir a la calle
sin la escolta feroz de guardias presidenciales ins-
truidos para matar sin causa, pero ella se iba mi ge-

neral, se llevaba al niño, él se sobreponía al mal presagio para verlos subir en el nuevo automóvil blindado, los despedía con señales de conjuro desde un balcón interior rogando madre mia Bendición Alvarado protégelos, haz que las balas reboten en su corpiño, amansa el láudano, madre, endereza los pensamientos torcidos, sin un instante de sosiego mientras no volviera a sentir las sirenas de la escolta de la Plaza de Armas y veía a Leticia Nazareno y al niño atravesando el patio con las primeras luces del faro, ella volvía agitada, feliz en medio de la custodia de guerreros cargados de pavos vivos, orquídeas de Envigado, ristras de foquitos de colores para las noches de Navidad que ya se anunciaban en la calle con letreros de estrellas luminosas ordenados por él para disimular su ansiedad, la recibía en la escalera para sentirte todavía viva en el relente de naftalina de las colas de zorros azules, en el sudor agrio de tus mechones de inválida, te ayudaba a llevar los regalos al dormitorio con la rara certidumbre de estar consumiendo las últimas migajas de un alborozo condenado que hubiera preferido no conocer, tanto más desolado cuanto más convencido estaba de que cada recurso que concebía para aliviar aquella ansiedad insoportable, cada paso que daba para conjurarla lo acercaba sin piedad al pavoroso miércoles de mi desgracia en que tomó la decisión tremenda de que ya no más, carajo, lo que ha de ser que sea pronto, decidió, y fue como una orden fulminante que no había acabado de concebir cuando dos de sus edecanes irrumpieron en la oficina con la novedad terrible de que a Leticia Nazareno y al niño los habían descuartizado y se los habían comido a pedazos los perros cimarrones del mercado público, se los comieron vivos mi general, pero no eran los mismos perros callejeros de siempre sino unos animales de presa con unos ojos amarillos atónitos y una piel lisa de tiburón que alguien había cebado contra los zorros azules, sesenta perros iguales que nadie supo cuándo saltaron de entre los mesones de legumbres y cayeron encima de Leticia Nazareno y el niño sin darnos tiempo de disparar por miedo de matarlos a ellos que parecía como si estuvieran ahogándose junto con los perros en un torbellino de infierno, sólo veíamos los celajes instantáneos de unas manos efímeras tendidas hacia nosotros mientras el resto del cuerpo iba desapareciendo a pedazos, veíamos unas expresiones fugaces e inasibles que a veces eran de terror, a veces eran de lástima, a veces de júbilo, hasta que acabaron de hundirse en el remolino de la rebatiña y sólo quedó flotando el sombrero de violetas de fieltro de Leticia Nazareno ante el horror impasible de las verduleras totémicas salpicadas de sangre caliente que rezaban Dios mío, esto no sería posible si el general no lo quisiera, o por lo menos si no lo supiera, para deshonra eterna de la guardia presidencial que sólo pudo rescatar sin disparar un tiro los puros huesos dispersos entre las legumbres ensangrentadas, nada más mi general, lo único que encontramos fueron estas medallas del niño, el sable sin las borlas, los zapatos de cordobán de Leticia Nazareno que nadie sabe por qué aparecieron flotando en la bahía como a una legua del mercado, el collar de vidrios de colores, el monedero de malla de almófar que aquí le entregamos en su propia mano mi general, junto con estas tres llaves, el anillo matrimonial de oro renegrido y estos cincuenta centavos en monedas de a diez que pusieron sobre el escritorio para que él las contara, y nada más mi general, era todo cuanto quedaba de ellos. A él le habría dado igual que quedara más, o que quedara menos, si hubiera sabido entonces que no eran muchos ni muy difíciles los años que le harían falta para exterminar hasta el último vestigio del recuerdo de aquel miércoles inevitable, lloró de rabia, despertó gritando de rabia atormentado por los ladridos de los perros que pasaron la noche en las cadenas del patio mientras él decidía qué hacemos con ellos mi general, preguntándose aturdido si matar a los perros no sería otra manera de matar de nuevo en sus entrañas a Leticia Nazareno y al niño, ordenó derribar la cúpula de hierro del mercado de legumbres y construir en su lugar un jardín de magnolias y codornices con una cruz de mármol con una luz más alta y más intensa que la del faro para perpetuar en la memoria de las generaciones futuras hasta el fin de los siglos el recuerdo de una mujer histórica que él mismo había olvidado mucho antes de que el monumento fuera demolido por una explosión nocturna que nadie reivindicó, y a las magnolias se las comieron los cerdos y el jardín memorable quedó convertido en un muladar de cieno pestilente que él no conoció, no sólo porque había ordenado al chófer presidencial que eludiera el paso por el antiguo mercado de legumbres aunque tengas que darle la vuelta al mundo, sino porque no volvió a salir a la calle desde que mandó las oficinas para los edificios de vidrios solares de los ministerios y se quedó sólo con el personal mínimo para vivir en la casa desmantelada donde no quedaba entonces por orden suya ni el vestigio menos visible de tus urgencias de reina, Leticia, se quedó vagando en la casa vacía sin más oficio conocido que las consultas eventuales de los altos mandos o la decisión final de un consejo de ministros difícil o las visitas perniciosas del embajador Wilson que solía acompañarlo hasta bien entrada la tarde bajo la fronda de la ceiba y le llevaba caramelos de Baltimore y revistas con cromos de mujeres desnudas para tratar de convencerle de que le diera las aguas territoriales a buena cuenta de los servicios descomunales de la deuda externa, y él lo dejaba hablar, aparentaba oír menos o más de lo que podía oír en realidad según sus conveniencias, se defendía de su labia oyendo el coro de la pajarita pinta paradita en el verde limón en la cercana escuela de niñas, lo acompañaba hasta las escaleras con las primeras sombras tratando de explicarle que podía llevarse todo lo que quisiera menos el mar de mis ventanas, imagínese, qué haría yo solo en esta casa tan grande si no pudiera verlo ahora como siempre a esta hora como una ciénaga en llamas, qué haría sin los vientos de diciembre que se meten ladrando por los vidrios rotos, cómo podría vivir sin las ráfagas verdes del faro, yo que abandoné mis páramos de niebla y me enrolé agonizando de calenturas en el tumulto de la guerra federal, y no crea usted que lo hice por el patriotismo que dice el diccionario, ni por espíritu de aventura, ni menos porque me importaran un carajo los principios federalistas que Dios tenga en su santo reino, no mi querido Wilson, todo eso lo hice por conocer el mar, de modo que piense en otra vaina, decía, lo despedía en la escalera con una palmadita en el hombro, regresaba encendiendo las lámparas de los salones desiertos de las antiguas oficinas donde una de esas tardes encontró una vaca extraviada, la espantó hacia las escaleras y el animal tropezó con los remiendos de las alfombras y se fue de bruces y cayó peloteando y se desnucó en las escaleras para gloria y sustento de los leprosos que se precipitaron a destrozarla, pues los leprosos habían vuelto después de la muerte de Leticia Nazareno y estaban otra vez con los ciegos y los paralíticos esperando de sus manos la sal de la salud en los rosales silvestres del patio, él los oía cantar en noches de estrellas, cantaba con ellos la canción de Susana ven Susana de sus tiempos de gloria, se asomaba por las claraboyas del granero a las cinco de la tarde para ver la salida de

las niñas de la escuela y se quedaba extasiado con
los delantales azules, las medias tobilleras, las trenzas, madre, corríamos asustadas de los ojos de tísico del fantasma que nos llamaba por entre los ba-
rrotes de hierro con los dedos rotos del guante de
trapo, niña, niña, nos llamaba, ven que te tiente, las
veía escapar despavoridas pensando madre mía
Bendición Alvarado qué jóvenes que son las jóvenes de ahora, se reía de sí mismo, pero se volvía a
reconciliar consigo mismo cuando su médico personal el ministro de la salud le examinaba la retina
con una lupa cada vez que lo invitaba a almorzar,
le contaba el pulso, quería obligarlo a tomar cucharadas de ceregén para taparme los sumideros de la
memoria, qué vaina, cucharadas a mí que no he tenido más tropiezos en esta vida que las tercianas de
la guerra, a la mierda doctor, se quedó comiendo
solo en la mesa sola con las espaldas vueltas hacia
el mundo como el erudito embajador Maryland le
había dicho que comían los reyes de Marruecos,
comía con el tenedor y el cuchillo y la cabeza erguida de acuerdo con las normas severas de una maestra olvidada, recorría la casa entera buscando los
frascos de miel cuyos escondites se le perdían a las
pocas horas y encontraba por equivocación los pi-
tillos de márgenes de memoriales que él escribía en
otra época para no olvidar nada cuando ya no pudiera acordarse de nada, leyó en uno que mañana
es martes, leyó que había una cifra en tu blanco
pañuelo roja cifra de un nombre que no era el tuyo

mi dueño, leyó intrigado Leticia Nazareno de mi alma mira en lo que he quedado sin ti, leía Leticia Nazareno por todas partes sin poder entender que alguien fuera tan desdichado para dejar aquel reguero de suspiros escritos, y sin embargo era mi letra, la única caligrafía de mano izquierda que se encontraba entonces en las paredes de los excusados donde escribía para consolarse que viva el general, que viva, carajo, curado de raíz de la rabia de haber sido el más débil de los militares de tierra mar y aire por una prófuga de clausura de la cual no quedaba sino el nombre escrito a lápiz en tiras de papel como él lo había resuelto cuando ni siquiera quiso tocar las cosas que los edecanes pusieron sobre el escritorio y ordenó sin mirarlas que se lleven esos zapatos, esas llaves, todo cuanto pudiera evocar la imagen de sus muertos, que pusieran todo lo que fue de ellos dentro del dormitorio de sus siestas desaforadas y tapiaran las puertas y las ventanas con la orden final de no entrar en ese cuarto ni por orden mía, carajo, sobrevivió al escalofrío nocturno de los aullidos de pavor de los perros encadenados en el patio durante muchos meses porque pensaba que cualquier daño que les hiciera podía dolerle a sus muertos, se abandonó en la hamaca, temblando de la rabia de saber quiénes eran los asesinos de su sangre y tener que soportar la humillación de verlos en su propia casa porque en aquel momento carecía de poder contra ellos, se había opuesto a cualquier clase de honores póstumos, había prohibido las visitas de pésame, el luto, esperaba su hora meciéndose de rabia en la hamaca a la sombra de la ceiba tutelar donde mi último compadre le había expresado el orgullo del mando supremo por la serenidad y el orden con que el pueblo sobrellevó la tragedia, y él apenas sonrió, no sea pendejo compadre, qué serenidad ni qué orden, lo que pasa es que a la gente no le ha importado un carajo esta desgracia, repasaba el periódico al derecho y al revés buscando algo más que las noticias inventadas por sus propios servicios de prensa, se hizo poner la radiola al alcance de la mano para escuchar la misma noticia desde Veracruz hasta Riobamba que las fuerzas del orden estaban sobre la pista segura de los autores del atentado, y él murmuraba cómo no, hijos de la tarántula, que los habían identificado sin la menor duda, cómo no, que los tenían acorralados con fuego de mortero en una casa de tolerancia de los suburbios, ahí está, suspiró, pobre gente, pero permaneció en la hamaca sin traslucir ni una luz de su malicia rogando madre mía Bendición Alvarado dame vida para este desquite, no me sueltes de tu mano, madre, inspírame, tan seguro de la eficacia de la súplica que lo encontramos repuesto de su dolor cuando los comandantes del estado mayor responsables del orden público y de la seguridad del estado vinimos a comunicarle la novedad de que tres de los autores del crimen habían sido muertos en combate con la fuerza pública y los otros dos estaban a disposición de mi general en los calabozos de San Jerónimo, y él dijo ajá, sentado en la hamaca con la jarra de jugos de fruta de la cual nos sirvió un vaso para cada uno con pulso sereno de buen tirador, más sabio y solícito que nunca, hasta el punto de que adivinó mis ansias de encender un cigarrillo y me concedió la licencia que no había concedido hasta entonces a ningún militar en servicio, bajo este árbol todos somos iguales, dijo, y escuchó sin rencor el informe minucioso del crimen del mercado, cómo habían sido traídos de Escocia en remesas separadas ochenta y dos perros de presa recién nacidos de los cuales habían muerto veintidós en el curso de la crianza y sesenta habían sido mal educados para matar por un maestro escocés que les inculcó un odio criminal no sólo contra los zorros azules sino contra la propia persona de Leticia Nazareno y el niño valiéndose de estas prendas de vestir que habían sustraído poco a poco de los servicios de lavandería de la casa civil, valiéndose de este corpiño de Leticia Nazareno, este pañuelo, estas medias, este uniforme completo del niño que exhibimos ante él para que los reconociera, pero sólo dijo ajá, sin mirarlos, le explicamos cómo los sesenta perros habían sido entrenados inclusive para no ladrar cuando no debían, los acostumbraron al gusto de la carne humana, los mantuvieron encerrados sin ningún contacto con el mundo durante los años difíciles de la enseñanza en una antigua granja de chinos a siete leguas de esta ciudad capital donde tenían imágenes de bulto de tamaño humano con ropas de Leticia Nazareno y el niño a quienes los perros conocían además por estos retratos originales y estos recortes de periódicos que le mostramos pegados en un álbum para que mi general aprecie mejor la perfección del trabajo que habían hecho esos bastardos, lo que sea de cada quién, pero él sólo dijo ajá, sin mirarlos, le explicamos por último que los sindicados no actuaban de su cuenta, por supuesto, sino que eran agentes de una hermandad subversiva con base en el exterior cuyo símbolo era esta pluma de ganso cruzada con un cuchillo, ajá, todos ellos fugitivos de la justicia penal militar por otros delitos anteriores contra la seguridad del estado, estos tres que son los muertos cuyos retratos le mostramos en el álbum con el número de la respectiva ficha policial colgada del cuello, y estos dos que son los vivos encarcelados a la espera de la decisión última e inapelable de mi general, los hermanos Mauricio y Gumaro Ponce de León, de 28 y 23 años, el primero desertor del ejército sin empleo ni domicilio conocidos y el segundo maestro de cerámica en la escuela de artes y oficios, y ante los cuales dieron los perros tales muestras de familiaridad y alborozo que eso hubiera bastado como prueba de culpa mi general, y él sólo dijo ajá, pero citó con honores en el orden del día a los tres oficiales que llevaron a término la investigación del crimen y les impuso la medalla del mérito militar por servicios a la patria en el curso de una ceremonia solemne en la cual constituyó el consejo de guerra sumario que juzgó a los hermanos Mauricio y Gumaro Ponce de León y los condenó a morir fusilados dentro de las cuarenta y ocho horas siguientes, a menos de obtener el beneficio de su clemencia mi. general, usted manda. Permaneció absorto y solo en la hamaca, insensible a las súplicas de gracia del mundo entero, oyó en la radiola el debate estéril de la Sociedad de Naciones, oyó insultos de los países vecinos y algunas adhesiones distantes, oyó con igual atención las razones tímidas de los ministros partidarios de la piedad y los motivos estridentes de los partidarios del castigo, se negó a recibir al nuncio apostólico con un mensaje personal del papa en el cual expresaba su inquietud pastoral por la suerte de las dos ovejas descarriadas, oyó los partes de orden público de todo el país alterado por su silencio, oyó tiros remotos, sintió el temblor de tierra de la explosión sin origen de un barco de guerra fondeado en la bahía, once muertos mi general, ochenta y dos heridos y la nave fuera de servicio, de acuerdo, dijo él, contemplando desde la ventana del dormitorio la hoguera nocturna en la ensenada del puerto mientras los dos condenados a muerte empezaban a vivir la noche de sus vísperas en la capilla ardiente de la base de San Jerónimo, él los recordó a esa hora como los había visto en los retratos con las cejas erizadas de la madre común, los recordó trémulos, solos, con las tablillas de los números sucesivos colgadas del cuello bajo el foco siempre encendido de la celda de agonía, se sintió pensado por ellos, se supo necesitado, requerido, pero no había hecho un gesto mínimo que permitiera vislumbrar el rumbo de su voluntad cuando acabó de repetir los actos de rutina de una jornada más en su vida y se despidió del oficial de servicio que había de permanecer en vela frente al dormitorio para llevar el recado de su decisión a cualquier hora en que él la tomara antes de los primeros gallos, se despidió al pasar sin mirarlo, buenas noches, capitán, colgó la lámpara en el dintel, pasó las tres aldabas, los tres cerrojos, los tres pestillos, se sumergió bocabajo en un sueño alerta a través de cuyos tabiques frágiles siguió oyendo los ladridos ansiosos de los perros en el patio, las sirenas de las ambulancias, los petardos, las ráfagas de música de alguna fiesta equívoca en la noche intensa de la ciudad sobrecogida por el rigor de la sentencia, despertó con las campanas de las doce en la catedral, volvió a despertar a las dos, volvió a despertar antes de las tres con la crepitación de la llovizna en las alambreras de las ventanas, y entonces se levantó del suelo con aquella enorme y ardua maniobra de buey de primero las ancas y después las patas delanteras y por último la cabeza aturdida con un hilo de baba en los belfos y ordenó en primer término al oficial de guardia que se llevaran esos perros donde yo no pueda oírlos bajo el amparo del gobierno hasta su extinción natural, ordenó en segundo término la libertad sin condiciones de los soldados de la escolta de Leticia Nazareno y el

niño, y ordenó por último que los hermanos Mauricio y Gumaro Ponce de León fueran ejecutados tan
pronto como se conozca esta mi decisión suprema
e inapelable, pero no en el paredón de fusilamiento,
como estaba.previsto, sino que fueron sometidos al
castigo en desuso del descuartizamiento con caballos y sus miembros fueron expuestos a la indigna-
ción pública y al horror en los lugares más visibles
de su desmesurado reino de pesadumbre, pobres
muchachos, mientras él arrastraba sus grandes patas de elefante mal herido suplicando de rabia madre mía Bendición Alvarado, asísteme, no me dejes
de tu mano, madre, permíteme encontrar el hombre
que me ayude a vengar esta sangre inocente, un
hombre providencial que él había imaginado en los
desvaríos del rencor y que buscaba con una ansiedad irresistible en el trasfondo de los ojos que encontraba a su paso, trataba de descubrirlo agaza-
pado en los registros más sutiles de las voces, en los
impulsos del corazón, en las rendijas menos usadas
de la memoria, y había perdido la ilusión de encontrarlo cuando se descubrió a sí mismo fascinado
por el hombre más deslumbrante y altivo que
habían visto mis ojos, madre, vestido como los godos de antes con una chaqueta de Henry Pool y
una gardenia en el ojal, con unos pantalones de Pe-
cover y un chaleco de brocados con visos de plata
que había lucido con su elegancia natural en los salones más difíciles de Europa cabestreando con una
traílla un dobermann taciturno del tamaño de un

novillo con ojos humanos, José Ignacio Sáenz de la Barra para servir a su excelencia, se presentó, el último vástago suelto de nuestra aristocracia demolida por el viento arrasador de los caudillos federales, barrida de la faz de la patria con sus áridos sueños de grandeza y sus mansiones vastas y melancólicas y su acento francés, un espléndido cabo de raza sin más fortuna que sus 32 años, siete idiomas, cuatro marcas de tiro al pichón en Dauville, sólido, esbelto, color de hierro, cabello mestizo con la raya en el medio y un mechón blanco pintado, los labios lineales de la voluntad eterna, la mirada resuelta del hombre providencial que fingía jugar al cricket con el bastón de cerezo para que le tomaran un retrato de colores con el fondo de primaveras idílicas de los gobelinos de la sala de fiestas, y en el instante en que él lo vio exhaló un suspiro de alivio y se dijo éste es, y ése era. Se puso a su servicio con el compromiso simple de que usted me entrega un presupuesto de ochocientos cincuenta millones sin tener que rendirle cuentas a nadie y sin más autoridad por encima de mí que su excelencia y yo le entrego en el curso de dos años las cabezas de los asesinos reales de Leticia Nazareno y el niño, y él aceptó, de acuerdo, convencido de su lealtad y su eficacia al cabo de las muchas pruebas difíciles a que lo había sometido para escrutarle los vericuetos del ánimo y conocer los límites de su voluntad y las grietas de su carácter antes de decidirse a ponerle en las manos las llaves de su poder, lo sometió a la prueba final de las partidas inclementes de dominó en las que José Ignacio Sáenz de la Barra se impuso la temeridad de ganar sin licencia, y ganó, pues era el hombre más valiente que habían visto mis ojos, madre, tenía una paciencia sin esquinas, sabía todo, conocía setenta y dos maneras de preparar el café, distinguía el sexo de los mariscos, sabía leer música y escritura para ciegos, se quedaba mirándome a los ojos, sin hablar, y yo no sabía qué hacer ante aquel rostro indestructible, aquellas manos ociosas apoyadas en el pomo del bastón de cerezo con una piedra de aguas matinales en el anular, aquel perrazo acostado a sus pies vigilante y feroz dentro de la envoltura de terciopelo vivo de su piel dormida, aquella fragancia de sales de baño del cuerpo inmune a la ternura y a la muerte del hombre más hermoso y con mayor dominio que vieron mis ojos cuando tuvo la valentía de decirme que yo no era un militar sino por conveniencia, porque los militares son todo lo contrario de usted, general, son hombres de ambiciones inmediatas y fáciles, les interesa el mando más que el poder y no están al servicio de algo sino de alguien, y por eso es tan fácil utilizarlos, dijo, sobre todo a los unos contra los otros, y no se me ocurrió nada más que sonreír persuadido de que no habría podido ocultar su pensamiento ante aquel hombre deslumbrante a quien dio más poder del que nadie tuvo bajo su régimen después de mi compadre el general Rodrigo de Aguilar a quien Dios tenga en su santa diestra, lo hizo dueño absoluto de un imperio secreto dentro de su propio imperio privado, un servicio invisible de represión y exterminio que no sólo carecía de una identidad oficial sino que inclusive era difícil creer en su existencia real, pues nadie respondía de sus actos, ni tenía un nombre, ni un sitio en el mundo, y sin embargo era una verdad pavorosa que se había impuesto por el terror sobre los otros órganos de represión del estado desde mucho antes de que su origen y su naturaleza inasible fueran establecidos a ciencia cierta por el mando supremo, ni usted mismo previó el alcance de aquella máquina de horror mi general, ni yo mismo pude sospechar que en el instante en que aceptó el acuerdo quedé a merced del encanto irresistible y el ansia tentacular de aquel bárbaro vestido de príncipe que me mandó a la casa presidencial un costal de fique que parecía lleno de cocos y él ordenó que lo pongan por ahí donde no estorbe en un armario de papeles de archivo empotrado en el muro, lo olvidó, y al cabo de tres días era imposible vivir por el tufo de mortecina que atravesaba las paredes y empañaba de un vapor pestilente la luna de los espejos, buscábamos el hedor en la cocina y lo encontrábamos en los establos, lo espantaban con sahumerios de las oficinas y les salía al encuentro en la sala de audiencias, saturó con sus efluvios de rosal de podredumbre los resquicios más recónditos a donde no llegaron ni escondidos en otras fragancias los hálitos más tenues de la sarna de los aires nocturnos de la peste, y estaba en cambio donde menos lo habíamos buscado en el costal que parecía de cocos que José Ignacio Sáenz de la Barra había mandado como primer abono del acuerdo, seis cabezas cortadas con el certificado de defunción respectivo, la cabeza del patricio ciego de la edad de piedra don Nepomuceno Estrada, 94 años, último veterano de la guerra grande y fundador del partido radical, muerto según certificado adjunto el 14 de mayo a consecuencia de un colapso senil, la cabeza del doctor Nepomuceno Estrada de la Fuente, hijo del anterior, 57 años, médico homeópata, muerto según certificado adjunto en la misma fecha que su padre a consecuencia de una trombosis coronaria, la cabeza de Eliécer Castor, 21 años, estudiante de letras, muerto según certificado adjunto a consecuencia de diversas heridas de arma punzante en un pleito de cantina, la cabeza de Lídice Santiago, 32 años, activista clandestina, muerta según certificado adjunto a consecuencia de un aborto provocado, la cabeza de Roque Pinzón, alias Jacinto el invisible, 38 años, fabricante de globos de colores, muerto en la misma fecha que la anterior a consecuencia de una intoxicación etílica, la cabeza de Natalicio Ruiz, secretario del movimiento clandestino 17 de octubre, 30 años, muerto según certificado adjunto a consecuencia de un tiro de pistola que se disparó en el paladar por desilusión en amores, seis en total, y el correspondiente recibo que él firmó con la bilis revuelta por el olor y el horror pensando madre mía

Bendición Alvarado este hombre es una bestia, quién lo hubiera imaginado con sus ademanes místicos y su flor en el ojal, le ordenó que no me mande más tasajo, Nacho, me basta con su palabra, pero Sáenz de la Barra le replicó que aquél era un negocio de hombres, general, si usted no tiene hígados para verle la cara a la verdad aquí tiene su oro y tan amigos como siempre, qué vaina, por mucho menos que eso él hubiera hecho fusilar a su madre, pero se mordió la lengua, no es para tanto, Nacho, dijo, cumpla con su deber, así que las cabezas siguieron llegando en aquellos tenebrosos costales de fique que parecían de cocos y él ordenaba con las tripas torcidas que se los lleven lejos de aquí mientras se hacía leer los pormenores de los certificados de defunción para firmar los recibos, de acuerdo, había firmado por novecientas dieciocho cabezas de sus opositores más encarnizados la noche en que soñó que se veía a sí mismo convertido en un animal de un solo dedo que iba dejando un rastro de huellas digitales en una llanura de cemento fresco, despertaba con un relente de hiel, sorteaba la desazón del alba sacando cuentas de cabezas en el estercolero de recuerdos agrios de las cuadras de ordeño, tan abstraído en sus cavilaciones de viejo que confundía el zumbido de los tímpanos con el rumor de los insectos en la hierba podrida pensando madre mía Bendición Alvarado cómo es posible que sean tantas y todavía no llegaban las de los verdaderos culpables, pero Sáenz de la Barra le había hecho notar que por cada seis cabezas se producen sesenta enemigos y por cada sesenta se producen seiscientos y después seis mil y después seis millones, todo el país, carajo, no acabaremos nunca, y Sáenz de la Barra le replicó impasible que durmiera tranquilo general, acabaremos cuando ellos se acaben, qué bárbaro. Nunca tuvo un instante de incertidumbre, nunca dejó un resquicio para una alternativa, se apoyaba en la fuerza oculta del dobermann en eterno acecho que era el único testigo de las audiencias a pesar de que él trató de impedirlo desde la primera vez en que vio llegar a José Ignacio Sáenz de la Barra cabestreando el animal de nervios azogados que sólo obedecía a la maestranza imperceptible del hombre más gallardo pero también el menos complaciente que habían visto mis ojos, deje ese perro fuera, le ordenó, pero Sáenz de la Barra le contestó que no, general, no hay un lugar del mundo donde yo pueda entrar que no entre Lord Köchel, de modo que entró, permanecía dormido a los pies del amo mientras sacaban cuentas de rutina de cabezas cortadas pero se incorporaba con un pálpito anhelante cuando las cuentas se volvían ásperas, sus ojos femeninos me estorbaban para pensar, me estremecía su aliento humano, lo vi alzarse de pronto con el hocico humeante con un borboriteo de marmita cuando él dio un golpe de rabia en la mesa porque encontró en el saco de cabezas la de uno de sus antiguos edecanes que además fue su compinche de dominó du-

rante muchos años, carajo, se acabó la vaina, pero
Sáenz de la Barra lo convencía siempre, no tanto
con argumentos como con su dulce inclemencia de
domador de perros cimarrones, se reprochaba a sí
mismo la sumisión al único mortal que se atrevió a
tratarlo como a un vasallo, se rebelaba a solas contra su imperio, decidía sacudirse de aquella servidumbre que iba saturando poco a poco el espacio
de su autoridad, ahora mismo se acaba esta vaina,
carajo, decía, que al fin y al cabo Bendición Alvarado no me parió para recibir órdenes sino para
mandar, pero sus determinaciones nocturnas fraca-
saban en el instante en que Sáenz de la Barra entraba en la oficina y él sucumbía al deslumbramiento
de los modales tenues de la gardenia natural de la
voz pura de las sales aromáticas de las mancuernas
de esmeralda de los puños de parafina del bastón
sereno de la hermosura seria del hombre más ape-
tecible y más insoportable que habían visto mis
ojos, no es para tanto, Nacho, le reiteraba, cumpla
con su deber, y seguía recibiendo los costales de cabezas, firmaba los recibos sin mirarlos, se hundía
sin asideros en las arenas movedizas de su poder
preguntándose a cada paso de cada amanecer de
cada mar qué sucede en el mundo que van a ser las
once y no hay un alma en esta casa de cementerio,
quién vive, preguntaba, sólo él, dónde estoy que no
me encuentro, decía, dónde están las recuas de ordenanzas descalzos que descargaban los burros de
hortalizas y los huacales de gallinas en los corredo-

res, dónde están los charcos de agua sucia de mis
mujeres lenguaraces que cambiaban por flores nuevas las flores nocturnas de los floreros y lavaban
las jaulas y sacudían alfombras en los balcones
cantando al compás de las escobas de ramas secas
la canción de Susana ven Susana tu amor quiero
gozar, dónde están mis sietemesinos escuálidos que
se cagaban detrás de las puertas y pintaban drome-
darios de orín en las paredes de la sala de audiencias, qué se hizo mi escándalo de funcionarios que
encontraban gallinas poniendo en las gavetas de los
escritorios, mi tráfico de putas y soldados en los retretes, el despelote de mis perros callejeros que correteaban ladrando a los diplomáticos, quién me ha
vuelto a quitar mis paralíticos de las escaleras, mis
leprosos de los rosales, mis aduladores impávidos
de todas partes, apenas si atisbaba a sus últimos
compadres del mando supremo detrás del cerco
compacto de los nuevos responsables de su seguridad personal, apenas si le daban ocasión de intervenir en los consejos de los nuevos ministros nombra-
dos a instancias de alguien que no era él, seis doctores de letras de levitas fúnebres y cuellos de paloma que se anticipaban a su pensamiento y decidían
los asuntos del gobierno sin consultarlos conmigo
si al fin y al cabo el gobierno soy yo, pero Sáenz de
la Barra le explicaba impasible que usted no es el
gobierno, general, usted es el poder, se aburría en
las veladas de dominó hasta cuando se enfrentaba
con los cuartos más diestros pues no lograba per-

der una partida por mucho que intentaba las trampas más sabias contra sí mismo, tenía que someter-
se a los designios de los probadores que sopeteaban
su comida una hora antes de que él la comiera, no
encontraba la miel de abeja en sus escondites, carajo, éste no es el poder que yo quería, protestó, y
Sáenz de la Barra le replicó que no hay otro, general, era el único poder posible en el letargo de muerte del que había sido en otro tiempo su paraíso de
mercado dominical y en el que entonces no tenía
más oficio que esperar a que fueran las cuatro para
escuchar en la radiola el episodio diario de la novela de amores estériles de la emisora local, lo escuchaba en la hamaca con el vaso de jugo de frutas
intacto en la mano, se quedaba flotando en el vacío
del suspenso con los ojos húmedos de lágrimas por
la ansiedad de saber si aquella niña tan joven se iba
a morir y Sáenz de la Barra averiguaba que sí general, la niña se muere, pues que no se muera, carajo,
ordenó él, que siga viva hasta el final y se case y
tenga hijos y se vuelva vieja como toda la gente, y
Sáenz de la Barra hacía modificar el libreto para
complacerlo con la ilusión de que mandaba, así que
nadie volvió a morirse por orden suya, se casaban
novios que no se amaban, se resucitaban persona-
jes enterrados en episodios anteriores y se sacrifica-
ba a los villanos antes de tiempo para complacer a
mi general, todo el mundo era feliz por orden suya
para que la vida le pareciera menos inútil cuando
revisaba la casa al golpe de metal de las ocho y se

encontraba con que alguien antes que él había cambiado el pienso a las vacas, se habían apagado las luces en el cuartel de la guardia presidencial, el personal dormía, las cocinas estaban en orden, los pisos limpios, los mesones de los matarifes refregados con creolina sin un rastro de sangre tenían un olor de hospital, alguien había pasado las fallebas de las ventanas y había puesto los candados en las oficinas a pesar de que era él y sólo él quien tenía el mazo de llaves, las luces se iban apagando una por una antes de que él tocara los interruptores desde el primer vestíbulo hasta su dormitorio, caminaba en tinieblas arrastrando sus densas patas de monarca cautivo a través de los espejos oscuros con calces de terciopelo en la única espuela para que nadie rastreara su estela de aserrín de oro, iba viendo al pasar el mismo mar por las ventanas, el Caribe en enero, lo contempló sin detenerse veintitrés veces y era siempre como siempre en enero como una ciénaga florida, se asomó al aposento de Bendición Alvarado para ver que aún estaban en su puesto la herencia de toronjil, las jaulas de pájaros muertos, la cama de dolor en que la madre de la patria sobrellevó su vejez de podredumbre, que pase buena noche, murmuró, como siempre, aunque nadie le contestaba desde hacía tanto tiempo muy buenas noches hijo, duerme con Dios, se dirigía a su dormitorio con la lámpara de salir corriendo cuando sintió el escalofrío de las brasas atónitas de las pupilas de Lord Köchel en la sombra, percibió una fragancia de hombre, la densidad de su dominio, el fulgor de su desprecio, quién vive, preguntó, aunque sabía quién era, José Ignacio Sáenz de la Barra en traje de etiqueta que venía a recordarle que era una noche histórica, 12 de agosto, general, la fecha inmensa en que estábamos celebrando el primer centenario de su ascenso al poder, así que habían venido visitantes del mundo entero cautivados por el anuncio de un acontecimiento al que no era posible asistir más de una vez en el transcurso de las vidas más largas, la patria estaba de fiesta, toda la patria menos él, pues a pesar de la insistencia de José Ignacio Sáenz de la Barra de que viviera aquella noche memorable en medio del clamor y el fervor de su pueblo, él pasó más temprano que nunca las tres aldabas del calabozo de dormir, pasó los tres cerrojos, los tres pestillos, se acostó bocabajo en los ladrillos pelados con el basto uniforme de lienzo sin insignias, las polainas, la espuela de oro, y el brazo derecho doblado bajo la cabeza para que le sirviera de almohada como habíamos de encontrarlo carcomido por los gallinazos y plagado de animales y flores de fondo de mar, y a través de la bruma de los filtros del duermevela percibió los cohetes remotos de la fiesta sin él, percibió las músicas de júbilo, las campanas de gozo, el torrente de limo de las muchedumbres que habían venido a exaltar una gloria que no era la suya, mientras él murmuraba más absorto que triste madre mía Bendición Alvarado de mi destino, cien años ya, carajo, cien años ya, cómo se pasa el tiempo.

Ahí estaba, pues, como si hubiera sido él aunque no lo fuera, acostado en la mesa de banquetes de la sala de fiestas con el esplendor femenino de papa muerto entre las flores con que se había desconocido a sí mismo en la ceremonia de exhibición de su primera muerte, más temible muerto que vivo con el guante de raso relleno de algodón sobre el pecho blindado de falsas medallas de victorias imaginarias de guerras de chocolate inventadas por sus aduladores impávidos, con el fragoroso uniforme de gala y las polainas de charol y la única espuela de oro que encontramos en la casa y los diez soles tristes de general del universo que le impusieron a última hora para darle una jerarquía mayor que la de la muerte, tan inmediato y visible en su nueva identidad póstuma que por primera vez se podía creer sin duda alguna en su existencia real, aunque en verdad nadie se parecía menos a él, nadie era tanto el contrario de él como aquel cadáver de vitrina que a la medianoche se seguía cocinando en el fuego lento del espacio minucioso de la cámara ardiente mientras en el salón contiguo del consejo de gobierno discutíamos palabra por palabra el boletín final con la noticia que nadie se atrevía a creer cuando nos despertó el ruido de los camiones cargados de tropa con armamentos de guerra cuyas patrullas sigilosas ocuparon los edificios públicos desde la madrugada, se tendieron en el suelo en posición de tiro bajo las arcadas de la calle del comercio, se escondieron en los zaguanes, los vi instalando ametralladoras de trípode en las azoteas del barrio de los virreyes cuando abrí el balcón de mi casa al amanecer buscando dónde poner el mazo de claveles empapados que acababa de cortar en el patio, vi debajo del balcón una patrulla de soldados al mando de un teniente que iba de puerta en puerta ordenando cerrar las pocas tiendas que empezaban a abrirse en la calle del comercio, hoy es feriado nacional, gritaba, orden superior, les tiré un clavel desde el balcón y pregunté qué pasaba que había tantos soldados y tanto ruido de armas por todas partes y el oficial atrapó el clavel en el aire y me contestó que fíjate niña que nosotros tampoco sabemos, debe ser que resucitó el muerto, dijo, muerto de risa, pues nadie se atrevía a pensar que hubiera ocurrido una cosa de tanto estruendo, sino al contrario, pensábamos que después de muchos años de negligencia él había vuelto a coger las riendas de su autoridad y estaba más vivo que nunca arrastrando otra vez sus grandes patas de monarca ilusorio en la casa del poder cuyos globos de luz habían vuelto a encenderse, pensábamos que era él quien había hecho salir las vacas que andaban triscando en las grietas de las baldosas de la Plaza de Armas donde el ciego sentado a la sombra de las palmeras moribundas confundió las pezuñas con botas de militares y recitaba los versos del feliz caballero que llegaba de lejos vencedor de la muerte, los recitaba con toda la voz y la mano tendida hacia las vacas que se trepaban a comerse las guinaldas de balsaminas del quiosco de la música por la costumbre de subir y bajar escaleras para comer, se quedaron a vivir entre las ruinas de las musas coronadas de camelias silvestres y los micos colgados de las liras de los escombros del Teatro Nacional, entraban muertas de sed con un estrépito de tiestos de nardos en la penumbra fresca de los zaguanes del barrio de los virreyes y sumergían los hocicos abrasados en el estanque del patio interior sin que nadie se atreviera a molestarlas porque conocíamos la marca congénita del hierro presidencial que las hembras llevaban en las ancas y los machos en el cuello, eran intocables, los propios soldados les cedían el paso en los vericuetos de la calle del comercio que había perdido su fragor antiguo de zoco infernal, sólo quedaba un pudridero de costillares rotos y arboladuras desbaratadas en los charcos de miasmas ardientes donde estuvo el mercado público cuando todavía teníamos el mar y las goletas encallaban entre las mesas de legumbres, quedaban los locales vacíos de los

que fueron en sus tiempos de gloria los bazares de
los hindúes, pues los hindúes se habían ido, ni las
gracias dieron mi general, y él gritó qué carajo,
aturdido por sus últimos berrinches seniles, que se
larguen a limpiar mierda de ingleses, gritó, se fueron todos, surgieron en su lugar los vendedores callejeros de amuletos de indios y antídotos de cule-
bras, los frenéticos ventorrillos de discos con camas de alquiler en la trastienda que los soldados
desbarataron a culatazos mientras los hierros de la
catedral anunciaban el duelo, todo se había acabado antes que él, nos habíamos extinguido hasta el
último soplo en la espera sin esperanza de que algún día fuera verdad el rumor reiterado y siempre
desmentido de que había por fin sucumbido a cualquiera de sus muchas enfermedades de rey, y sin
embargo no lo creíamos ahora que era cierto, y no
porque en realidad no lo creyéramos sino porque
ya no queríamos que fuera cierto, habíamos terminado por no entender cómo seríamos sin él, qué
sería de nuestras vidas después de él, no podía concebir el mundo sin el hombre que me había hecho
feliz a los doce años como ningún otro lo volvió a
conseguir desde las tardes de hacía tanto tiempo en
que salíamos de la escuela a las cinco y él acechaba
por las claraboyas del establo a las niñas de uniforme azul de cuello marinero y una sola trenza en la
espalda pensando madre mía Bendición Alvarado
cómo son de bellas las mujeres a mi edad, nos llamaba, veíamos sus ojos trémulos, la mano con el

guante de dedos rotos que trataba de cautivarnos con el cascabel de caramelo del embajador Forbes, todas corrían asustadas, todas menos yo, me quedé sola en la calle de la escuela cuando supe que nadie me estaba viendo y traté de alcanzar el caramelo y entonces él me agarró por las muñecas con un tierno zarpazo de tigre y me levantó sin dolor en el aire y me pasó por la claraboya con tanto cuidado que no me descompuso ni un pliegue del vestido y me acostó en el heno perfumado de orines rancios tratando de decirme algo que no le salía de la boca árida porque estaba más asustado que yo, temblaba, se le veían en la casaca los golpes del corazón, estaba pálido, tenía los ojos llenos de lágrimas como no los tuvo por mí ningún otro hombre en toda mi vida de exilio, me tocaba en silencio, respirando sin prisa, me tentaba con una ternura de hombre que nunca volví a encontrar, me hacía brotar los capullos del pecho, me metía los dedos por el borde de las bragas, se olía los dedos, me los hacía oler, siente, me decía, es tu olor, no volvió a necesitar los caramelos del embajador Baldrich para que yo me metiera por las claraboyas del establo a vivir las horas felices de mi pubertad con aquel hombre de corazón sano y triste que me esperaba sentado en el heno con una bolsa de cosas de comer, enjugaba con pan mis primeras salsas de adolescente, me metía las cosas por allá antes de comérselas, me las daba a comer, me metía los cabos de espárragos para comérselos marinados con la salmuera de mis

humores íntimos, sabrosa, me decía, sabes a puerto, soñaba con comerse mis riñones hervidos en sus
propios caldos amoniacales, con la sal de tus axilas, soñaba, con tu orín tibio, me destazaba de pies
a cabeza, me sazonaba con sal de piedra, pimienta
picante y hojas de laurel y me dejaba hervir a fuego
lento en las malvas incandescentes de los atardeceres efímeros de nuestros amores sin porvenir, me
comía de pies a cabeza con unas ansias y una gene-
rosidad de viejo que nunca más volví a encontrar
en tantos hombres apresurados y mezquinos que
trataron de amarme sin conseguirlo en el resto de
mi vida sin él, me hablaba de él mismo en las diges-
tiones lentas del amor mientras nos quitábamos de
encima los hocicos de las vacas que trataban de la-
mernos, me decía que ni él mismo sabía quién era
él, que estaba de mi general hasta los cojones, decía
sin amargura, sin ningún motivo, como hablando
solo, flotando en el zumbido continuo de un silencio interior que sólo era posible romper a gritos, nadie era más servicial ni más sabio que él, nadie era
más hombre, se había convertido en la única razón
de mi vida a los catorce años cuando dos militares
del más alto rango aparecieron en casa de mis padres con una maleta atiborrada de doblones de oro
puro y me metieron a medianoche en un buque extranjero con toda la familia y con la orden de no regresar al territorio nacional durante años y años
hasta que estalló en el mundo la noticia de que él
había muerto sin haber sabido que yo me pasé el

resto de la vida muriéndome por él, me acostaba con desconocidos de la calle para ver si encontraba uno mejor que él, regresé envejecida y amargada con esta recua de hijos que había parido de padres diferentes con la ilusión de que eran suyos, y en cambio él la había olvidado al segundo día en que no la vio entrar por la claraboya de los establos de ordeño, la sustituía por una distinta todas las tardes porque ya para entonces no distinguía muy bien quién era quién en el tropel de colegialas de uniformes iguales que le sacaban la lengua y le gritaban viejo guanábano cuando trataba de cautivarlas con los caramelos del embajador Rumpelmayer, las llamaba sin discriminar, sin preguntarse nunca si la de hoy había sido la misma de ayer, las recibía a todas por igual, pensaba en todas como si fueran una sola mientras escuchaba medio dormido en la hamaca las razones siempre iguales del embajador Streimberg que le había regalado una trompeta acústica igual a la del perro de la voz del amo con un dispositivo eléctrico de amplificación para que él pudiera oír una vez más la pretensión insistente de llevarse nuestras aguas territoriales a buena cuenta de los servicios de la deuda externa y él repetía lo mismo de siempre que ni de vainas mi querido Stevenson, todo menos el mar, desconectaba el audífono eléctrico para no seguir oyendo aquel vozarrón de criatura metálica que parecía voltear el disco para explicarle otra vez lo que tanto me habían explicado mis propios expertos sin recovecos de diccionario que estamos en los puros cueros mi general, habíamos agotado nuestros últimos recursos, desangrados por la necesidad secular de aceptar empréstitos para pagar los servicios de la deuda externa desde las guerras de independencia y luego otros empréstitos para pagar los intereses de los servicios atrasados, siempre a cambio de algo mi general, primero el monopolio de la quina y el tabaco para los ingleses, después el monopolio del caucho y el cacao para los holandeses, después la concesión del ferrocarril de los páramos y la navegación fluvial para los alemanes, y todo para los gringos por los acuerdos secretos que él no conoció sino después del derrumbamiento de estrépito y la muerte pública de José Ignacio Sáenz de la Barra a quien Dios tenga cocinándose a fuego vivo en las pailas de sus profundos infiernos, no nos quedaba nada, general, pero él había oído decir lo mismo a todos sus ministros de hacienda desde los tiempos difíciles en que declaró la moratoria de los compromisos contraídos con los banqueros de Hamburgo, la escuadra alemana había bloqueado el puerto, un acorazado inglés disparó un cañonazo de advertencia que abrió un boquete en la torre de la catedral, pero él gritó que me cago en el rey de Londres, primero muertos que vendidos, gritó, muera el Káiser, salvado en el instante final por los buenos oficios de su cómplice de dominó el embajador Charles W. Traxler cuyo gobierno se constituyó en garante de los compromisos europeos a cambio de un derecho de explotación vitalicia de nuestro subsuelo, y desde entonces estamos como estamos debiendo hasta los calzoncillos que llevamos puestos mi general, pero él acompañaba hasta las escaleras al eterno embajador de las cinco y lo despedía con una palmadita en el hombro, ni de vainas mi querido Baxter, primero muerto que sin mar, agobiado por la desolación de aquella casa de cementerio donde se podía caminar sin tropiezos como si fuera por debajo del agua desde los tiempos malvados de aquel José Ignacio Sáenz de la Barra de mi error que había cortado todas las cabezas del género humano menos las que debía cortar de los autores del atentado de Leticia Nazareno y el niño, los pájaros se resistían a cantar en las jaulas por muchas gotas de cantorina que él les echara en el pico, las niñas de la escuela contigua no habían vuelto a cantar la canción del recreo de la pajarita pinta paradita en el verde limón, la vida se le iba en la espera impaciente de las horas de estar contigo en los establos, mi niña, con tus teticas de corozo y tu cosita de almeja, comía solo bajo el cobertizo de trinitarias, flotaba en la reverberación del calor de las dos picoteando el sueño de la siesta para no perder el hilo de la película de la televisión en que todo ocurría por orden suya al revés de la vida, pues el benemérito que todo lo sabía no supo nunca que desde los tiempos de José Ignacio Sáenz de la Barra le habíamos instalado primero un transmisor individual para las novelas habladas de la radiola y después un circuito cerrado de televisión para que sólo él viera las películas arregladas a su gusto en las cuales no se morían sino los villanos, prevalecía el amor contra la muerte, la vida era un soplo, lo hacíamos feliz con el engaño como lo fue tantas tardes de su vejez con las niñas de uniforme que lo habrían complacido hasta la muerte si él no hubiera tenido la mala fortuna de preguntarle a una de ellas qué te enseñan en la escuela y yo le contesté la verdad que no me enseñan nada señor, yo lo que soy es puta del puerto, y él se lo hizo repetir por si no había entendido bien lo que leyó en mis labios y yo le repetí con todas las letras que no soy estudiante señor, soy puta del puerto, los servicios de sanidad la habían bañado con creolina y estropajo, le dijeron que se pusiera este uniforme de marinero y estas medias de niña bien y que pasara por esta calle todas las tardes a las cinco, no sólo yo sino todas las putas de mi edad reclutadas y bañadas por la policía sanitaria, todas con el mismo uniforme y los mismos zapatos de hombre y estas trenzas de crines de caballo que fíjese usted que se quita y se pone con un prendedor de peineta, nos dijeron que no se asusten que es un pobre abuelo pendejo que ni siquiera se las va a tirar sino que les hace exámenes de médico con el dedo y les chupa la tetamenta y les mete cosas de comer por la cucaracha, en fin, todo lo que usted me hace cuando vengo, que nosotras no teníamos sino que cerrar los ojos de gusto y decir mi amor mi amor que es lo que a usted le gusta, eso nos dijeron y hasta nos hicieron ensayar y repetir todo desde el principio antes de pagarnos, pero yo encuentro que es demasiada vaina tanto plátano maduro en la consiánfira y tanta malanga sancochada en el fundillo por los cuatro tísicos pesos que nos quedan después de descontarnos el impuesto de sanidad y la comisión del sargento, qué carajo, no es justo desperdiciar tanta comida por debajo si una no tiene ni qué comer por arriba, dijo, envuelta en el aurea lúgubre del anciano insondable que escuchó la revelación sin pestañear pensando madre mía Bendición Alvarado por qué me mandas este castigo, pero no hizo un gesto que denunciara su desolación sino que se empeñó en toda clase de averiguaciones sigilosas hasta descubrir que en efecto el colegio de niñas contiguo a la casa civil lo habían clausurado desde hace muchos años mi general, el propio ministro de educación había provisto los fondos de acuerdo con el arzobispo primado y la asociación de padres de familia para construir el nuevo edificio de tres pisos frente al mar donde las infantas de las familias de grandes ínfulas quedaron a salvo de las asechanzas del seductor crepuscular cuyo cuerpo de sábalo varado bocarriba en la mesa de banquetes empezaba a perfilarse contra las malvas lívidas del horizonte de cráteres de luna de nuestra primera aurora sin él, estaba al abrigo de todo entre los agapantos nevados, libre por fin de su poder absoluto al cabo de tantos años de cautiverio recíproco que resultaba imposible distinguir quién era víctima de quién en aquel cementerio de presidentes vivos que habían pintado de blanco de tumba por dentro y por fuera sin consultarlo conmigo sino que le ordenaban sin reconocerlo que no pase aquí señor que nos ensucia la cal, y él no pasaba, quédese en el piso de arriba señor que le puede caer un andamio encima, y él se quedaba, aturdido por el estrépito de los carpinteros y la rabia de los albañiles que le gritaban que se aparte de aquí viejo pendejo que se va a cagar en la mezcla, y él se apartaba, más obediente que un soldado en los duros meses de una restauración inconsulta que abrió ventanas nuevas a los vientos del mar, más solo que nunca bajo la vigilancia feroz de una escolta cuya misión no parecía ser la de protegerlo sino de vigilarlo, se comían la mitad de su comida para impedir que lo envenenaran, le cambiaban los escondites de la miel de abejas, le calzaban la espuela de oro como a los gallos de pelea para que no le campaneara al caminar, qué carajo, toda una sarta de astucias de vaqueros que habrían hecho morir de risa a mi compadre Saturno Santos, vivía a merced de once atarvanes de saco y corbata que se pasaban el día haciendo maromas japonesas, movían un aparato de focos verdes y colorados que se encienden y se apagan cuando alguien tiene un arma en un círculo de cincuenta metros, y andamos por la calle como fugitivos en siete automóviles iguales que cambiaban de lugar adelantándose unos a otros en el camino de modo que ni yo mismo sé en cuál es el que voy, qué carajo, un gasto inútil de pólvora en gallinazos porque él había apartado los visillos para ver las calles al cabo de tantos años de encierro y vio que nadie se inmutaba con el paso sigiloso de las limusinas fúnebres de la caravana presidencial, vio los arrecifes de vidrios solares de los ministerios que se alzaban más altos que las torres de la catedral y habían tapado los promontorios de colores de las barracas de los negros en las colinas del puerto, vio una patrulla de soldados que borraban un letrero reciente escrito a brocha gorda en un muro y preguntó qué decía y le contestaron que gloria eterna al artífice de la patria nueva aunque él sabía que era mentira, por supuesto, si no no lo estuvieran borrando, qué carajo, vio una avenida de cocoteros tan ancha como seis con camellones de macizos de flores hasta el mar donde estuvieron los barrizales, vio un suburbio de quintas repetidas con pórticos romanos y hoteles con jardines amazónicos donde estuvo el muladar del mercado público, vio los automóviles atortugados en las serpentinas de laberintos de las autopistas urbanas, vio la muchedumbre embrutecida por la canícula del mediodía en la acera del sol mientras en la acera opuesta no había nadie más que los recaudadores sin oficio del impuesto al derecho de caminar por la sombra, pero nadie se estremeció aquella vez con el presagio del poder oculto en el féretro refrigerado de la limusina presidencial, nadie reconoció los ojos de desencanto, los labios ansiosos, la mano desvalida que iba diciendo adioses sin destino a través de la gritería de los pregones de periódicos y amuletos, los carritos de helados, los lábaros de la lotería de tres cifras, el fragor cotidiano del mundo de la calle ajeno a la tragedia íntima del militar solitario que suspiraba de nostalgia pensando madre mía Bendición Alvarado qué fue de mi ciudad, dónde está el callejón de miseria de las mujeres sin hombres que salían desnudas al atardecer a comprar corbinas azules y pargos rosados y a mentarse la madre con las verduleras mientras se les secaba la ropa en los balcones, dónde están los hindúes que se cagaban en la puerta de sus tenderetes, dónde están sus esposas lívidas que enternecían a la muerte con canciones de lástima, dónde está la mujer que se había convertido en alacrán por desobedecer a sus padres, dónde están las cantinas de los mercenarios, sus arroyos de orín fermentado, el aire cotidiano de los pelícanos a la vuelta de la esquina, y de pronto, ay, el puerto, dónde está si aquí estaba, qué fue de las goletas de los contrabandistas, la chatarra de desembarco de los infantes, mi olor a mierda, madre, qué pasaba en el mundo que nadie conocía la mano fugitiva de amante en el olvido que iba dejando un reguero de adioses inútiles desde la ventanilla de cristales virados de un tren inaugural que atravesó silbando los sembrados de hierbas de olor de los que fueron antes los pantanos de estridentes pájaros de malaria de los arrozales, pasó espantando muchedumbres de vacas marcadas con el hierro presidencial a través de llanuras inverosímiles de pastos azules, y en el interior capitonado de terciopelo eclesiástico del vagón de responsos de mi destino irrevocable él iba preguntándose dónde estaba mi viejo trenecito de cuatro patas, carajo, mis ramazones de anacondas y balsaminas venenosas, mi alboroto de micos, mis aves del paraíso, la patria entera con su dragón, madre, dónde están si aquí estaban las estaciones de indias taciturnas con sombreros ingleses que vendían animales de almíbar por las ventanas, vendían papas nevadas, madre, vendían gallinas sancochadas en manteca amarilla bajo los arcos de letreros de flores de gloria eterna al benemérito que nadie sabe dónde está, pero siempre que él protestaba que aquella vida de prófugo era peor que estar muerto le contestaban que no mi general, era la paz dentro del orden, le decían, y él terminaba por aceptar, de acuerdo, una vez más deslumbrado por la fascinación personal de José Ignacio Sáenz de la Barra de mi desmadre a quien tantas veces había degradado y escupido en la rabia de los insomnios pero volvía a sucumbir ante sus encantos no bien entraba en la oficina con la luz del sol cabestreando ese perro con mirada de gente humana que no abandona ni siquiera para orinar y además tiene nombre de gente, Lord Köchel, y otra vez aceptaba sus fórmulas con una mansedumbre que lo sublevaba contra sí mismo, no se preocupe Nacho, admitía, cumpla con su deber, de modo que José Ignacio Sáenz de la Barra volvía una vez más con sus poderes intactos a la fábrica de suplicios que había instalado a menos de quinientos metros de la casa presidencial en el inocente edificio de mampostería colonial donde había estado el manicomio de los holandeses, una casa tan grande como la suya, mi general, escondida en un bosque de almendros y rodeada por un prado de violetas silvestres, cuya primera planta estaba destinada a los servicios de identificación y registro del estado civil y en el resto estaban instaladas las máquinas de tortura más ingeniosas y bárbaras que podía concebir la imaginación, tanto que él no había querido conocerlas sino que le advirtió a Sáenz de la Barra que usted siga cumpliendo con su deber como mejor convenga a los intereses de la patria con la única condición de que yo no sé nada ni he visto nada ni he estado nunca en ese lugar, y Sáenz de la Barra empeñó su palabra de honor para servir a usted, general, y había cumplido, igual que cumplió su orden de no volver a martirizar a los niños menores de cinco años con polos eléctricos en los testículos para forzar la confesión de sus padres porque él temía que aquella infamia pudiera repetirle los insomnios de tantas noches iguales de los tiempos de la lotería, aunque le era imposible olvidarse de ese taller de horror a tan escasa distancia de su dormitorio porque en las noches de lunas quietas lo despertaban las músicas de trenes fugitivos de las albas de truenos de Bruckner que hacían estragos de diluvios y dejaban una desolación de

piltrafas de túnicas de novias muertas en las ramazones de los almendros de la antigua mansión de
lunáticos holandeses para que no se oyeran desde
la calle los alaridos de pavor y dolor de los moribundos, y todo eso sin cobrar un céntimo mi general, pues José Ignacio Saenz de la Barra disponía
de su sueldo para comprar las ropas de príncipe,
las camisas de seda natural con el monograma en el
pecho, los zapatos de cabritilla, las cajas de gardenias para la solapa, las lociones de Francia con los
blasones de la familia impresos en la etiqueta original, pero no tenía mujer conocida ni se dice que sea
marica ni tiene un solo amigo ni una casa propia
para vivir, nada mi general, una vida de santo, es-
clavizado en la fábrica de suplicios hasta que lo
tumbaba el cansancio sobre el diván de la oficina
donde dormía de cualquier modo pero nunca de
noche ni nunca más de tres horas cada vez, sin
guardia en la puerta, sin un arma a su alcance, bajo
la protección anhelante de Lord Köchel que no
cabía dentro del pellejo por la ansiedad que le causaba el no comer sino lo único que dicen que come,
es decir, las tripas calientes de los decapitados, haciendo ese ruido de borboriteo de marmita para
despertarlo apenas su mirada de persona humana
sentía a través de las paredes que alguien se acercaba a la oficina, quien quiera que sea, mi general, ese
hombre no se confía ni del espejo, tomaba sus decisiones sin consultarlas con nadie después de escuchar los informes de sus agentes, nada sucedía en el

293

país ni daban un suspiro los desterrados en cualquier lugar del planeta que José Ignacio Sáenz de la Barra no lo supiera al instante a través de los hilos de la telaraña invisible de delación y soborno con que tiene cubierta la bola del mundo, que en eso se gastaba la plata, mi general, pues no era cierto que los torturadores tuvieran sueldo de ministros como decían, al contrario, se ofrecían gratis para demostrar que eran capaces de descuartizar a su madre y echarles los pedazos a los puercos sin que se les notara en la voz, en lugar de cartas de recomendación y certificados de buena conducta ofrecían testimonios de antecedentes atroces para que les dieran el empleo a las órdenes de los torturadores franceses que son racionalistas mi general, y por consiguiente son metódicos en la crueldad y refractarios a la compasión, eran ellos quienes hacían posible el progreso dentro del orden, eran ellos quienes se anticipaban a las conspiraciones mucho antes de que empezaran a incubar en el pensamiento, los clientes distraídos que tomaban el fresco bajo los abanicos de aspas de las heladerías, los que leían el periódico en las fondas de los chinos, los que se dormían en los cines, los que cedían el puesto a las señoras encinta en los autobuses, los que habían aprendido a ser electricistas y plomeros después de haber pasado media vida de atracadores nocturnos y bandoleros de veredas, los novios casuales de las sirvientas, las putas de los trasatlánticos y los bares internacionales, los promotores de excursiones turísticas a los paraísos del Caribe en las agencias de viajes de Miami, el secretario privado del ministro de asuntos exteriores de Bélgica, la cuidanta vitalicia del corredor tenebroso del cuarto piso del Hotel Internacional de Moscú, y tantos otros que nadie sabe hasta en el último rincón de la tierra, pero usted puede dormir tranquilo mi general pues los buenos patriotas de la patria dicen que usted no sabe nada, que todo esto sucede sin su consentimiento, que si mi general lo supiera habría mandado a Sáenz de la Barra a empujar margaritas en el cementerio de renegados de la fortaleza del puerto, que cada vez que se enteraban de un nuevo acto de barbarie suspiraban para adentro si el general lo supiera, si pudiéramos hacérselo saber, si hubiera una manera de verlo, y él le ordenó a quien se lo había contado que no olvidara nunca que de verdad yo no sé nada, ni he visto nada, ni he hablado de estas cosas con nadie, y así recobraba el sosiego, pero seguían llegando tantos talegos de cabezas cortadas que no le parecía concebible que José Ignacio Sáenz de la Barra se embarrara de sangre hasta la tonsura sin ningún beneficio porque la gente es pendeja pero no tanto, ni le parecía razonable que pasaron años enteros sin que los comandantes de las tres armas protestaran por su condición subalterna, ni pedían aumento de sueldo, nada, de modo que él había echado sondas por separado para tratar de establecer las causas de la conformidad militar, quería averiguar por qué no trataban de rebelarse, por qué aceptaban la potestad de un civil, y les había preguntado a los más codiciosos si no pensaban que ya era tiempo de cortarle la cresta al advenedizo sanguinario que estaba salpicando los méritos de las fuerzas armadas, pero le habían contestado que por supuesto que no mi general, no es para tanto, y desde entonces ya no sé quién es quién, ni quién está con quién ni contra quién en este armatoste del progreso dentro del orden que empieza a olerme a mortecina encerrada como aquella que ni quiero acordarme de aquellos pobres niños de la lotería, pero José Ignacio Sáenz de la Barra le aplacaba los ímpetus con su dulce dominio de domador de perros cimarrones, duerma tranquilo general, le decía, el mundo es suyo, le hacía creer que todo era tan simple y tan claro que lo volvía a dejar en las tinieblas de aquella casa de nadie que recorría de un extremo al otro preguntándose a grandes voces quién carajo soy yo que me siento como si me hubieran volteado al revés la luz de los espejos, dónde carajo estoy que van a ser las once de la mañana y no hay una gallina ni por casualidad en este desierto, acuérdense cómo era antes, clamaba, acuérdense del despelote de los leprosos y los paralíticos que se peleaban la comida con los perros, acuérdense de aquel resbaladero de mierda de animales en las escaleras y aquel despiporre de patriotas que no me dejaban caminar con la conduerma de que écheme en el cuerpo la sal de la salud mi general, que me bautice al muchacho a ver si se le quita la diarrea porque

296

decían que mi imposición tenía virtudes aprietati-
vas más eficaces que el plátano verde, que me pon-
ga la mano aquí a ver si se me aquietan las palpita-
ciones que ya no tengo ánimos para vivir con este
eterno temblor de tierra, que fijara la vista en el
mar mi general para que se devuelvan los huracanes, que la levante hacia el cielo para que se arre-
pientan los eclipses, que la baje hacia la tierra para
espantar a la peste porque decían que yo era el benemérito que le infundía respeto a la naturaleza y
enderezaba el orden del universo y le había bajado
los humos a la Divina Providencia, y yo les daba lo
que me pedían y les compraba todo lo que me ven-
dieran no porque fuera débil de corazón según
decía su madre Bendición Alvarado sino porque se
necesitaba tener un hígado de hierro para mezqui-
narle un favor a quien le cantaba sus méritos, y en
cambio ahora no había nadie que le pidiera nada,
nadie que le dijera al menos buenos días mi general,
cómo pasó la noche, no tenía siquiera el consuelo
de aquellas explosiones nocturnas que lo despertaban con una granizada de vidrio de ventanas y des-
nivelaban los quicios y sembraban el pánico en la
tropa pero le servían por lo menos para sentir que
estaba vivo y no en este silencio que me zumba
dentro de la cabeza y me despierta con su estrépito,
ya no soy más que un monicongo pintado en la pared de esta casa de espantos donde le era imposible
impartir una orden que no estuviera cumplida desde antes, encontraba satisfechos sus deseos más

íntimos en el periódico oficial que seguía leyendo en la hamaca a la hora de la siesta desde la primera página hasta la última inclusive los anuncios de propaganda, no había un impulso de su aliento ni un designio de su voluntad que no apareciera impreso en letras grandes con la fotografía del puente que él no mandó a construir por olvido, la fundación de la escuela para enseñar a barrer, la vaca de leche y el árbol de pan con un retrato suyo de otras cintas inaugurales de los tiempos de gloria, y sin embargo no encontraba el sosiego, arrastraba sus grandes patas de elefante senil buscando algo que no se le había perdido en su casa de soledad, encontraba que alguien antes que él había tapado las jaulas con trapos de luto, alguien había contemplado el mar desde las ventanas y había contado las vacas antes que él, todo estaba completo y en orden, regresaba al dormitorio con el candil cuando reconoció su propia voz ampliada en el retén de la guardia presidencial y se asomó por la ventana entreabierta y vio un grupo de oficiales adormilados en el cuarto lleno de humo frente al resplandor triste de la pantalla de televisión, y en la pantalla estaba él, más delgado y tenso, pero era yo, madre, sentado en la oficina donde había de morir con el escudo de la patria en el fondo y los tres pares de espejuelos de oro en la mesa, y estaba diciendo de memoria un análisis de las cuentas de la nación con palabras de sabio que él nunca se hubiera atrevido a repetir, carajo, era una visión más inquietante que

la de su propio cuerpo muerto entre las flores porque ahora estaba viéndose vivo y oyéndose hablar
con su propia voz, yo mismo, madre, yo que nunca
había podido soportar la vergüenza de asomarse a
un balcón ni había logrado vencer el pudor de hablar en público, y ahí estaba, tan verídico y mortal
que permaneció perplejo en la ventana pensando
madre mía Bendición Alvarado cómo es posible
este misterio, pero José Ignacio Sáenz de la Barra
se mantuvo impasible ante una de las pocas explosiones de cólera que él se permitió en los años sin
cuento de su régimen, no es para tanto general, le
dijo con su énfasis más dulce, tuvimos que acudir a
este recurso ilícito para preservar del naufragio a la
nave del progreso dentro del orden, fue una inspiración divina, general, gracias a ella habíamos logrado conjurar la incertidumbre del pueblo en un poder de carne y hueso que el último miércoles de
cada mes rendía un informe sedante de su gestión
de gobierno a través de la radio y la televisión del
estado, yo asumo la responsabilidad, general, yo
puse aquí este florero con seis micrófonos en forma
de girasoles que registraban su pensamiento de viva
voz, era yo quien hacía las preguntas que él contestaba en la audiencia de los viernes sin sospechar
que sus respuestas inocentes eran los fragmentos
del discurso mensual dirigido a la nación, pues nunca había utilizado una imagen que no fuera suya ni
una palabra que él no hubiera dicho como usted
mismo podrá comprobarlo con estos discos que

Sáenz de la Barra le puso sobre el escritorio junto con estas películas y esta carta de mi puño y letra que firmo en presencia suya general para que usted disponga de mi suerte como a bien tenga, y él lo miró desconcertado porque de pronto cayó en la cuenta de que Sáenz de la Barra estaba por primera vez sin el perro, inerme, pálido, y entonces suspiró, está bien, Nacho, cumpla con su deber, dijo, con un aire de infinita fatiga, echado hacia atrás en la poltrona de resortes y la mirada fija en los ojos delatores de los retratos de los próceres, más viejo que nunca, más lúgubre y triste, pero con la misma expresión de designios imprevisibles que Sáenz de la Barra había de reconocer dos semanas más tarde cuando volvió a entrar en la oficina sin audiencia previa casi arrastrando el perro por la traílla y con la novedad urgente de una insurrección armada que sólo una intervención suya podía impedir, general, y él descubrió por fin la grieta imperceptible que había estado buscando durante tantos años en el muro de obsidiana de la fascinación, madre mía Bendición Alvarado de mi desquite, se dijo, este pobre cabrón se está cagando de miedo, pero no hizo un solo gesto que permitiera vislumbrar sus intenciones sino que envolvió a Sáenz de la Barra en un aura maternal, no se preocupe Nacho, suspiró, nos queda mucho tiempo para pensar sin que nadie nos estorbe dónde carajo estaba la verdad en aquel tremedal de verdades contradictorias que parecían menos ciertas que si fueran mentira, mientras

Sáenz de la Barra comprobaba en el reloj de leontina que iban a ser las siete de la noche, general, los
comandantes de las tres armas estaban terminando
de comer en sus casas respectivas, con la mujer y
los niños, para que ni siquiera ellos pudieran sospechar sus propósitos, saldrán vestidos de civil sin escolta por la puerta del servicio donde los espera un
automóvil público solicitado por teléfono para burlar la vigilancia de nuestros hombres, no verán ninguno, por supuesto, aunque ahí están, general, son
los choferes, pero él dijo ajá, sonrió, no se preocupe
tanto, Nacho, explíqueme más bien cómo hemos
vivido hasta ahora con el pellejo puesto si según
sus cuentas de cabezas cortadas hemos tenido más
enemigos que soldados, pero Sáenz de la Barra estaba sostenido apenas por el latido minúsculo de su
reloj de leontina, faltaban menos de tres horas, general, el comandante de las fuerzas de tierra se dirigía en aquel momento hacia el cuartel del Conde,
el comandante de las fuerzas navales hacia la fortaleza del puerto, el comandante de las fuerzas del
aire hacia la base de San Jerónimo, todavía era posible arrestarlos porque una camioneta de la seguridad del estado cargada de legumbres los perseguía
a corta distancia, pero él no se inmutaba, sentía que
la ansiedad creciente de Sáenz de la Barra lo liberaba del castigo de una servidumbre que había sido
más implacable que su apetito de poder, esté tranquilo, Nacho, decía, explíqueme más bien por qué
no ha comprado una mansión tan grande como un

buque de vapor, por qué trabaja como un mulo si no le importa la plata, por qué vive como un recluta si a las mujeres más estrechas se les aflojan las costuras por meterse en su dormitorio, usted parece más cura que los curas, Nacho, pero Sáenz de la Barra se sofocaba empapado por un sudor de hielo que no lograba disimular con su dignidad incólume en el horno crematorio de la oficina, eran las once, ya es demasiado tarde, dijo, una señal en clave empezaba a circular a esa hora por los alambres del telégrafo hacia las distintas guarniciones del país, los comandantes rebeldes se estaban colgando las condecoraciones en el uniforme de parada para el retrato oficial de la nueva junta de gobierno mientras sus ayudantes transmitían las últimas órdenes de una guerra sin enemigos cuyas únicas batallas se reducían a controlar las centrales de comunicación y los servicios públicos, pero él ni siquiera parpadeó ante el pálpito anhelante de Lord Köchel que se había incorporado con un hilo de baba que parecía una lágrima interminable, no se asuste, Nacho, explíqueme más bien por qué le tiene tanto miedo a la muerte, y José Ignacio Sáenz de la Barra se quitó de un tirón el cuello de celuloide desacartonado por el sudor y su rostro de barítono se quedó sin alma, es natural, replicó, el miedo a la muerte es el rescoldo de la felicidad, por eso usted no lo siente, general, y se puso de pie contando por puro hábito las campanas de la catedral, son las doce, dijo, ya no le queda nadie en el mundo, general, yo era el último, pero él no se movió en la poltrona mientras no percibió el trueno subterráneo de los tanques de guerra en la Plaza de Armas, y entonces sonrió, no se equivoque, Nacho, todavía me queda el pueblo, dijo, el pobre pueblo de siempre que antes del amanecer se echó a la calle instigado por el anciano imprevisto que a través de la radio y la televisión del estado se dirigió a todos los patriotas de la patria sin discriminaciones de ninguna índole y con la más viva emoción histórica para anunciar que los comandantes de las tres armas inspirados por los ideales inmutables del régimen, bajo mi dirección personal e interpretando como siempre la voluntad del pueblo soberano habían puesto término en esta medianoche gloriosa al aparato de terror de un civil sanguinario que había sido castigado por la justicia ciega de las muchedumbres, pues ahí estaba José Ignacio Sáenz de la Barra, macerado a golpes, colgado de los tobillos en un farol de la Plaza de Armas y con sus propios órganos genitales metidos en la boca, tal como lo había previsto mi general cuando nos ordenó bloquear las calles de las embajadas para impedirle el derecho de asilo, el pueblo lo había cazado a piedras, mi general, pero antes tuvimos que acribillar al perro carnicero que se sorbió la tripamenta de cuatro civiles y nos dejó siete soldados mal heridos cuando el pueblo había asaltado sus oficinas de vivir y tiraron por las ventanas más de doscientos chalecos de brocado todavía con la etiqueta de fábrica, tiraron como tres mil pares de botines italianos sin estrenar, tres mil mi general, que en eso se gastaba la plata del gobierno, y no sé cuántas cajas de gardenias de solapa y todos los discos de Bruckner con sus respectivas partituras de dirección anotadas de su puño y letra, y además sacaron a los presos de los sótanos y les metieron fuego a las cámaras de tortura del antiguo manicomio de los holandeses a los gritos de viva el general, viva el macho que por fin se dio cuenta de la verdad, pues todos dicen que usted no sabía nada mi general, que lo tenían en el limbo abusando de su buen corazón, y todavía a esta hora andaban cazando como ratas a los torturadores de la seguridad del estado que dejamos sin protección de tropa de acuerdo con sus órdenes para que la gente se aliviara de tantas rabias atrasadas y tanto terror, y él aprobó, de acuerdo, conmovido por las campanas de júbilo y las músicas de libertad y las voces de gratitud de la muchedumbre concentrada en la Plaza de Armas con grandes letreros de Dios guarde al magnífico que nos redimió de las tinieblas del terror, y en aquella réplica efímera de los tiempos de gloria él hizo reunir en el patio a los oficiales de escuela que habían ayudado a quitarse sus propias cadenas de galeote del poder y señalándonos con el dedo según los impulsos de su inspiración completó con nosotros el último mando supremo de su régimen decrépito en reemplazo de los autores de la muerte de Leticia Nazareno y el niño que fueron capturados en ropas de dormir cuando trataban de encontrar asilo en las embajadas, pero él apenas si los reconoció, había olvidado los nombres, buscó en el corazón la carga de odio que había tratado de mantener viva hasta la muerte y sólo encontró las cenizas de un orgullo herido que ya no valía la pena entretener, que se larguen, ordenó, los metieron en el primer barco que zarpó para donde nadie volviera a acordarse de ellos, pobres cabrones, presidió el primer consejo del nuevo gobierno con la impresión nítida de que aquellos ejemplares selectos de una generación nueva de un siglo nuevo eran otra vez los ministros civiles de siempre de levitas polvorientas y entrañas débiles, sólo que éstos estaban más ávidos de honores que de poder, más asustadizos y serviles y más inútiles que todos los anteriores ante una deuda externa más costosa que cuanto se pudiera vender en su desguarnecido reino de pesadumbre, pues no había nada que hacer mi general, el último tren de los páramos se había desbarrancado por precipicios de orquídeas, los leopardos dormían en poltronas de terciopelo, las carcachas de los buques de rueda estaban varados en los pantanos de los arrozales, las noticias podridas en los sacos del correo, las parejas de manatíes engañadas con la ilusión de engendrar sirenas entre los lirios tenebrosos de los espejos de luna del camarote presidencial, y sólo él lo ignoraba, por supuesto, había creído en el progreso dentro del orden porque entonces no tenía más contactos con la vida real que la lectura del periódico del gobierno que imprimían sólo para usted mi general, una edición completa de una sola copia con las noticias que a usted le gustaba leer, con el servicio gráfico que usted esperaba encontrar, con los anuncios de propaganda que lo hicieron soñar con un mundo distinto del que le habían prestado para la siesta, hasta que yo mismo pude comprobar con estos mis ojos incrédulos que detrás de los edificios de vidrios solares de los ministerios continuaban intactas las barracas de colores de los negros en las colinas del puerto, habían construido las avenidas de palmeras hasta el mar para que yo no viera que detrás de las quintas romanas de pórticos iguales continuaban los barrios miserables devastados por uno de nuestros tantos huracanes, habían sembrado hierbas de olor a ambos lados de la vía para que él viera desde el vagón presidencial que el mundo parecía magnificado por las aguas venales de pintar oropéndolas de su madre de mis entrañas Bendición Alvarado, y no lo engañaban para complacerlo como lo hizo en los últimos tiempos de sus tiempos de gloria el general Rodrigo de Aguilar, ni para evitarle contrariedades inútiles como lo hacía Leticia Nazareno más por compasión que por amor, sino para mantenerlo cautivo de su propio poder en el marasmo senil de la hamaca bajo la ceiba del patio donde al final de sus años no había de ser verdad ni siquiera el coro de escuela de la pajarita pinta paradita en el verde limón, qué vaina, y sin embargo no lo afectó la bur-

306

la sino que trataba de reconciliarse con la realidad
mediante la recuperación por decreto del monopolio de la quina y otras pócimas esenciales para la
felicidad del estado, pero la realidad lo volvió a sor-
prender con la advertencia de que el mundo cambiaba y la vida seguía aún a espaldas de su poder,
pues ya no hay quina, general, ya no hay cacao, no
hay añil, general, no había nada, salvo su fortuna
personal que era incontable y estéril y estaba ame-
nazada por la ociosidad, y sin embargo no se alteró
con tan infaustas nuevas sino que mandó un recado
de desafío al viejo embajador Roxbury por si acaso
encontraban alguna fórmula de alivio en la mesa de
dominó, pero el embajador le contestó con su propio estilo que ni de vainas excelencia, este país no
vale un rábano, a excepción del mar, por supuesto,
que era diáfano y suculento y habría bastado con
meterle candela por debajo para cocinar en su propio cráter la gran sopa de mariscos del universo, así
que piénselo, excelencia, se lo aceptamos a buena
cuenta de los servicios de esa deuda atrasada que
no han de redimir ni cien generaciones de próceres
tan diligentes como su excelencia, pero él ni siquiera lo tomó en serio esa primera vez, lo acompañó
hasta las escaleras pensando madre mía Bendición
Alvarado mira qué gringos tan bárbaros, cómo es
posible que sólo piensen en el mar para comérselo,
lo despidió con la palmadita habitual en el hombro
y volvió a quedar solo consigo mismo tantaleando
en las franjas de nieblas ilusorias de los páramos

del poder, pues las muchedumbres habían abandonado la Plaza de Armas, se llevaron las pancartas de repetición y se guardaron las consignas de alquiler para otras fiestas iguales del futuro tan pronto como se les acabó el estímulo de las cosas de comer y beber que la tropa repartía en las pausas de las ovaciones, habían vuelto a dejar los salones desiertos y tristes a pesar de su orden de no cerrar los portones a ninguna hora para que entre quien quiera, como antes, cuando ésta no era una casa de difuntos sino un palacio de vecindad, y sin embargo los únicos que se quedaron fueron los leprosos, mi general, y los ciegos y los paralíticos que habían permanecido años y años frente a la casa como los viera Demetrio Aldous dorándose al sol en las puertas de Jerusalén, destruidos e invencibles, seguros de que más temprano que tarde volverían a entrar para recibir de sus manos la sal de la salud porque él había de sobrevivir a todos los embates de la adversidad y a las pasiones más inclementes y a los peores asechos del olvido, pues era eterno, y así fue, él los volvió a encontrar de regreso del ordeño hirviendo las latas de sobras de cocina en los fogones de ladrillo improvisados en el patio, los vio tendidos con los brazos en cruz en las esteras maceradas por el sudor de las úlceras a la sombra fragante de los rosales, les hizo construir una hornilla común, les compraba esteras nuevas y les mandó a edificar un cobertizo de palmas en el fondo del patio para que no tuvieran que guarecerse dentro de la casa, pero no pasaban cuatro días sin que encontrara una pareja de leprosos durmiendo en las alfombras árabes de la sala de fiestas o encontraba un ciego perdido en las oficinas o un paralítico fracturado en las escaleras, hacía cerrar las puertas para que no dejaran un rastro de llagas vivas en las paredes ni apestaran el aire de la casa con el tufo del ácido fénico con que los fumigaban los servicios de sanidad, aunque no bien los quitaban de un lado que aparecían por el otro, tenaces, indestructibles, aferrados a su vieja esperanza feroz cuando ya nadie esperaba nada de aquel anciano inválido que escondía recuerdos escritos en las grietas de las paredes y se orientaba con tanteos de sonámbulo a través de los vientos encontrados de las ciénagas de brumas de la memoria, pasaba horas insomnes en la hamaca preguntándose cómo carajo me voy a escabullir del nuevo embajador Fischer que me había propuesto denunciar la existencia de un flagelo de fiebre amarilla para justificar un desembarco de infantes de marina de acuerdo con el tratado de asistencia recíproca por tantos años cuantos fueran necesarios para infundir un aliento nuevo a la patria moribunda, y él replicó de inmediato que ni de vainas, fascinado por la evidencia de que estaba viviendo de nuevo en los orígenes de su régimen cuando se había valido de un recurso igual para disponer de los poderes de excepción de la ley marcial ante una grave amenaza de sublevación civil, había declarado el estado de peste por decreto, se plantó la bandera amarilla en el asta del faro, se cerró el puerto, se suprimieron los domingos, se prohibió llorar a los muertos en público y tocar músicas que los recordaran y se facultó a las fuerzas armadas para velar por el cumplimiento del decreto y disponer de los pestíferos según su albedrío, de modo que las tropas con brazales sanitarios ejecutaban en público a las gentes de la más diversa condición, señalaban con un círculo rojo en la puerta de las casas sospechosas de inconformidad con el régimen, marcaban con un hierro de vaca en la frente a los infractores simples, a los marimachos y a los floripondios mientras una misión sanitaria solicitada de urgencia a su gobierno por el embajador Mitchell se ocupaba de preservar del contagio a los habitantes de la casa presidencial, recogían del suelo la caca de los sietemesinos para analizarla con vidrios de aumento, echaban píldoras desinfectantes en las tinajas, les daban de comer gusarapos a los animales de sus laboratorios de ciencias, y él les decía muerto de risa a través del intérprete que no sean tan pendejos, místeres, aquí no hay más peste que ustedes, pero ellos insistían que sí, que tenían órdenes superiores de que hubiera, prepararon una miel de virtud preventiva, espesa y verde, con la cual barnizaban de cuerpo entero a los visitantes sin distinción de credenciales desde los más ordinarios hasta los más ilustres, los obligaban a mantener la distancia en las audiencias, ellos de pie en el umbral y él sentado en el fondo donde lo alcanzara la voz pero no el aliento, parlamentando a gritos con desnudos de alcurnia que accionaban con una mano, excelencia, y con la otra se tapaban la escuálida paloma pintorreteada, y todo aquello para preservar del contagio a quien había concebido en el enervamiento de la vigilia hasta los pormenores más banales de la falsa calamidad, que había inventado infundios telúricos y difundido pronósticos de apocalipsis de acuerdo con su criterio de que la gente tendrá más miedo cuanto menos entienda, y que apenas si parpadeó cuando uno de sus edecanes, lívido de pavor, se cuadró frente a él con la novedad mi general de que la peste está causando una mortandad tremenda entre la población civil, de modo que a través de los vidrios nublados de la carroza presidencial había visto el tiempo interrumpido por orden suya en las calles abandonadas, vio el aire tónito en las banderas amarillas, vio las puertas cerradas inclusive en las casas omitidas por el círculo rojo, vio los gallinazos ahítos en los balcones, y vio los muertos, los muertos, los muertos, había tantos por todas partes que era imposible contarlos en los barrizales, amontonados en el sol de las terrazas, tendidos en las legumbres del mercado, muertos de carne y hueso mi general, quién sabe cuántos, pues eran muchos más de los que él hubiera querido ver entre las huestes de sus enemigos tirados como perros muertos en los cajones de la basura, y por encima de la podredumbre de los cuerpos y la fetidez familiar de las calles reconoció el olor de la sarna de la peste, pero no se inmutó, no cedió a ninguna súplica hasta que no volvió a sentirse dueño absoluto de todo su poder, y sólo cuando no parecía haber recurso humano ni divino capaz de poner término a la mortandad vimos aparecer en las calles una carroza sin insignias en la que nadie percibió a primera vista el soplo helado de la majestad del poder, pero en el interior de terciopelo fúnebre vimos los ojos letales, los labios trémulos, el guante nupcial que iba echando puñados de sal en los portales, vimos el tren pintado con los colores de la bandera trepándose con las uñas a través de las gardenias y los leopardos despavoridos hasta las cornisas de niebla de las provincias más escarpadas, vimos los ojos turbios a través de los visillos del vagón solitario, el semblante afligido, la mano de doncella desairada que iba dejando un reguero de sal por los páramos lúgubres de su niñez, vimos el buque de vapor con rueda de madera y rollos de mazurcas de pianolas quiméricas que navegaba tropezando por entre los escollos y los bancos de arena y los escombros de las catástrofes causadas en la selva por los paseos primaverales del dragón, vimos los ojos de atardecer en la ventana del camarote presidencial, vimos los labios pálidos, la mano sin origen que arrojaba puñados de sal en las aldeas entorpecidas de calor, y quienes comían de aquella sal y lamían el suelo donde había estado recuperaban la salud al instante y quedaban inmunizados por largo tiempo contra los malos presagios y las ventoleras de la ilusión, así que él no había de sorprenderse en las postrimerías de su otoño cuando le propusieron un nuevo régimen de desembarco sustentado en el mismo infundio de una epidemia política de fiebre amarilla sino que se enfrentó a las razones de los ministros estériles que clamaban que vuelvan los infantes, general, que vuelvan con sus máquinas de fumigar pestíferos a cambio de lo que ellos quieran, que vuelvan con sus hospitales blancos, sus prados azules, los surtidores de aguas giratorias que completan los años bisiestos con siglos de buena salud, pero él golpeó la mesa y decidió que no, bajo su responsabilidad suprema, hasta que el rudo embajador Mac Queen le replicó que ya no estamos en condiciones de discutir, excelencia, el régimen no estaba sostenido por la esperanza ni por el conformismo, ni siquiera por el terror, sino por la pura inercia de una desilusión antigua e irreparable, salga a la calle y mírele la cara a la verdad, excelencia, estamos en la curva final, o vienen los infantes o nos llevamos el mar, no hay otra, excelencia, no había otra, madre, de modo que se llevaron el Caribe en abril, se lo llevaron en piezas numeradas los ingenieros náuticos del embajador Ewing para sembrarlo lejos de los huracanes en las auroras de sangre de Arizona, se lo llevaron con todo lo que tenía dentro, mi general, con el reflejo de nuestras ciudades, nuestros ahogados tímidos, nuestros dragones dementes, a pesar de que él había apelado a los registros más audaces de su astucia milenaria tratando de promover una convulsión nacional de protesta contra el despojo, pero nadie hizo caso mi general, no quisieron salir a la calle ni por la razón ni por la fuerza porque pensábamos que era una nueva maniobra suya como tantas otras para saciar hasta más allá de todo límite su pasión irreprimible de perdurar, pensábamos que con tal de que pase algo aunque se lleven el mar, qué carajo, aunque se lleven la patria entera con su dragón, pensábamos, insensibles a las artes de seducción de los militares que aparecían en nuestras casas disfrazados de civil y nos suplicaban en nombre de la patria que nos echáramos a la calle gritando que se fueran los gringos para impedir la consumación del despojo, nos incitaban al saqueo y al incendio de las tiendas y las quintas de los extranjeros, nos ofrecieron plata viva para que saliéramos a protestar bajo la protección de la tropa solidaria con el pueblo frente a la agresión, pero nadie salió mi general porque nadie olvidaba que otra vez nos habían dicho lo mismo bajo palabra de militar y sin embargo los masacraron a tiros con el pretexto de que había provocadores infiltrados que abrieron fuego contra la tropa, así que esta vez no contamos ni con el pueblo mi general y tuve que cargar solo con el peso de este castigo, tuve que firmar solo pensando madre mía Bendición Alvarado nadie sabe mejor que tú que vale más quedarse sin el mar que permitir un desembarco de infantes, acuérdate que eran ellos quienes pensaban las órdenes que me hacían firmar, ellos volvían maricas a los artistas, ellos trajeron la Biblia y la sífilis, le hacían creer a la gente que la vida era fácil, madre, que todo se consigue con plata, que los negros son contagiosos, trataron de convencer a nuestros soldados de que la patria es un negocio y que el sentido del honor era una vaina inventada por el gobierno para que las tropas pelearan gratis, y fue por evitar la repetición de tantos males que les concedí el derecho de disfrutar de nuestros mares territoriales en la forma en que lo consideren conveniente a los intereses de la humanidad y la paz entre los pueblos, en el entendimiento de que dicha cesión comprendía no sólo las aguas físicas visibles desde la ventana de su dormitorio hasta el horizonte sino todo cuanto se entiende por mar en el sentido más amplio, o sea la fauna y la flora propias de dichas aguas, su régimen de vientos, la veleidad de sus milibares, todo, pero nunca me pude imaginar que eran capaces de hacer lo que hicieron de llevarse con gigantescas dragas de succión las esclusas numeradas de mi viejo mar de ajedrez en cuyo cráter desgarrado vimos aparecer los lamparazos instantáneos de los restos sumergidos de la muy antigua ciudad de Santa María del Darién arrasada por la marabunta, vimos la nao capitana del almirante mayor de la mar océana tal como yo la había visto desde mi ventana, madre, estaba idéntica, atrapada por un matorral de percebes que las muelas de las dragas arrancaron de raíz antes de que él tuviera tiempo de ordenar un homenaje digno del tamaño histórico de aquel naufragio, se llevaron todo cuanto había sido la razón de mis guerras y el motivo de su poder y sólo dejaron la llanura desierta de áspero polvo lunar que él veía al pasar por las ventanas con el corazón oprimido clamando madre mía Bendición Alvarado ilumíname con tus luces más sabias, pues en aquellas noches de postrimerías lo despertaba el espanto de que los muertos de la patria se incorporaban en sus tumbas para pedirle cuentas del mar, sentía los arañazos en los muros, sentía las voces insepultas, el horror de las miradas póstumas que acechaban por las cerraduras el rastro de sus grandes patas de saurio moribundo en el pantano humeante de las últimas ciénagas de salvación de la casa en tinieblas, caminaba sin tregua en el crucero de los alisios tardíos y los mistrales falsos de la máquina de vientos que le había regalado el embajador Eberhart para que se notara menos el mal negocio del mar, veía en la cúspide de los arrecifes la lumbre solitaria de la casa de reposo de los dictadores asilados que duermen como bueyes sentados mientras yo padezco, malparidos, se acordaba de los ronquidos de adiós de su madre Bendición Alvarado en la mansión de los suburbios, su buen dormir de pajarera en el cuarto alumbrado por la vigilia del orégano, quién fuera ella, suspiraba, madre feliz dormida que nunca se dejó asustar por la peste, ni se dejó intimidar por el amor ni se dejó acoquinar por la muerte, y en cambio él estaba tan aturdido que hasta las ráfagas del faro sin mar que intermitían en las ventanas le parecieron sucias de los muertos, huyó despavorido de la fantástica luciérnaga sideral que fumigaba en su órbita de pesadilla giratoria los efluvios temibles del polvo luminoso del tuétano de los muertos, que lo apaguen, gritó, lo apagaron, mandó a calafatear la casa por dentro y por fuera para que no pasaran por los resquicios de puertas y ventanas ni escondidos en otras fragancias los hálitos más tenues de la sarna de los aires nocturnos de la muerte, se quedó en las tinieblas, tantaleando, respirando a duras penas en el calor sin aire, sintiéndose pasar por espejos oscuros, caminando de miedo, hasta que oyó un tropel de pezuñas en el cráter del mar y era la luna que se alzaba con sus nieves decrépitas, pavorosa, que la quiten, gritó, que apaguen las estrellas, carajo, orden de Dios, pero nadie acudió a sus gritos, nadie lo oyó, salvo los paralíticos que despertaron asustados en las antiguas oficinas, los ciegos en las escaleras, los leprosos perlados del sereno que se alzaron a su paso en los rastrojos de las primeras rosas para implorar de sus manos la sal de la salud, y entonces fue cuando sucedió, incrédulos del mundo entero, idólatras de mierda, sucedió que él nos tocó la cabeza al pasar, uno por uno, nos tocó a cada uno en el sitio de nuestros defectos con una mano lisa y sabia que era la mano de la verdad, y en el instante en que nos tocaba recuperábamos la salud del cuerpo y el sosiego del alma y recobrábamos la fuerza y la conformidad de vivir, y vimos a los ciegos encandilados por el fulgor de las rosas, vimos a los tullidos dando traspiés en las escaleras y vimos esta mi propia piel de recién nacido que voy mostrando por las ferias del mundo entero para que nadie se quede sin conocer la noticia del prodigio y esta fragancia de lirios prematuros de las cicatrices de mis llagas que voy regando por la faz de la tierra para escarnio de infieles y escarmiento de libertinos, lo gritaban por ciudades y veredas, en fandangos y procesiones, tratando de infundir en las muchedumbres el pavor del milagro, pero nadie pensaba que fuera cierto, pensábamos que era uno más de los tantos áulicos que mandaban a los pueblos con un viejo bando de merolicos para tratar de convencernos de lo último que nos faltaba creer que él había devuelto el cutis a los leprosos, la luz a los ciegos, la habilidad a los paralíticos, pensábamos que era el último recurso del régimen para llamar la atención sobre un presidente improbable cuya guardia personal estaba reducida a una patrulla de reclutas en contra del criterio unánime del consejo de gobierno que había insistido que no mi general, que era indispensable una protección más rígida, por lo menos una unidad de rifleros mi general, pero él se había empecinado en que nadie tiene necesidad ni ganas de matarme, ustedes son los únicos, mis ministros inútiles, mis comandantes ociosos, sólo que no se atreven ni se atreverán a matarme nunca porque saben que después tendrán que matarse los unos a los otros, de modo que sólo quedó la guardia de reclutas para una casa extinguida donde las vacas andaban sin ley desde el primer vestíbulo hasta la sala de audiencias, se habían comido las praderas de flores de los gobelinos mi general, se habían comido los archivos, pero él no oía, había visto subir la primera vaca una tarde de octubre en que era imposible permanecer a la intemperie por las furias del aguacero, había tratado de espantarla con las manos, vaca, vaca, recordando de pronto que vaca se escribe con ve de vaca, la había visto otra vez comiéndose las pantallas de las lámparas en un época de la vida en que empezaba a comprender que no valía la pena moverse hasta las escaleras para espantar una vaca, había encontrado dos en la sala de fiestas exasperadas por las gallinas que se subían a picotearles las garrapatas del lomo, así que en las noches recientes en que veíamos luces que parecían de navegación y oíamos desastres de pezuñas de animal grande detrás de las paredes fortificadas era porque él andaba con el candil de mar disputándose con las vacas un sitio donde dormir mientras afuera continuaba su vida pública sin él, veíamos a diario en los periódicos del régimen las fotografías de ficción de las audiencias civiles y militares en que nos lo mostraban con un uniforme distinto según el carácter de cada ocasión, oíamos por la radio las arengas repetidas todos los años desde hacía tantos años en las fechas mayores de las efemérides de la patria, estaba presente en nuestras vidas al salir de la casa, al entrar en la iglesia, al comer y al dormir, cuando era de dominio público que apenas si podía con sus rústicas botas de caminante irredento en la casa decrépita cuyo servicio se había reducido entonces a tres o cuatro ordenanzas que le daban de comer y mantenían bien provistos los escondites de la miel de abejas y espantaron las vacas que habían hecho estragos en el estado mayor de mariscales de porcelana de la oficina prohibida donde él había de morir según algún pronóstico de pitonisas que él mismo había olvidado, permanecían pendientes de sus órdenes casuales hasta que colgaba la lámpara en el dintel y oían el estrépito de los tres cerrojos, los tres pestillos, las tres aldabas del dormitorio enrarecido por la falta del mar, y entonces se retiraban a sus cuartos de la planta baja convencidos de que él estaba a merced de sus sueños de ahogado solitario hasta el amanecer, pero se despertaba a saltos imprevistos, pastoreaba el insomnio, arrastraba sus grandes patas de aparecido por la inmensa casa en tinieblas apenas perturbada por la parsimoniosa digestión de las vacas y la respiración obtusa de las gallinas dormidas en las perchas de los virreyes, oía vientos de lunas en la oscuridad, sentía los pasos del tiempo en la oscuridad, veía a su madre Bendición Alvarado barriendo en la oscuridad con la escoba de ramas verdes con que había barrido la hojarasca de ilustres varones chamuscados de

Cornelio Nepote en el texto original, la retórica inmemorial de Livio Andrónico y Cecilio Estato que estaban reducidos a basura de oficinas la noche de sangre en que él entró por primera vez en la casa mostrenca del poder mientras afuera resistían las últimas barricadas suicidas del insigne latinista el general Lautaro Muñoz a quien Dios tenga en su santo reino, habían atravesado el patio bajo el resplandor de la ciudad en llamas saltando por encima de los bultos muertos de la guardia personal del presidente ilustrado, él tiritando por la calentura de las tercianas y su madre Bendición Alvarado sin más armas que la escoba de ramas verdes, subieron las escaleras tropezando en la oscuridad con los cadáveres de los caballos de la espléndida escudería presidencial que todavía se desangraban desde el primer vestíbulo hasta la sala de audiencias, era difícil respirar dentro de la casa cerrada por el olor de pólvora agria de la sangre de los caballos, vimos huellas descalzas de pies ensangrentados con sangre de caballos en los corredores, vimos palmas de manos estampadas con sangre de caballos en las paredes, y vimos en el lago de sangre de la sala de audiencias el cuerpo desangrado de una hermosa florentina en traje de noche con un sable de guerra clavado en el corazón, y era la esposa del presidente, y vimos a su lado el cadáver de una niña que parecía una bailarina de juguete de cuerda con un tiro de pistola en la frente, y era su hija de nueve años, y vieron el cadáver de césar garibaldino del presidente Lautaro Muñoz, el más diestro y capaz de los catorce generales federalistas que se habían sucedido en el poder por atentados sucesivos durante once años de rivalidades sangrientas pero también el único que se atrevió a decirle que no en su propia lengua al cónsul de los ingleses, y ahí estaba tirado como un lebranche, descalzo, padeciendo el castigo de su temeridad con el cráneo astillado por un tiro de pistola que se disparó en el paladar después de matar a su mujer y a su hija y a sus cuarenta y dos caballos andaluces para que no cayeran en poder de la expedición punitiva de la escuadra británica, y entonces fue cuando el comandante Kitchener me dijo señalando el cadáver que ya lo ves, general, así es cómo terminan los que levantan la mano contra su padre, no se te olvide cuando estés en tu reino, le dijo, aunque ya estaba, al cabo de tantas noches de insomnios de espera, tantas rabias aplazadas, tantas humillaciones digeridas, ahí estaba, madre, proclamado comandante supremo de las tres armas y presidente de la república por tanto tiempo cuanto fuera necesario para el restablecimiento del orden y el equilibrio económico de la nación, lo habían resuelto por unanimidad los últimos caudillos de la federación con el acuerdo del senado y la cámara de diputados en pleno y el respaldo de la escuadra británica por mis tantas y tan difíciles noches de dominó con el cónsul Macdonall, sólo que ni yo ni nadie lo creyó al principio, por supuesto, quién lo iba a creer en el tumulto de aquella noche de espanto si la propia Bendición Alvarado no acababa todavía de creerlo en su lecho de podredumbre cuando evocaba el recuerdo del hijo que no encontraba por dónde empezar a gobernar en aquel desorden, no hallaban ni una hierba de cocimiento para la calentura en aquella casa inmensa y sin muebles en la cual no quedaba nada de valor sino los óleos apolillados de los virreyes y los arzobispos de la grandeza muerta de España, todo lo demás se lo habían ido llevando poco a poco los presidentes anteriores para sus dominios privados, no dejaron ni rastro del papel de colgaduras de episodios heroicos en las paredes, los dormitorios estaban llenos de desperdicios de cuartel, había por todas partes vestigios olvidados de masacres históricas y consignas escritas con un dedo de sangre por presidentes ilusorios de una sola noche, pero no había siquiera un petate donde acostarse a sudar una calentura, de modo que su madre Bendición Alvarado arrancó una cortina para envolverme y lo dejó acostado en un rincón de la escalera principal mientras ella barrió con la escoba de ramas verdes los aposentos presidenciales que estaban acabando de saquear los ingleses, barrió el piso completo defendiéndose a escobazos de esta pandilla de filibusteros que trataban de violarla detrás de las puertas, y un poco antes del alba se sentó a descansar junto al hijo aniquilado por los escalofríos, envuelto en la cortina de peluche, sudando a chorros en el último peldaño de la escalera principal de la casa devastada mientas ella trataba de bajarle la calentura con sus cálculos fáciles de que no te dejes acoquinar por este desorden, hijo, es cuestión de comprar unos taburetes de cuero de los más baratos y se les pintan flores y animales de colores, yo misma los pinto, decía, es cuestión de comprar unas hamacas para cuando haya visitas, sobre todo eso, hamacas, porque en una casa como ésta deben llegar muchas visitas a cualquier hora sin avisar, decía, se compra una mesa de iglesia para comer, se compran cubiertos de hierro y platos de peltre para que aguanten la mala vida de la tropa, se compra un tinajero decente para el agua de beber y un anafe de carbón y ya está, al fin y al cabo es plata del gobierno, decía para consolarlo, pero él no la escuchaba, abatido por las primeras malvas del amanecer que iluminaban en carne viva el lado oculto de la verdad, consciente de no ser nada más que un anciano de lástima que temblaba de fiebre sentado en las escaleras pensando sin amor madre mía Bendición Alvarado de modo que ésta era toda la vaina, carajo, de modo que el poder era aquella casa de náufragos, aquel olor humano de caballo quemado, aquella aurora desolada de otro doce de agosto igual a todos era la fecha del poder, madre, en qué vaina nos hemos metido, padeciendo la desazón original, el miedo atávico del nuevo siglo de tinieblas que se alzaba en el mundo sin su permiso, cantaban los gallos en el mar, cantaban los ingleses en inglés recogiendo los muertos del patio cuando su madre Bendición Alvarado terminó las cuentas alegres con el saldo de alivio de que no me asustan las cosas de comprar y los oficios por hacer, nada de eso, hijo, lo que me asusta es la cantidad de sábanas que habrá que lavar en esta casa, y entonces fue él quien se apoyó en la fuerza de su desilusión para tratar de consolarla con que duerma tranquila, madre, en este país no hay presidente que dure, le dijo, ya verá como me tumban antes de quince días, le dijo, y no sólo lo creyó entonces sino que lo siguió creyendo en cada instante de todas las horas de su larguísima vida de déspota sedentario, tanto más cuanto más lo convencía la vida de que los largos años del poder no traen dos días iguales, que habría siempre una intención oculta en los propósitos de un primer ministro cuando éste soltaba la deflagración deslumbrante de la verdad en el informe de rutina del miércoles, y él apenas sonreía, no me diga la verdad, licenciado, que corre el riesgo de que se la crea, desbaratando con aquella sola frase toda una laboriosa estrategia del consejo de gobierno para tratar de que firmara sin preguntar, pues nunca me pareció más lúcido que cuando más convincentes se hacían los rumores de que él se orinaba en los pantalones sin darse cuenta durante las visitas oficiales, me parecía más severo a medida que se hundía en el remanso de la decrepitud con unas pantuflas de desahuciado y los espejuelos de una sola pata amarrada con hilo de coser y su índole se había vuelto más intensa y su instinto más certero para apartar lo que era inoportuno y firmar lo que convenía sin leerlo, qué carajo, si al fin y al cabo nadie me hace caso, sonreía, fíjese que había ordenado que pusieran una tranca en el vestíbulo para que las vacas no se treparan por las escaleras, y ahí estaba otra vez, vaca, vaca, había metido la cabeza por la ventana de la oficina y se estaba comiendo las flores de papel del altar de la patria, pero él se limitaba a sonreír que ya ve lo que le digo, licenciado, lo que tiene jodido a este país es que nadie me ha hecho caso nunca, decía, y lo decía con una claridad de juicio que no parecía posible a su edad, aunque el embajador Kippling contaba en sus memorias prohibidas que por esa época lo había encontrado en un penoso estado de inconsciencia senil que ni siquiera le permitía valerse de sí mismo para los actos más pueriles, contaba que lo encontró ensopado de una materia incesante y salobre que le manaba de la piel, que había adquirido un tamaño descomunal de ahogado y una placidez lenta de ahogado a la deriva y se había abierto la camisa para mostrarme el cuerpo tenso y lúcido de ahogado de tierra firme en cuyos resquicios estaban proliferando parásitos de escollos de fondo de mar, tenía rémora de barco en la espalda, tenía pólipos y crustáceos microscópicos en las axilas, pero estaba convencido de que aquellos retoños de acantilados eran apenas los primeros síntomas del regreso espontáneo del mar que ustedes se llevaron, mi querido Johnson, porque los mares son como los gatos, dijo, vuelven siempre, convencido de que los bancos de percebes de sus ingles eran el anuncio secreto de un amanecer feliz en que iba a abrir la ventana de su dormitorio y había de ver de nuevo las tres carabelas del almirante de la mar océana que se había cansado de buscar por el mundo entero para ver si era cierto lo que le habían dicho que tenía las manos lisas como él y como tantos otros grandes de la historia, había ordenado traerlo, incluso por la fuerza, cuando otros navegantes le contaron que lo habían visto cartografiando las ínsulas innumerables de los mares vecinos, cambiando por nombres de reyes y de santos sus viejos nombres de militares mientras buscaba en la ciencia nativa lo único que le interesaba de veras que era descubrir algún tricófero magistral para su calvicie incipiente, habíamos perdido la esperanza de encontrarlo de nuevo cuando él lo reconoció desde la limusina presidencial disimulado dentro de un hábito pardo con el cordón de San Francisco en la cintura haciendo sonar una matraca de penitente entre las muchedumbres dominicales del mercado público y sumido en tal estado de penuria moral que no podía creerse que fuera el mismo que habíamos visto entrar en la sala de audiencias con el uniforme carmesí y las espuelas de oro y la andadura solemne de bogavante en tierra firme, pero cuando trataron de subirlo en la limusina por orden suya no encontramos ni rastros mi general, se lo tragó la tierra, decían que se había vuelto musulmán, que había muerto de pelagra en el Senegal y había sido enterrado en tres tumbas distintas de tres ciudades diferentes del mundo aunque en realidad no estaba en ninguna, condenado a vagar de sepulcro en sepulcro hasta la consumación de los siglos por la suerte torcida de sus empresas, porque ese hombre tenía la pava, mi general, era más cenizo que el oro, pero él no lo creyó nunca, seguía esperando que volviera en los extremos últimos de su vejez cuando el ministro de la salud le arrancaba con unas pinzas las garrapatas de buey que le encontraba en el cuerpo y él insistía en que no eran garrapatas, doctor, es el mar que vuelve, decía, tan seguro de su criterio que el ministro de la salud había pensado muchas veces que él no era tan sordo como hacía creer en público ni tan despalomado como aparentaba en las audiencias incómodas, aunque un examen de fondo había revelado que tenía las arterias de vidrio, tenía sedimentos de arena de playa en los riñones y el corazón agrietado por falta de amor, así que el viejo médico se escudó en una antigua confianza de compadre para decirle que ya es hora de que entregue los trastos mi general, resuelva por lo menos en qué manos nos va a dejar, le dijo, sálvenos del desmadre, pero él le preguntó asombrado que quién le ha dicho que yo me pienso morir, mi querido doctor, que se mueran otros, qué carajo, y terminó con ánimo de burla que hace dos noches me vi yo mismo en la televisión y me encontré mejor que nunca, como un toro de lidia, dijo, muerto de risa, pues se había visto entre brumas, cabeceando de sueño y con la cabeza envuelta en una toalla mojada frente a la pantalla sin sonido de acuerdo con los hábitos de sus últimas veladas de soledad, estaba de veras más resuelto que un toro de lidia ante el hechizo de la embajadora de Francia, o tal vez era de Turquía, o de Suecia, qué carajo, eran tantas iguales que no las distinguía y había pasado tanto tiempo que no se recordaba a sí mismo entre ellas con el uniforme de noche y una copa de champaña intacta en la mano durante la fiesta de aniversario del 12 de agosto, o en la conmemoración de la victoria del 14 de enero, o del renacimiento del 13 de marzo, qué sé yo, si en el galimatías de fechas históricas del régimen había terminado por no saber cuándo era cuál ni cuál correspondía a qué ni le servían de nada los papelitos enrollados que con tan buen espíritu y tanto esmero había escondido en los resquicios de las paredes porque había terminado por olvidar qué era lo que debía recordar, los encontraba por casualidad en los escondites de la miel de abeja y había leído alguna vez que el 7 de abril cumple años el doctor Marcos de León, hay que mandarle un tigre de regalo, había leído, escrito de su puño y letra, sin la menor idea de quién era, sintiendo que no había un castigo más humillante ni menos merecido para un hombre que la traición de su propio cuerpo, había empezado a vislumbrarlo desde mucho antes de los tiempos inmemoriales de José Ignacio

Sáenz de la Barra cuando tuvo conciencia de que apenas sabía quién era quién en las audiencias de grupo, un hombre como yo que era capaz de llamar por su nombre y su apellido a toda una población de las más remotas de su desmesurado reino de pesadumbre, y sin embargo había llegado al extremo contrario, había visto desde la carroza a un muchacho conocido entre la muchedumbre y se había asustado tanto de no recordar dónde lo había visto antes que lo hice arrestar por la escolta mientras me acordaba, un pobre hombre de monte que estuvo 22 años en un calabozo repitiendo la verdad establecida desde el primer día en el expediente judicial, que se llamaba Braulio Linares Moscote, que era hijo natural pero reconocido de Marcos Linares, marinero de agua dulce, y de Delfina Moscote, criadora de perros tigreros, ambos con domicilio conocido en el Rosal del Virrey, que estaba por primera vez en la ciudad capital de este reino porque su madre lo había mandado a vender dos cachorros en los juegos florales de marzo, que había llegado en un burro de alquiler sin más ropas que las que llevaba puestas al amanecer del mismo jueves en que lo arrestaron, que estaba en un tenderete del mercado público tomándose un pocillo de café cerrero mientras les preguntaba a las fritangueras si no sabían de alguien que quisiera comprar dos cachorros cruzados para cazar tigres, que ellas le habían contestado que no cuando empezó el tropel de los redoblantes, las cornetas, los cohetes, la gente que gritaba que ya viene el hombre, ahí viene, que preguntó quién era el hombre y le habían contestado que quién iba a ser, el que manda, que metió los cachorros en un cajón para que las fritangueras le hicieran el favor de cuidármelos mientras vuelvo, que se trepó en el travesaño de una ventana para mirar por encima del gentío y vio la escolta de caballos con gualdrapas de oro y morriones de plumas, vio la carroza con el dragón de la patria, el saludo de una mano con un guante de trapo, el semblante lívido, los labios taciturnos sin sonrisa del hombre que mandaba, los ojos tristes que lo encontraron de pronto como a una aguja en un monte de agujas, el dedo que lo señaló, ése, el que está trepado en la ventana, que lo arresten mientras me acuerdo dónde lo he visto, ordenó, así que me agarraron a golpes, me desollaron a planazos de sable, me asaron en una parrilla para que confesara dónde me había visto antes el hombre que mandaba, pero no habían conseguido arrancarle otra verdad que la única en el calabozo de horror de la fortaleza del puerto y la repitió con tanta convicción y tanto valor personal que él terminó por admitir que se había equivocado, pero ahora no hay remedio, dijo, porque lo habían tratado tan mal que si no era un enemigo ya lo es, pobre hombre, de modo que se pudrió vivo en el calabozo mientras yo deambulaba por esta casa de sombras pensando madre mía Bendición Alvarado de mis buenos tiempos, asísteme, mírame cómo estoy sin el amparo de tu manto, clamando a solas que no valía la pena haber vivido tantos fastos de gloria si no podía evocarlos para solazarse con ellos y alimentarse de ellos y seguir sobreviviendo por ellos en los pantanos de la vejez porque hasta los dolores más intensos y los instantes más felices de sus tiempos grandes se le habían escurrido sin remedio por las troneras de la memoria a pesar de sus tentativas cándidas de impedirlo con tapones de papelitos enrollados, estaba castigado a no saber jamás quién era esta Francisca Linero de 96 años que había ordenado enterrar con honores de reina de acuerdo con otra nota escrita de su propia mano, condenado a gobernar a ciegas con once pares de gafas inútiles escondidos en la gaveta del escritorio para disimular que en realidad conversaba con espectros cuyas voces no alcanzaba apenas a descifrar, cuya identidad adivinaba por señales de instinto, sumergido en un estado de desamparo cuyo riesgo mayor se le había hecho evidente en una audiencia con su ministro de guerra en que tuvo la mala suerte de estornudar una vez y el ministro de guerra le dijo salud mi general, y había estornudado otra vez y el ministro de guerra volvió a decir salud mi general, y otra vez, salud mi general, pero después de nueve estornudos consecutivos no le volví a decir salud mi general sino que me sentí aterrado por la amenaza de aquella cara descompuesta de estupor, vi los ojos ahogados de lágrimas que me escupieron sin piedad desde el tremedal de la agonía, vi la lengua de ahorcado de la bestia decrépita que se me estaba muriendo en los brazos sin un testigo de mi inocencia, sin nadie, y entonces no se me ocurrió nada más que escapar de la oficina antes de que fuera demasiado tarde, pero él me lo impidió con una ráfaga de autoridad gritándome entre dos estornudos que no fuera cobarde brigadier Rosendo Sacristán, quédese quieto, carajo, que no soy tan pendejo para morirme delante de usted, gritó, y así fue, porque siguió estornudando hasta el borde de la muerte, flotando en un espacio de inconsciencia poblado de luciérnagas de mediodía pero aferrado a la certeza de que su madre Bendición Alvarado no había de depararle la vergüenza de morir de un acceso de estornudos en presencia de un inferior, ni de vainas, primero muerto que humillado, mejor vivir con vacas que con hombres capaces de dejarlo morir a uno sin honor, qué carajo, si no había vuelto a discutir sobre Dios con el nuncio apostólico para que no se diera cuenta de que él tomaba el chocolate con cuchara, ni había vuelto a jugar dominó por temor de que alguien se atreviera a perder por lástima, no quería ver a nadie, madre, para que nadie descubriera que a pesar de la vigilancia minuciosa de su propia conducta, a pesar de sus ínfulas de no arrastrar los pies planos que al fin y al cabo había arrastrado desde siempre, a pesar del pudor de sus años se sentía al borde del abismo de pena de los últimos dictadores en desgracia que él mantenía más presos que protegidos en la casa de los acantilados para que no contaminaran al mundo con la peste de su indignidad, lo había padecido a solas la mala mañana en que se quedó dormido dentro del estanque del patio privado cuando tomaba el baño de aguas medicinales, soñaba contigo, madre, soñaba que eras tú quien hacía las chicharras que se reventaban de tanto pitar sobre mi cabeza entre las ramas florecidas del almendro de la vida real, soñaba que eras tú quien pintaba con tus pinceles las voces de colores de las oropéndolas cuando se despertó sobresaltado por el eructo imprevisto de sus tripas en el fondo del agua, madre, despertó congestionado de rabia en el estanque pervertido de mi vergüenza donde flotaban los lotos aromáticos del orégano y la malva, flotaban los azahares nuevos desprendidos del naranjo, flotaban las hicoteas alborozadas con la novedad del reguero de cagarrutas doradas y tiernas de mi general en las aguas fragantes, qué vaina, pero él había sobrevivido a esa y a tantas otras infamias de la edad y había reducido al mínimo el personal de servicio para afrontarlas sin testigos, nadie lo había de ver vagando sin rumbo por la casa de nadie durante días enteros y noches completas con la cabeza envuelta en trapos ensopados de bairún, gimiendo de desesperación contra las paredes, empalagado de tabonucos, enloquecido por el dolor de cabeza insoportable del que nunca le habló ni a su médico personal porque sabía que no era más que uno más de los tantos dolores inútiles de la decrepitud, lo sentía llegar como un trueno

de piedras desde mucho antes de que aparecieron
en el cielo los nubarrones de la borrasca y ordenaba que nadie me moleste cuando apenas había empezado a girar el torniquete en las sienes, que nadie
entre en esta casa pase lo que pase, ordenaba,
cuando sentía crujir los huesos del cráneo con la
segunda vuelta del torniquete, ni Dios si viene, ordenaba, ni si me muero yo, carajo, ciego de aquel
dolor desalmado que no le concedía ni un instante
de tregua para pensar hasta el fin de los siglos de
desesperación en que se desplomaba la bendición
de la lluvia, y entonces nos llamaba, lo encontrábamos recién nacido con la mesita lista para la cena
frente a la pantalla muda de la televisión, le servía-
mos carne guisada, fríjoles con tocino, arroz de co-
co, tajadas de plátano frito, una cena inconcebible
a su edad que él dejaba enfriar sin probarla siquiera
mientras veía la misma película de emergencia en la
televisión, consciente de que algo quería ocultarle el
gobierno si habían vuelto a pasar el mismo progra-
ma de circuito cerrado sin advertir siquiera que los
rollos de la película estaban invertidos, qué carajo,
decía, tratando de olvidar lo que quisieron ocultarle, si fuera algo peor ya se supiera, decía, roncando
frente a la cena servida, hasta que daban las ocho
en la catedral y se levantaba con el plato intacto y
echaba la comida en el excusado como todas las
noches a esa hora desde hacía tanto tiempo para
disimular la humillación de que el estómago le re-
chazaba todo, para entretener con las leyendas de

sus tiempos de gloria el rencor que sentía contra sí mismo cada vez que incurría en un acto detestable de descuidos de viejo, para olvidar que apenas vivía, que era él y nadie más quien escribía en las paredes de los retretes que viva el general, viva el macho, que se había tomado a escondidas una pócima de curanderos para estar cuantas veces quisiera en una sola noche y hasta tres veces cada vez con tres mujeres distintas y había pagado aquella ingenuidad senil con lágrimas de rabia más que de dolor aferrado a las argollas del retrete llorando madre mía Bendición Alvarado de mi corazón, aborréceme, purifícame con tus aguas de fuego, cumpliendo con orgullo el castigo de su candidez porque sabía de sobra que lo que entonces le faltaba y le había faltado siempre en la cama no era honor sino amor, le faltaban mujeres menos áridas que las que me servía mi compadre el ministro canciller para que no perdiera la buena costumbre desde que clausuraron la escuela vecina, hembras de carne sin hueso para usted solo mi general, mandadas por avión con franquicia oficial de las vitrinas de Amsterdam, de los concursos del cine de Budapest, del mar de Italia mi general, mire qué maravilla, las más bellas del mundo entero que él encontraba sentadas con una decencia de maestras de canto en la penumbra de la oficina, se desnudaban como artistas, se acostaban en el diván de peluche con las tiras del traje de baño impresas en negativo de fotografía sobre el pellejo tibio de melaza de oro, olían a dentífricos de mentol, a flores de frasco, acostadas junto al enorme buey de cemento que no quiso quitarse la ropa militar mientras yo trataba de alentarlo con mis recursos más caros hasta que él se cansó de padecer los apremios de aquella belleza alucinante de pescado muerto y le dije que ya estaba bien, hija, métete a monja, tan deprimido por su propia desidia que aquella noche al golpe de las ocho sorprendió a una de las mujeres encargadas de la ropa de los soldados y la derribó de un zarpazo sobre las bateas del lavadero a pesar de que ella trató de escapar con el recurso de susto de que hoy no puedo general, créamelo, estoy con el vampiro, pero él la volteó bocabajo en las tablas de lavar y la sembró al revés con un ímpetu bíblico que la pobre mujer sintió en el alma con el crujido de la muerte y resolló qué bárbaro general, usted ha debido estudiar para burro, y él se sintió más halagado con aquel gemido de dolor que con los ditirambos más frenéticos de sus aduladores de oficio y le asignó a la lavandera una pensión vitalicia para la educación de sus hijos, volvió a cantar después de tantos años cuando les daba el pienso a las vacas en los establos de ordeño, fúlgida luna del mes de enero, cantaba, sin pensar en la muerte, porque ni aun en la última noche de su vida había de permitirse la flaqueza de pensar en algo que no fuera de sentido común, volvió a contar las vacas dos veces mientras cantaba eres la luz de mi sendero oscuro, eres mi estrella polar, y comprobó que falta-

337

ban cuatro, volvió al interior de la casa contando de paso las gallinas dormidas en las perchas de los virreyes, tapando las jaulas de los pájaros dormidos que contaba al ponerles encima las fundas de lienzo, cuarenta y ocho, puso fuego a las bostas diseminadas por las vacas durante el día desde el vestíbulo hasta la sala de audiencias, se acordó de una infancia remota que por primera vez era su propia imagen tiritando en el hielo del páramo y la imagen de su madre Bendición Alvarado que les arrebató a los buitres del muladar una tripa de carnero para el almuerzo, habían dado las once cuando recorrió otra vez la casa completa en sentido contrario alumbrándose con la lámpara mientras apagaba las luces hasta el vestíbulo, se vio a sí mismo uno por uno hasta catorce generales repetidos caminando con una lámpara en los espejos oscuros, vio una vaca despatarrada bocarriba en el fondo del espejo de la sala de música, vaca, vaca, dijo, estaba muerta, qué vaina, pasó por los dormitorios de la guardia para decirles que había una vaca muerta dentro de un espejo, ordenó que la saquen mañana temprano, sin falta, antes de que la casa se nos llene de gallinazos, ordenó, registrando con la luz las antiguas oficinas de la planta baja en busca de las otras vacas perdidas, eran tres, las buscó en los retretes, debajo de las mesas, dentro de cada uno de los espejos, subió a la planta principal registrando los cuartos cuarto por cuarto y sólo encontró una gallina echada bajo el mosquitero de punto rosado de una novicia de otros tiempos cuyo nombre había olvidado, tomó la cucharada de miel de abejas de antes de acostarse, volvió a poner el frasco en el escondite donde había uno de sus papelitos con la fecha de algún aniversario del insigne poeta Rubén Darío a quien Dios tenga en la silla más alta de su santo reino, volvió a enrollar el papelito y lo dejó en su sitio mientras rezaba de memoria la oración certera de padre y maestro mágico liróforo celeste que mantienes a flote los aeroplanos en el aire y los trasatlánticos en el mar, arrastrando sus grandes patas de desahuciado insomne a través de las últimas albas fugaces de amaneceres verdes de las vueltas del faro, oía los vientos en pena del mar que se fue, oía la música del ánima de una parranda de bodas en que estuvo a punto de morir por la espalda en un descuido de Dios, encontró una vaca extraviada y le cerró el paso sin tocarla, vaca, vaca, regresó al dormitorio, iba viendo al pasar frente a las ventanas el paraco de luces de la ciudad sin mar en todas las ventanas, sintió el vapor caliente del misterio de sus entrañas, el arcano de su respiración unánime, la contempló veintitrés veces sin detenerse y padeció para siempre como siempre la incertidumbre del océano vasto e inescrutable del pueblo dormido con la mano en el corazón, se supo aborrecido por quienes más lo amaban, se sintió alumbrado con velas de santos, sintió su nombre invocado para enderezar la suerte de las parturientas y cambiar el destino de los moribundos, sintió su memoria exaltada por los mismos que maldecían a su madre cuando veían los ojos taciturnos, los labios tristes, la mano de novia pensativa detrás de los cristales de acero transparente de los tiempos remotos de la limusina sonámbula y besábamos la huella de su bota en el barro y le mandábamos conjuros para una mala muerte en las noches de calor cuando veíamos desde los patios las luces errantes en las ventanas sin alma de la casa civil, nadie nos quiere, suspiró, asomado al antiguo dormitorio de pajarera exangüe pintora de oropéndolas de su madre Bendición Alvarado con el cuerpo sembrado de verdín, que pase buena muerte, madre, le dijo, muy buena muerte, hijo, le contestó ella en la cripta, eran las doce en punto cuando colgó la lámpara en el dintel herido en las entrañas por la torcedura mortal de los silbidos tenues del horror de la hernia, no había más ámbito en el mundo que el de su dolor, pasó los tres cerrojos del dormitorio por última vez, pasó los tres pestillos, las tres aldabas, padeció el holocausto final de la micción exigua en el excusado portátil, se tiró en el suelo pelado con el pantalón de manta cerril que usaba para estar en casa desde que puso término a las audiencias, con la camisa a rayas sin el cuello postizo y las pantuflas de inválido, se tiró bocabajo, con el brazo derecho doblado bajo la cabeza para que le sirviera de almohada, y se durmió en el acto, pero a las dos y diez despertó con la mente varada y con la ropa embebida en un sudor pálido y tibio de vísperas de ciclón, quién vi-

340

ve, preguntó estremecido por la certidumbre de que alguien lo había llamado en el sueño con un nombre que no era el suyo, Nicanor, y otra vez, Nicanor, alguien que tenía la virtud de meterse en su cuarto sin quitar las aldabas porque entraba y salía cuando quería atravesando las paredes, y entonces la vio, era la muerte mi general, la suya, vestida con una túnica de harapos de fique de penitente, con el garabato de palo en la mano y el cráneo sembrado de retoños de algas sepulcrales y flores de tierra en la fisura de los huesos y los ojos arcaicos y atónitos en las cuencas descarnadas, y sólo cuando la vio de cuerpo entero comprendió que lo hubiera llamado Nicanor Nicanor que es el nombre con que la muerte nos conoce a todos los hombres en el instante de morir, pero él dijo que no, muerte, que todavía no era su hora, que había de ser durante el sueño en la penumbra de la oficina como estaba anunciado desde siempre en las aguas premonitorias de los lebrillos, pero ella replicó que no, general, ha sido aquí, descalzo y con la ropa de menesteroso que llevaba puesta, aunque los que encontraron el cuerpo habían de decir que fue en el suelo de la oficina con el uniforme de lienzo sin insignias y la espuela de oro en el talón izquierdo para no contrariar los augurios de sus pitonisas, había sido cuando menos lo quiso, cuando al cabo de tantos y tantos años de ilusiones estériles había empezado a vislumbrar que no se vive, qué carajo, se sobrevive, se aprende demasiado tarde que hasta las vidas más dilatadas y útiles no alcanzan para nada más que para aprender a vivir, había conocido su incapacidad de amor en el enigma de la palma de sus manos mudas y en las cifras invisibles de las barajas y había tratado de compensar aquel destino infame con el culto abrasador del vicio solitario del poder, se había hecho víctima de su secta para inmolarse en las llamas de aquel holocausto infinito, se había cebado en la falacia y el crimen, había medrado en la impiedad y el oprobio y se había sobrepuesto a su avaricia febril y al miedo congénito sólo por conservar hasta el fin de los tiempos su bolita de vidrio en el puño sin saber que era un vicio sin término cuya saciedad generaba su propio apetito hasta el fin de todos los tiempos mi general, había sabido desde sus orígenes que lo engañaban para complacerlo, que le cobraban por adularlo, que reclutaban por la fuerza de las armas a las muchedumbres concentradas a su paso con gritos de júbilo y letreros venales de vida eterna al magnífico que es más antiguo que su edad, pero aprendió a vivir con esas y con todas las miserias de la gloria a medida que descubría en el transcurso de sus años incontables que la mentira es más cómoda que la duda, más útil que el amor, más perdurable que la verdad, había llegado sin asombro a la ficción de ignominia de mandar sin poder, de ser exaltado sin gloria y de ser obedecido sin autoridad cuando se convenció en el reguero de hojas amarillas de su otoño que nunca había de ser el dueño de todo su poder, que estaba condenado a no conocer la vida sino por el revés, condenado a descifrar las costuras y a corregir los hilos de la trama y los nudos de la urdimbre del gobelino de ilusiones de la realidad sin sospechar ni siquiera demasiado tarde que la única vida vivible era la de mostrar, la que nosotros veíamos de este lado que no era el suyo mi general, este lado de pobres donde estaba el reguero de hojas amarillas de nuestros incontables años de infortunio y nuestros instantes inasibles de felicidad, donde el amor estaba contaminado por los gérmenes de la muerte pero era todo el amor mi general, donde usted mismo era apenas una visión incierta de unos ojos de lástima a través de los visillos polvorientos de la ventanilla de un tren, era apenas el temblor de unos labios taciturnos, el adiós fugitivo de un guante de raso de la mano de nadie de un anciano sin destino que nunca supimos quién fue, ni cómo fue, ni si fue apenas un infundio de la imaginación, un tirano de burlas que nunca supo dónde estaba el revés y dónde estaba el derecho de esta vida que amábamos con una pasión insaciable que usted no se atrevió ni siquiera a imaginar por miedo de saber lo que nosotros sabíamos de sobra que era ardua y efímera pero que no había otra, general, porque nosotros sabíamos quiénes éramos mientras él se quedó sin saberlo para siempre con el dulce silbido de su potra de muerto viejo tronchado de raíz por el trancazo de la muerte, volando entre el rumor oscuro de las últimas hojas heladas de su otoño hacia la patria de tinieblas de la verdad del olvido, agarrado de miedo a los trapos de hilachas podridas del balandrán de la muerte y ajeno a los clamores de las muchedumbres frenéticas que se echaban a las calles cantando los himnos de júbilo de la noticia jubilosa de su muerte y ajeno para siempre jamás a las músicas de liberación y los cohetes de gozo y las campanas de gloria que anunciaron al mundo la buena nueva de que el tiempo incontable de la eternidad había por fin terminado.

LIBRO AMIGO

Ultimos títulos publicados

 * Ciencia ficción
** Serie Novela Negra